DER MÄDCHENPFLÜCKER: THRILLER

MARCUS HÜNNEBECK

ÜBER DEN AUTOR

Marcus Hünnebeck wurde 1971 in Bochum geboren und lebt inzwischen als freier Autor in Hamburg. Er studierte an der Ruhr-Universität Bochum Wirtschaftswissenschaften.

Im März 2001 erschien mit *Verräterisches Profil* sein erster Thriller, 2003 und 2004 folgten *Wenn jede Minute zählt* und *Im Visier des Stalkers*.

Dank der Möglichkeiten, die das E-Book-Publishing bietet, veröffentlichte er im Jahr 2013 seine alten Thriller als überarbeitete E-Books. *Im Visier des Stalkers* erhielt aus rechtlichen Gründen den Namen *Die Rache des Stalkers* und schaffte im Juli 2013 den Sprung in die Top 10 der Amazon-Bestseller-Charts. Dem Roman *Verräterisches Profil* gelang dies im Dezember 2013. *Wenn jede Minute zählt* erreichte im Juni 2014 die Spitzenposition der Kindle-Charts und gehörte 2014 zu den zehn meist verkauften E-Books bei Amazon. Die Fortsetzung um den Kommissar Peter Stenzel erschien im Juni 2015 (*Stumme Vergeltung*).

Als Erstausgabe erschien im Juni 2014 *Kainsmal* bei Amazon Publishing. Mit *Die Drahtzieherin* führte er die Serie um Oberkommissarin Katharina Rosenberg fort. Die Trilogie schloss der Roman *Tödlicher Komplize* ab.

Im September 2015 veröffentlichte Egmont-Lyx den ersten Band einer neuen Reihe, der den Titel *Im Auge des Mörders* trägt. Im Mittelpunkt dieser Serie stehen die Journalistin Eva Haller und der Leibwächter Stefan Trapp.

Der zweite Band folgte im September 2016 und heißt *Abschaum*.

In *Sommers Tod* taucht zum ersten Mal Oberkommissar Lukas Sommer auf. *Sommers Schuld* ist sein zweiter Solo-Fall.

Die Namen des Todes bildet den Auftakt einer neuen Serie um den BKA-Kriminalkommissar Robert Drosten und sein Team. *Schuld vergibt man nie* ist der Folgeband. Die Romane sind genau wie der dritte Teil *Rudelfänger* und der vierte Teil *Rudeljagd* unabhängig voneinander zu lesen.

In *Die Todestherapie* ermitteln Lukas Sommer und Robert Drosten zum ersten Mal für eine neue Polizeibehörde namens KEG (Kriminalermittlungstaktische Einsatzgruppe). *Der Wundennäher*, *Der Schädelbrecher*, *Blut und Zorn*, *Die TodesApp*, *Muttertränen* und *Todesschimmer* setzen diese Zusammenarbeit fort. In *Vaters Rache* stößt die Oberkommissarin Verena Kraft zum Team hinzu. *Rachekrieger*, *Der Geisterfahrer*, *Nesthäkchens Schrei*, *Bittere Brut*, *Tödlicher Fake*, *Schreikind*, *Eiskalte Reue*, *Der Schattenbringer* und *Der Mädchenpflücker* setzen die Reihe fort. Der Thriller Der Wundennäher war 2018 Finalist beim Kindle Storyteller Award.

Außerdem hat er mit *So tief der Schmerz*, *Kein letzter Blick* und *Wundenherz* eine Reihe um den Personenfahnder Till Buchinger gestartet.

ÜBER DAS BUCH

Die achtzehnjährige Ariane sucht verzweifelt ihre engsten Freunde, nachdem diese sich nicht wie vereinbart gemeldet haben. Voller Sorge verschafft sie sich Zugang zum Haus, in dem sie die beiden vermutet. Dort stößt sie auf die Spuren eines sadistischen Serienkillers, der junge Frauen wochenlang einsperrt und quält. Ariane findet Polaroids, auf denen die Torturen der Opfer festgehalten sind. Schockiert fotografiert sie mit ihrem Handy die Beweise. Dann hört sie Geräusche. Der Mörder kehrt nach Hause zurück und macht sich auf den Weg in den Keller. Ehe er es jedoch verhindern kann, sendet Ariane die Bilder an die Journalistin Eva Haller.

Das Team um Lukas Sommer und Robert Drosten jagt fortan den Täter, der junge Frauen wie reife Früchte von der Straße pflückt. Dabei arbeitet die Zeit unerbittlich gegen die Polizisten, denn nicht nur Arianes Leben hängt am seidenen Faden.

Der Mädchenpflücker: Thriller

1. Auflage, März 2021

Covergestaltung: © Artwize
Im Cover Design werden 2 Stock Images von depositphotos.com verwendet und ein Bild von Unsplash.com cc-0 Lizenz.
2021-01-21
depositphotos
url: https://depositphotos.com/77604764/stock-photo-chamomile-flower-flying-petals- isolated.html

url: https://depositphotos.com/160846518/stock-photo-single-foot-print-in-black.html

Shammu Spee - Maldives
https://unsplash.com/photos/9j5T9PNNsPQ

Lektorat: Ruggero Leò
Korrektorat: Kirsten Wendt

ISBN der Taschenbuchausgabe: 9798716063815

Herausgeber:
Marcus Hünnebeck
Heimweg 6, 20148 Hamburg

1

In wenigen Stunden wäre ihr Leiden vorbei. Ob ihr dieser Gedanke Trost spenden würde? Er musterte ihren geschundenen Unterleib und blickte ihr dann in die Augen. Apathisch starrten sie ins Leere. Lea hatte jeden Lebenswillen verloren und würde selbst den stärksten Schmerz nicht mehr spüren. Ihre Seele war in weite Ferne gedriftet.

Es war an der Zeit, seine geliebte Lea loszulassen. Wie ein guter Vater seine Tochter irgendwann aus dem Haus gehen ließ, müsste er sich von ihr verabschieden. Doch zuvor würden sie eine letzte Zeremonie feiern.

Er setzte sich zu ihr aufs Bett. Sie war in den vergangenen Wochen so dünn geworden, dass er sie nicht einmal zur Seite schieben musste, um bequem Platz zu haben. Sanft streichelte er ihr über den Kopf. Zu seiner Enttäuschung zuckte sie nicht zusammen. Er hatte den Abschied zu lange hinausgezögert.

»Mein Liebling«, sagte er leise. »Hörst du mich überhaupt noch? Oder hast du eine Zuflucht gefunden, die für mich unerreichbar ist?«

Sie reagierte nicht, schaute ihn nicht einmal an. Wut

stieg in ihm hoch. Er kniff ihr fest in die Wange und drehte die Hand ein wenig. Nach ein paar Sekunden nahm er ein leichtes Zucken wahr. Wenigstens etwas. Er ließ sie los. Erneut streichelte er ihren Kopf.

»Wir hatten eine wundervolle Zeit zusammen. Aber leider gehen selbst die schönsten Phasen irgendwann zu Ende.« Er seufzte theatralisch. Dann stand er auf und trat aus ihrem Verlies. Aus einem Flurschrank holte er die Polaroidkamera. Er hatte bislang fünf Bilder von ihr gemacht. Wie bei jedem seiner Opfer wäre das sechste Polaroid gleichzeitig die letzte Fotografie. Sechs Aufnahmen genügten, um den Prozess des Sterbens in all seinen Facetten einzufangen. Er stellte sich an die Türschwelle und suchte nach der richtigen Perspektive. Als er sie gefunden hatte, drückte er den Auslöseknopf. Mit einem herrlich altmodischen Surren kam das Bild aus der Kamera. Er zog es heraus und schüttelte es ein wenig.

»Ich bin in ein paar Minuten zurück. Von meinen Gästen fertige ich am Ende ihres Aufenthalts einen schönen Gipsabdruck an. Das hilft mir zusammen mit den Fotos die Erinnerungen lebendig zu halten. Dafür muss ich den Modelliergips anrühren. Bis gleich, mein Schatz.«

Er verließ den Raum. Diesmal schloss er die Tür ab. Obwohl der nächste Akt nur wenige Minuten in Anspruch nähme, wollte er jeden Zufall ausschließen. Immerhin könnte jederzeit ein Besucher auftauchen, und Lea würde vielleicht die Kraft für einen letzten Schrei aufbringen. Die Tür würde den Raum schalldicht verschließen.

Mit dem Polaroid in der Hand ging er ins Zimmer der Erinnerungen. Hier hingen all die Fotos von der Decke, die er in den letzten zweieinhalb Jahren angefertigt hatte. Jeweils ein Foto seiner Opfer bewahrte er woanders auf. Er schaute sich im Raum um. Ein zufriedenes Lächeln stahl sich auf seine Lippen. Er hatte Wunder vollbracht. Raubkatzen genauso gezähmt, wie er aus schüchternen Wesen einen Schwall Extrovertiertheit gekitzelt hatte. Um ihnen allen am Ende den Lebenswillen zu rauben. Dafür hatte er die unterschiedlichsten Werkzeuge benutzt. Zangen und Skalpelle erzielten die besten Ergebnisse. Am liebsten arbeitete er mit den eigenen Händen ... oder mit seiner Männlichkeit.

Mit einer feinen Nadel stach er ein kleines Loch in das Foto, fädelte einen Wollfaden ein und knotete die Enden zusammen. Dann klappte er die bereitstehende Trittleiter auseinander und hängte das Polaroid mit einem Klebestreifen an die Decke.

Welche Charakterzüge wohl bei seinem nächsten Opfer dominieren würden?

Im Badezimmer entnahm er einer kleinen Kommode die benötigten Utensilien. Eine schwarze Kunststoffschüssel, ein Gummiteiglöffel, eine Waage, ein Messbecher und die Tüte mit dem Alabastergips. Er maß Gipspulver und Wasser ab. Zuerst schüttete er das Wasser in die Schüssel. Dann fügte er das Pulver hinzu. Er verrührte es so lange, bis eine glatte Masse entstand. Danach rüttelte er an dem Gefäß, wodurch die meisten Luftbläschen entwichen. Die übrigen zerdrückte er mit dem Teiglöffel. Anschließend ließ er den Gips eine halbe Minute ruhen. Genauso lange rührte er anschließend weiter, mit zwei Umdrehungen pro Sekunde. Endlich war der Modelliergips verarbeitungsbereit. Er trug die Schüssel in das Verlies und stellte sie auf den Boden. Mit den Händen schöpfte er einen Teil der Masse heraus und verteilte ihn auf dem Bauch seiner Gefangenen. Da ihre Handgelenke gefesselt waren, konnte sie nichts dagegen unternehmen. Seine Arbeit nicht mit einem letzten Akt des Widerstands ruinieren.

»Ich verteile den Gips auf deinem Oberkörper bis zum Halsansatz«, sagte er leise. »Sobald er ausgehärtet ist, habe ich eine schöne Form von dir. Du bist viel schlanker geworden, aber ehrlich gesagt, gefällt mir das gut. Für meinen Geschmack warst du bei unserer ersten Begegnung zu mollig.«

Wie zuvor reagierte sie nicht. Ungerührt fuhr er fort. »Du bist nicht die Erste, die hier richtig schmal geworden ist. Vielleicht sollte ich mir diese Diät patentieren lassen.« Er kicherte. »Wie soll ich sie nennen? Kennst du FdH? Friss die Hälfte. Ich müsste es eher HuF nennen. Hunger und Folter.« Er schöpfte den letzten Rest der Gipsmasse aus der Schüssel und verstrich ihn. »Jetzt müssen wir warten. Wenn ich den Abdruck abnehme, wasche ich dich. Und danach ... na ja, du kannst es dir denken. Du wirst sterben, während du mein Gewicht auf dir spürst und ich in dir bin. Es gibt angenehmere Todesarten, als von einem erregten Mann erwürgt zu werden. Leider ist das die Variante, die das Schicksal für dich bereithält.«

Um nicht versehentlich den Gips zu berühren, beugte er sich vorsichtig über sie und gab ihr einen Kuss.

»Bis gleich, mein Schatz«, flüsterte er.

* * *

»Xaver, ich danke dir.« Eva Haller wechselte das Handy in die andere Hand. »Dass das jetzt so schnell geklappt hat, finde ich wundervoll.«

»Unseren Lesern gefallen deine Beiträge«, erwiderte der hauptverantwortliche Redakteur des Zeitungsmagazins. »Wenn ich die Zahlen richtig im Kopf habe, erhältst du im Schnitt zwanzig Prozent mehr Zuschriften als der Durchschnitt. Und die Rückmeldungen sind zu fünfundneunzig Prozent positiv.«

Haller lächelte geschmeichelt. »Und mir gefällt eure Leserschaft.«

Der Redakteur lachte. »Wie sagt man so schön: eine Win-win-Situation.«

»Schafft ihr es, den Beitrag übernächste Woche zu veröffentlichen?«

»Wenn kein weltpolitisches Drama unsere Planung in Stücke sprengt, klappt das. Dein Honorar erhältst du direkt nach Drucklegung. Denkst du an die Rechnung?«

»Wie könnte ich das vergessen?«

Die beiden plauderten noch ein paar Minuten. Zunächst privat, bevor sich Xaver erkundigte, ob sie einen Artikel zu einer großen Themenwoche beitragen könnte, in der sich alles um Ernährungsmythen drehen würde. Wie immer lohnte sich der vor Jahren aufgebaute Kontakt zu dem bayerischen Zeitungsmenschen. Eva Haller signalisierte ihr Interesse, und der Redakteur versprach ihr eine Mail mit den notwendigen Informationen. Kurz darauf verabschiedeten sie sich voneinander.

Zufrieden schaute Haller aus dem Fenster in den Garten. Nach einigen Tagen Dauerregen schien endlich mal wieder die Sonne. Ein Hauch von Frühling lag an diesem Märztag in der Luft. Sie dachte an die drei Ausreißer, um die ihr jüngster Beitrag kreiste und deren Geschichte nun bald Zehntausende Leser erfahren würden. Eva freute sich für die jungen Menschen.

Ihr Partner Stefan Trapp klopfte an den Holzrahmen der Tür. Sie blickte über die Schulter und lächelte ihm zu.

»Komm rein.«

»Was ich von dem Telefonat mitbekommen habe, klang erfreulich.« Trapp setzte sich auf einen Stuhl neben Hallers Schreibtisch.

»Wie immer, wenn Xaver die Verantwortung trägt. Und er hat mir auch direkt ein neues Projekt in Aussicht gestellt.«

»Den Erfolg hast du dir redlich verdient.« Trapp schaute auf seine Armbanduhr.

»Du musst jetzt gleich los?«, fragte sie.

»Ich treffe mich um siebzehn Uhr mit dem Interessenten am Messegelände.«

Haller nickte. Stefan Trapp verdiente sein Geld als professioneller Leibwächter, und ein potenziell neuer Kunde wollte ihn persönlich kennenlernen. »Ich wünsche dir viel Erfolg.«

»Solche Messejobs sind normalerweise langweilig. Mal gucken, wieso der Mann glaubt, Personenschutz zu benötigen.« Er küsste sie und verließ den Raum.

Haller schaute ihm hinterher. Ob das ungute Gefühl wegen seiner Tätigkeit jemals verschwinden würde? Immer befürchtete sie, dass Stefan durch einen neuen Auftraggeber in Lebensgefahr geraten würde. Dabei hatte er ihr schon oft bewiesen, wie gut er in Gefahrensituationen reagierte. Trotzdem blieb das Unbehagen. Um sich davon zu befreien, griff sie zu ihrem Telefon. Sie suchte in ihren Kontakten nach Arianes Telefonnummer. Kennengelernt hatte sie die achtzehnjährige Frau, als diese mit ihren beiden fast gleichaltrigen Freunden auf der Domplatte Umstehende mit einer pantomimischen Darbietung begeistert hatte. Haller hatte den dreien einen Zehneuroschein in den Zylinder gelegt und war dank der großzügigen Spende mit ihnen ins Gespräch gekommen. Die drei lebten seit einem Jahr gemeinsam auf der Straße und zogen alle paar Monate von einer Großstadt zur nächsten. Das, was sie zum Leben brauchten, verdienten sie durch ihr Talent für pantomimisches Schauspiel. In Köln hatten sie eine auf Abriss stehende Villa als vorübergehendes Quartier gefunden. Das hatte Hallers journalistisches Interesse geweckt. Sie hatte Kontakt zu Xaver aufgenommen und den Mann rasch überzeugt, in seinem Magazin einen Beitrag über die Obdachlosen zu veröffentlichen. Als sie am nächsten Tag zur Domplatte zurückgekehrt war, hatten Franziska und

Nico nicht daran geglaubt, dass sich jemand für ihre Geschichte interessierte. Nur Ariane war dazu bereit gewesen, über ihr Leben zu berichten. Die Aussicht auf ein paar Hundert Euro Honorar hatte schließlich auch die Zungen der beiden anderen gelockert. Sie hatten sich zu insgesamt fünf Interviewterminen getroffen, und Haller hatte ihnen versprochen, sofort Bescheid zu geben, sobald das Magazin die Geschichte akzeptiert hätte.

Sie baute die Verbindung zu Arianes Handy auf. Die junge Frau meldete sich rasch.

»Hallo, Frau Haller.«

»Hallo, Ariane. Ich habe gute Nachrichten für euch. Der Artikel erscheint übernächste Woche.«

»Wow. Wie krass!«

»Der Herausgeber ist von eurer Lebensgeschichte wirklich beeindruckt. Normalerweise bekomme ich immer ein Belegexemplar der Magazine, in denen meine Arbeiten abgedruckt werden. Diesmal hat er mir drei zugesagt.«

»Also zwei für uns. Cool.«

»Und jeder bekommt noch einhundertfünfzig Euro Honorar. Wisst ihr schon, wie lange ihr in Köln bleibt?«

»Mindestens bis Ostern. Vermutlich ziehen wir nach den Osterferien weiter. Nico und Franziska wollen zur Nordsee und vorher Rast in Hamburg machen.«

»Schließt du dich an?«

»Natürlich. Unsere Nummern funktionieren am besten zu dritt.«

»Dann können wir beim nächsten Telefonat ausmachen, wo wir uns treffen wollen, damit ihr die letzte Honorarrate bekommt.«

»So machen wir das. Wir freuen uns. Tausend Dank.«

»Ich melde mich bei dir. Passt auf euch auf.« Haller beendete das Gespräch und legte das Telefon beiseite. Sie dachte an Arianes Lebensgeschichte, die durch den frühen

Tod der leiblichen Mutter nicht gut verlaufen war, zumal nur wenige Monate später eine herrische Stiefmutter in ihr Leben getreten war. Fast wie in einem Märchen. Franziska und Nico hatten schon in frühen Lebensjahren unter brutalen Familienmitgliedern gelitten. Umso mehr hoffte sie, ihnen mit dem Honorar und dem positiven Grundton des Artikels ein Stück Hoffnung zu schenken.

* * *

»Hey, Leute«, rief Ariane. Franziska und Nico waren gerade in einem Nebenraum der baufälligen Villa. Falls sich die beiden gerade auf ganz besondere Art die Zeit vertrieben, wollte Ariane nicht unnötig stören.

Doch Franziska eilte prompt herbei. Sie trug ihre schwarzen Stiefel, eine dunkle Jeans und einen dunkelgrauen Hoodie. Ihr hellblonder Kurzhaarschnitt passte perfekt zu dem Outfit. »Was gibt's?«

Hinter ihr erschien Nico, ganz in Schwarz gekleidet. Sein kahlgeschorener Kopf vervollständigte sein rebellisches Flair.

»Wieso hast du noch dein gelbes Shirt und die helle Hose an? Willst du auffallen?«, fragte er unwirsch.

Ariane schüttelte bloß den Kopf. »Ihr werdet begeistert sein. Eva hat angerufen. Unsere Geschichte wird gedruckt. Übernächste Woche. Das sind noch einmal fast fünfhundert Euro.«

»Wann kriegen wir die?«, fragte Nico.

»In spätestens zwei Wochen. Aber bis dahin kommen wir gut über die Runden. Vor allem, da das Wetter endlich wieder besser wird und wir entsprechend oft auf der Domplatte sein können.«

»Ziehst du dich um?«, erkundigte sich Nico.

Ihm schien die positive Nachricht gleichgültig zu sein.

»Lasst uns die Sache verschieben«, bat Ariane. »Mir wäre es peinlich, wenn wir ausgerechnet jetzt Ärger mit den Bullen bekommen.«

»Wann haben die uns jemals erwischt?«, konterte Nico.

»Manchmal enden Glückssträhnen abrupt.« Ariane dachte ans letzte Jahr. Den größten Teil ihres Lebensunterhaltes verdienten sie sich durch ihre öffentlichen Auftritte. Gelegentlich besserten sie ihre Mittel mit Einbrüchen auf. Das Diebesgut verhökerten sie anschließend auf dem Schwarzmarkt. Ariane hatte bei fünf Einbrüchen aufgepasst, während Franziska und Nico in die Gebäude einstiegen und nach spätestens zehn Minuten mit den Taschen voller Beute zurückkehrten.

»Aber nicht heute«, widersprach Franziska. »Jetzt komm, wir brauchen dich.«

Sie hatten vor wenigen Wochen ein perfektes Haus gefunden. Am Ende einer Sackgasse gelegen, das Grundstück daneben unbebaut und wild verwuchert. In unregelmäßigen Abständen hatten sie die Gegend ausgespäht. Die Bewohner schienen häufig außer Haus zu sein.

»Ich will das nicht mehr«, sagte Ariane leise.

Nico funkelte sie wütend an. »Was soll das heißen? Wirst du uns gegenüber illoyal?«

»Natürlich nicht. Aber lasst uns warten. Wir haben noch hundert Euro in der Kasse. Bald kommt das Fünffache dazu.«

»Frühestens in zwei Wochen, eher später«, wandte Franziska ein.

»Stellt euch vor, uns entdeckt daraufhin ein Talentscout. Wäre blöd, wenn wir in der Zwischenzeit wegen eines Einbruchs in den Knast müssen. Vielleicht sollten wir sogar unsere Hamburg-Pläne verschieben.«

»Schwachsinn!«, zischte Nico. »Ein Talentscout? Ist das dein Ernst?«

»Ist alles möglich. Zu dritt sind wir wirklich gut.«

»Und genau das willst du jetzt wegen einer Träumerei kaputtmachen«, warf Nico ihr vor. »Mach dich fertig. Du musst Schmiere stehen. Franzi und ich erledigen die Drecksarbeit. Los!«

»Nein«, sagte sie kaum hörbar. »Ich mache das nicht mehr. Zumindest nicht ...«

Blitzartig trat Nico bis auf einen Schritt an sie heran. Sie zuckte zusammen und beugte sich zurück.

»Sag mir, dass das nicht dein Ernst ist.«

Ariane verschränkte die Arme vor der Brust. Mit seinem Einschüchterungsversuch erzielte er nicht den gewünschten Effekt. Ganz im Gegenteil. »Du drohst mir nicht!«, rief sie aufgebracht. »Was fällt dir ein?«

»Ariane, Nico, beruhigt euch. Wir sind ein Team.«

»Tolles Team, wenn einer von uns bei der ersten Höhenluft unzuverlässig wird«, spottete Nico. Er schaute sie noch einmal wütend an, ehe er sich umdrehte und aus dem Raum stapfte. Am Durchgang zwängte er sich an Franziska vorbei. »Komm!«, sagte er. Dann verschwand er aus Arianes Sichtfeld.

Franziska schaute sie flehentlich an. »Bitte. Wir brauchen dich.«

Ihr Tonfall brachte Arianes Entschluss ins Wanken. Dennoch riet ihre innere Stimme ihr, standhaft zu bleiben – und setzte sich durch. »Überzeug ihn davon, auf mich zu hören. Ich habe ein mieses Gefühl bei der Sache.«

»Das hätte ich von dir nicht erwartet«, entgegnete Franziska. »Sich mit einem schlechten Gefühl rauszureden, ist eine üble Nummer. Du enttäuschst mich.«

Ihre Blicke trafen sich. Die Verachtung in Franziskas Augen schmerzte Ariane. Trotzdem konnte sie nun unmöglich nachgeben. Schwäche zahlte sich nie aus. Das hatte sie schon als Grundschülerin gelernt.

Ihre Freundin drehte sich um und verschwand ebenfalls grußlos.

»Bis später!«, rief ihnen Ariane nach. »Passt auf euch auf.«

Keiner der beiden reagierte. Diese Zurückweisung erschütterte sie erneut. Um nicht in letzter Sekunde ihren Freunden hinterherzulaufen, setzte sie sich auf ihren Schlafsack und schlug ihre Beine in die dünne Wolldecke ein. Ihr ungutes Gefühl war nicht vorgetäuscht gewesen. Sie wusste nicht, was es ausgelöst hatte, doch sie hatte in den vergangenen Jahren gelernt, darauf zu hören. Wenn sich eine Chance wie der Magazinartikel anbot, sollte man sie nicht leichtfertig gefährden. Warum sahen Franzi und Nico das nicht ein?

Ariane legte sich auf den Rücken und starrte an die Decke. Hoffentlich würde dieser Streit in den nächsten Wochen nicht ihre Freundschaft ruinieren. Sobald die beiden zurückkehrten, würde Ariane ihnen noch einmal ihre Beweggründe erklären. Bestimmt vertrugen sie sich anschließend wieder.

2

Franziska und Nico ketteten ihre Fahrräder an einen Laternenpfahl. Am Ende der Straße befand sich das Haus, in das sie einsteigen wollten. Da die Fahrräder mittlerweile zehn Jahre alt waren, würden sie kaum das Interesse von Dieben wecken. Trotzdem hatten sie sich irgendwann eine stabile Sicherungskette gekauft.

Um sich aufzumuntern, küssten sie sich. Sie wollten für eventuelle Zeugen den Eindruck erwecken, ein verliebtes junges Paar zu sein, das grundlos in der Gegend herumschlenderte. Hand in Hand gingen sie im gemächlichen Tempo die Straße entlang. Unterwegs zog Franziska die Kapuze über den Kopf.

»Das ist echt mies von Ariane«, sagte Nico verärgert. »Hätten wir sie damals nicht mitgenommen ...«

»Ich weiß«, erwiderte Franziska. »Ich habe mich auch aufgeregt. Wir müssen nachher noch mal in Ruhe mit ihr sprechen. Sie hat den leichtesten Job von allen, weil sie nur Schmiere steht. Und dann so etwas. Das geht gar nicht!«

»Von unserer heutigen Beute kriegt sie nichts ab. Das kann sie voll vergessen.«

Franziska überlegte, ob sie die Gelegenheit für einen klaren Schnitt nutzen sollte. Sie und Nico waren seit fast zwei Jahren zusammen. Anfangs als Paar, bis sie Ariane kennengelernt hatten und zu einem Trio angewachsen waren. Franziska hatte anfangs in Ariane eine Konkurrentin gesehen. Zum Glück bevorzugte Nico blonde, schmale Frauen wie sie. Arianes braunes Haar und ihr deutlich weiblicherer Körper mit den ausgeprägten Rundungen entsprachen nicht seinen Vorlieben. Trotzdem achtete Franziska darauf, ob er ihr begehrliche Blicke zuwarf. Erst neulich hatte sie geglaubt, ihn erwischt zu haben – doch er hatte lediglich auf Arianes Rücken geschaut. Mit den Gedanken war er vielleicht ganz woanders gewesen. Sie hatte ihn nicht darauf angesprochen, weil sie sich nicht blamieren wollte.

Sollte sie Arianes illoyales Verhalten zum Anlass nehmen, das Trio zu sprengen, damit sie und Nico wieder allein waren? In mancher Hinsicht würde sie das beruhigen. Andererseits waren sie bei ihrer pantomimischen Darstellung zu dritt viel erfolgreicher, als Nico und sie es je zu zweit gewesen waren. Daher beschloss sie, das Thema vorläufig nicht zu vertiefen.

Sie erreichten den Wendehammer am Ende der Straße. Für Fußgänger führte ein unbefestigter Weg in ein Waldstück hinein. Das Haus, das sie ausgespäht hatten, war vollkommen unbeleuchtet. Nachdem sie das Gebäude vor einigen Wochen entdeckt hatten, waren sie immer wieder zurückgekehrt und hatten einmal einen SUV davor parken gesehen. Ein anderes Mal war jemand mit dem Auto in die Garage gefahren, aber nicht wieder herausgekommen. Daher vermuteten sie, dass es in der Garage einen Zugang zu den Wohnräumen gab.

An der Seite des Hauses befand sich eine Terrassentür, dem unbebauten Grundstück zugewandt. Die Außenjalousie war nicht heruntergelassen, aber hinter der Tür verbargen dunkle Vorhänge den Blick ins Innere.

»Die Terrasse fällt als Einstiegsmöglichkeit weg«, sagte Nico. »Da sind wir für Nachbarn zu sehr auf dem Präsentierteller.«

»Was sagst du zur Haustür?«

Sie passierten das Gebäude. Nico warf einen Blick nach links. Er erkannte unter dem normalen Schloss ein weiteres kleines Schlüsselloch.

»Doppelt gesichert. Wahrscheinlich schwer zu knacken. Sogar für mich.«

Er hatte in den letzten Jahren erstaunliches Geschick beim Öffnen von Türschlössern bewiesen – und steigerte seine Kenntnisse mit jedem neuen Schloss, das er überwand.

Sie gingen den unbefestigten Weg rund zweihundert Meter weit, ehe sie stehen blieben.

»Die Garagentür?«, fragte Franziska.

Nico nickte. »Wahrscheinlich die einfachste Möglichkeit.«

Links neben dem Garagentor war eine kleine Tür, die nicht so einbruchssicher wirkte wie die Haustür. Sie wussten allerdings nicht, wie schwer die Tür im Inneren der Garage zu knacken wäre, die ins Haus führte.

»Gehen wir zurück«, schlug er vor. »Gucken wir uns das noch einmal an. In einer Stunde dürfte es dämmern. Das wäre unser Zeitpunkt.«

Sie machten sich auf den Rückweg. Als sie das Gebäude erreichten, verlangsamten sie ihren Schritt.

»Mein Schuh ist offen«, behauptete Nico. Er hockte sich hin und nestelte an seinem Schnürsenkel. Dabei nahm er die Garagentür ins Visier. Tatsächlich sah das Schloss so aus, als würde man es leicht öffnen können. Sollte der Zugang von der Garage ins Haus unmöglich sein, wären sie allerdings keinen Schritt weitergekommen. Trotzdem wollte er es auf diesem Weg probieren.

»So machen wir es.«

Franziska reichte ihm die Hand, und er zog sich hoch.

* * *

Nico stellte sich vor die Tür und führte den Dietrich ins Schloss ein. Franziska schirmte ihn vor neugierigen Blicken ab, so gut es mit ihrem schmalen Körper ging. Feinfühlig drehte er das Werkzeug herum. Schon nach wenigen Sekunden klackte es. Er lächelte zufrieden.

»Ich bin drin.«

Er drückte die Klinke hinunter. Die Tür hakte kurz, dann schwang sie nach innen auf. Er betrat die Garage, in der kein Fahrzeug stand.

Franziska folgte ihm und schloss die Tür hinter sich. Aus ihrer Hoodie-Tasche zog sie eine Taschenlampe. »Wenn das Auto nicht da ist, dürfte der Hausherr unterwegs sein.«

Nico nickte. »Ich ärgere mich so wegen Ariane. Sie müsste einfach nur draußen stehen und uns warnen, falls sich ein Wagen nähert.«

»Wenn wir leise sind, hören wir es auch ohne Aufpasser«, erwiderte Franziska.

Der Schein ihrer Taschenlampe erfasste Werkzeuge, die in Halterungen an der Wand hingen. Franziska entdeckte eine Schaufel, an der noch Lehm klebte. Außerdem eine große Axt.

»Der Typ scheint gerne im Garten zu arbeiten.«

»Leuchte mal bitte auf das Schloss hier.« Nico stand schon vor der Tür, die offenbar die Wohnräume mit der Garage verband. Er rüttelte an der Klinke, doch die Tür war verschlossen.

Franziska trat zu ihm und beobachtete ihn. Er führte

den Dietrich ins Schloss. Diesmal dauerte es deutlich länger. Nico murmelte einen Fluch, den sie kaum verstand, weil er konzentriert die Lippen zusammenpresste. Sekunden später hatte er es endlich geschafft.

»Ich bin so genial«, sagte er leise. »Wir sind drin.« Er drückte die Klinke. Diese Tür schwang nach außen auf.

Nico legte den Zeigefinger auf den Mund. Franziska nickte. Solange sie nicht wussten, ob sich jemand im Haus aufhielt, würden sie schweigen oder flüstern.

* * *

Fassungslos folgte er dem Live-Video auf seinem Handy. Ein junges Paar hatte sich Zutritt zum Haus verschafft. Die Kameras, die er an verschiedenen Stellen platziert hatte, filmten sie unablässig. Kannten die beiden eines der früheren Opfer und hatten Spuren verfolgt? Oder gab es für ihren Einbruch einen anderen Grund? Sie schauten sich im Erdgeschoss um und nahmen gelegentlich Gegenstände in die Hand. Würde sich so jemand verhalten, der auf der Suche nach einer vermissten Person war?

Vermutlich eher nicht. Also schien es sich um Einbrecher zu handeln. Solange sie im Erdgeschoss blieben, konnten sie ihm nicht schaden. Doch die Beute aus der unteren Etage würde ihnen nicht reichen. Falls sie nicht am Türschloss scheiterten, würden sie irgendwann den Keller betreten. Dann hätte er ein massives Problem, denn wie lange würden sie brauchen, um die Polizei zu alarmieren?

Er musste so schnell wie möglich zum Haus aufbrechen, das Paar dort überraschen und ausschalten. Den Blick aufs Handy gerichtet, schlüpfte er in seine Schuhe.

* * *

»Nicht viel zu holen«, sagte Nico frustriert. In den Regalen standen fast nur billige Dekorationsobjekte. Auf ihn wirkte die Einrichtung, als würde hier jemand ein Leben vortäuschen, das die betreffende Person gar nicht führte. Lediglich ein ausgeschaltetes Handy und ein tragbarer CD-Player versprachen, etwas Gewinn abzuwerfen – vorausgesetzt, die Geräte waren nicht defekt.

»Bestimmt gibt es unten mehr abzusahnen.«

»Hoffen wir's.« Nico drückte die Türklinke. »Verschlossen.« Er zog den Dietrich aus der Hosentasche und führte ihn ins Schloss. Nach wenigen Sekunden hatte er es bereits geknackt. Er öffnete die Tür und lauschte. Aus dem Keller drang kein Geräusch nach oben. »Ich guck mich allein dort um. Warte du hier. Falls du etwas hörst, musst du mich warnen. Für die paar Kröten will ich keinen Ärger mit den Bullen.«

»Beeil dich. Irgendwas gefällt mir an dem Haus nicht. Vielleicht hatte Ariane mit ihrem unguten Gefühl recht.«

Nico antwortete nicht, obwohl er mittlerweile auch am liebsten einfach gegangen wäre. Aber es kam nicht infrage, mit leeren Händen zurückzukehren. Er betätigte den Lichtschalter, und eine matte Wandlampe leuchtete ihm den Weg nach unten. Im Kellergeschoss schaute er sich um und zählte insgesamt fünf Türen. Vielleicht lag wenigstens hinter einer von ihnen eine lohnenswerte Beute.

»Siehst du schon was?«, fragte Franziska.

»Ich habe mir einen Überblick verschafft. Jetzt gehe ich in den ersten Raum.«

Nico drückte die Klinke hinunter. Die Tür schwang nach außen auf. Er schaltete die Deckenlampe ein und schaute sich um. War das ein Hobbyraum? Die Gegenstände, die ihm ins Auge sprangen, sprachen dafür. Auf einem Tisch stand eine Art Büste: eine aus Gips geformte Nachbildung eines weiblichen Oberkörpers, inklusive eingearbeiteter, aufgerichteter Brustwarzen. Das Kunstobjekt wirkte wegen der harten Nippel obszön. Ihm fuhr ein kalter Schauder über den Rücken.

Nico verließ den Raum und unterdrückte den Impuls, nach oben zurückzukehren. Die übrigen vier Zimmer würde er jedoch allenfalls oberflächlich inspizieren.

Er trat vor die nächste Tür und öffnete sie. Von der Decke hingen unzählige Objekte herunter. Er ließ den Schein seiner Taschenlampe darüber gleiten. »Was ist das?«, fragte er leise.

Es dauerte ein paar Sekunden, bis er die Fotografien erkannte. Nico betrat den Raum und schaltete das Licht ein. Er musterte die Bilder genauer. »Was für eine kranke Scheiße!«, flüsterte er fassungslos.

War das Performance-Kunst? Auf jedem Polaroid waren gefesselte Frauen zu sehen. Manchmal wirkten sie voller Leben, auf anderen Fotos schienen sie schon fast tot zu sein.

Nein! Das war keine Kunst! Sie waren in das Haus eines Irren eingebrochen.

»Franziska?«, rief er halblaut. »Wir müssen verschwinden.«

* * *

Dank der Videoüberwachung wusste er genau, wo sich die Einbrecher herumtrieben. Der Mann war in den Keller gegangen – wo er in wenigen Augenblicken den Schreck seines Lebens bekommen würde. Die Frau hielt am oberen Treppenabsatz Wache.

Wie die ungebetenen Gäste betrat auch er das Haus durch die Garage. So würde die Aufpasserin nichts mitbekommen ... Bis es für sie zu spät wäre.

Er warf einen weiteren Blick auf die Live-Bilder. Der Mann erreichte den Raum der Erinnerungen, die Frau wartete oben. Geräuschlos öffnete er die Verbindungstür, schlüpfte ins Haus und schloss die Tür. Erneut überprüfte er sein Smartphone. Er könnte sich der Frau ungesehen bis auf wenige Meter nähern. Lautlos schlich er ihr entgegen. Am letzten Mauervorsprung, der ihn vor neugierigen Blicken schützte, hielt er inne. Aus der Jackentasche angelte er das Messer heraus. Für ein amüsantes Spiel hatte er keine Zeit. Unten im Keller war der Mobilfunkempfang nur schwach. Der Jüngling durfte nicht den Notruf alarmieren.

Leise hörte er eine Stimme.

»Franziska? Wir müssen verschwinden.«

Die junge Frau wandte sich den Stufen zu. Das war seine Gelegenheit. Er preschte vor. Sie bemerkte ihn und drehte sich halb zu ihm um. Da presste er ihr schon die Hand auf den Mund und zerrte sie ein Stück zurück. Das Messer, das er ihr an den Hals drückte, unterband ihren Widerstand.

»Du gibst keinen Ton von dir«, flüsterte er ihr ins Ohr. »Sonst steche ich dich ab.«

Ein paar Schritte von der Kellertür entfernt blieb er stehen.

* * *

Wieso antwortete ihm Franziska nicht?

»Franzi?«

Nico wünschte sich, er hätte sein Messer nicht in der Villa im Schlafsack gelassen. Doch er nahm nie eine Waffe mit auf Diebestour, denn die würde im schlimmsten Fall die potenziell drohende Haftstrafe verlängern.

Sein Herz pochte wild.

»Franzi? Ist alles okay mit dir?«

Die ausbleibende Antwort alarmierte ihn. Um nicht völlig wehrlos nach oben zurückzukehren, zog er seinen

Gürtel aus den Laschen, faltete ihn und bestieg die erste Stufe.

»Franziska?«

Auf der zweiten Stufe blieb er stehen. Er blickte aufs Display seines Telefons und prüfte die Signalstärke. Immerhin zwei Balken. Wenn er dort oben dem Fotografen begegnete, würde er keine Sekunde zögern und den Notruf wählen. Nico ging die nächsten Stufen hoch. Am oberen Treppenabsatz bekam er den Schreck seines Lebens. Ein Mann hielt die zierliche Franziska eisern umklammert und drückte ihr ein Messer an den Hals.

»Ihr habt euch das falsche Haus ausgesucht«, sagte er.

»Lassen Sie meine ...«

Der Mann stach erbarmungslos zu. Blut schoss in alle Richtungen. Franziska schrie. Der Mörder stieß sie von sich. Nico war paralysiert. Er konnte nur auf seine Freundin starren und war nicht einmal in der Lage, einen Schrei auszustoßen.

Der Unbekannte erreichte ihn und packte ihn bei den Schultern. Erst jetzt löste sich Nico aus der Schockstarre. Viel zu spät! Der Mann stieß ihn zurück. Nico verlor das Gleichgewicht. Er ruderte mit den Armen, konnte den Sturz jedoch nicht verhindern. Auf halbem Weg nach unten prallte sein Rücken schmerzhaft auf eine Stufenkante. Er schrie und überschlug sich. Unten blieb er wenige Zentimeter vom Treppenabsatz entfernt liegen. Jedes Körperteil tat ihm weh. Doch der Überlebenswille dämpfte den Schmerz. Er musste sich aufrichten und sich gegen den Mörder verteidigen.

»Das absolut falsche Haus«, wiederholte der Fremde unbarmherzig. »Hier gibt es nichts zu finden ... außer euren Tod.«

Ein heftiger Tritt in den Bauch. Nico ächzte. Er bekam keine Luft mehr und spürte ein schweres Gewicht auf seiner

Brust. Der Mann presste ihm etwas Kaltes an die Kehle. Einen Sekundenbruchteil später explodierte ein unerträglicher Schmerz an seinem Hals.

* * *

Er schaute auf die blutüberströmte Leiche. Wegen zwei diebischen Teenagern stünde ihm nun eine lange Nacht bevor. Er musste die Leichen zerstückeln und anschließend die Einzelteile verschwinden lassen. Aber ehe er die dafür notwendigen Schritte unternahm, müsste er sich erst einmal selbst säubern. Er kehrte ins Erdgeschoss zurück. Oben warf er einen Blick auf die Frau. Sie hätte gut in seine Sammlung gepasst. Doch ihr Tod war unvermeidlich gewesen, um den Mann zu schockieren und zu lähmen. Er ging ins Badezimmer, stieg in die Badewanne und zog sich aus. Seine Schuhe würde er säubern, den Rest der Kleidung im Kamin verbrennen. Sich von den billigen Textilien zu trennen, fiel ihm nicht schwer. Er bevorzugte preisgünstige Ware von Modediscountern. Aus dem Schlafzimmerschrank holte er sich eine neue Garnitur. Sobald er sich angekleidet hatte, begann der nächste Arbeitsschritt. Er sammelte die Telefone der Einbrecher ein. Sie hatten keine Displaysperre aktiviert, sodass er die Handys gleich durchstöbern konnte. Rasch stieß er auf Hinweise, dass die beiden Toten in regem Kontakt mit einer dritten Person standen. Wartete die Unbekannte namens Ariane irgendwo in der Nähe des Hauses?

3

Ein Geräusch riss Ariane aus ihrem unruhigen Schlaf. Sofort war sie hellwach. Sie lauschte, um zu ergründen, ob jemand die baufällige Villa betreten hatte. Zu ihrer Erleichterung hörte sie nichts, weder leisen Atem noch nahende Schritte. Sie griff in ihren Schlafsack, in dem sie immer eine kleine Taschenlampe aufbewahrte. Seit ihre Stiefmutter sie einmal im dunklen Keller eingesperrt hatte, hielt sie nachts zur eigenen Beruhigung stets eine Lampe griffbereit. Ariane schaltete sie an und leuchtete im Raum umher. Niemand zu sehen. Was auch immer sie geweckt hatte – es schien nicht bedrohlich zu sein.

Ob Nico und Franziska zurückgekehrt waren? Wie spät war es überhaupt? Ariane tastete nach ihrem Handy. Ein Uhr morgens. Sie runzelte die Stirn. Die beiden hätten schon längst von ihrem Beutezug zurückkommen müssen. Ob etwas schiefgegangen war?

Ariane stand langsam auf und lauschte auf Geräusche aus dem Nebenzimmer – nichts zu hören. Im Schein der Lampe ging sie nach nebenan. Die Schlafsäcke waren unberührt. Wo waren ihre Freunde?

Sie kehrte zu ihrem Schlafplatz zurück, nahm ihr Handy und öffnete das Chatprogramm. Franziska und Nico waren beide online.

Hey, Franzi! Alles gut bei euch? Wann kommt ihr wieder?

Ariane schickte die Nachricht ab und wartete. Nichts passierte. Das System lieferte die Mitteilung zwar aus, aber Franziska öffnete den Chat nicht. War sie noch immer wütend, oder hatte ihr Verhalten einen anderen Grund?

* * *

Um acht Uhr morgens schickte Ariane die nächste Nachricht. Diesmal an Nico. Auch er öffnete die Mitteilung nicht. Ariane überprüfte den Ladestand ihres Handys. Fünfunddreißig Prozent. Normalerweise luden sie und ihre Freunde elektronische Geräte in Cafés oder Schnellrestaurants. Bei diesem Akkustand müsste sie spätestens am Abend das Handy aufladen. Ihr blieb also Zeit genug, um nach dem Rechten zu sehen. Sie hatte ein ungutes Gefühl, konnte aber unmöglich die Polizei alarmieren. Immerhin war es nicht ausgeschlossen, dass ihre Freunde festgenommen worden waren. Ein Anruf bei der Polizei hätte sie als Mitwisserin entlarvt. Ariane fragte sich, ob Eva Haller ihr die nötigen Informationen liefern könnte. Bestimmt hatte die gut vernetzte Journalistin Kontakte zu den Ermittlungsbehörden. Doch dann müsste Ariane sich ihr offenbaren. Sie wollte Haller nicht enttäuschen.

Sie würde zu dem Haus fahren und sich dort umsehen. Aber nicht, ohne noch einmal eine Mitteilung an ihre Freunde zu schicken.

. . .

Da ich nichts von euch höre, schaue ich mich in der Gegend um. Falls ihr einfach nur sauer auf mich seid, wäre jetzt der richtige Zeitpunkt, mir Bescheid zu geben.

Ariane wartete fünf Minuten. Dann schwang sie sich auf ihr Fahrrad. Für den Weg zu dem ausgespähten Gebäude benötigte sie eine knappe halbe Stunde. Während der Fahrt rasten ihre Gedanken. Ob der Hausbesitzer ihre Freunde überrascht und überwältigt hatte? Oder waren sie Nachbarn aufgefallen, die den Notruf gewählt hatten? Würden Franziska und Nico bis zur Verhandlung in Untersuchungshaft sitzen müssen, weil sie obdachlos waren? Und was würde aus ihr, wenn sie wieder auf sich allein gestellt war?

»Scheiße«, flüsterte sie leise, als sie die Straße erreichte und die Fahrräder ihrer Freunde angekettet an einem Laternenpfahl vorfand. Ihre Hoffnung, die beiden hätten sich nur verärgert einen anderen Schlafplatz gesucht, zerplatzte. Unter keinen Umständen hätten sie ihre Räder zurückgelassen.

Ariane stieg vom Fahrrad und schob es weiter. Sie wollte das Haus mustern, bevor sie über ihre nächsten Schritte nachdachte. Auf halbem Weg zwischen den Rädern ihrer Freunde und dem Haus schloss sie ihr Rad an einen Laternenpfahl und ging dann weiter. Langsam schlenderte sie an dem Haus vorbei, das wie immer unauffällig wirkte. Was war hier gestern Abend geschehen? Wo waren Franziska und Nico?

Sie betrat das kleine Waldstück, blieb jedoch gleich wieder stehen, weil sie einen sich nähernden Wagen hörte. Ariane ging ein paar Meter zurück, um die Straße besser beobachten zu können. Ein SUV hatte am Bürgersteig angehalten. Ein Mann stieg aus dem Wagen und lief auf die Garage zu. Statt das Garagentor zu öffnen, betrat er das Haus durch die Tür daneben. Er verschwand aus Arianes Sichtfeld. War das derselbe Mann, den sie einmal bei ihrer Observation gesehen hatten? Da er damals Wollmütze und Sonnenbrille getragen hatte, konnte sie das unmöglich bestimmen.

Es dauerte nur wenige Minuten, bis der Mann zurückkehrte. Er verließ das Gebäude durch dieselbe Tür, durch die er es betreten hatte. Ariane bemerkte, dass er sie einfach hinter sich zuwarf und zum Auto stapfte. Ganz offensichtlich hatte er es eilig. Sekunden später fuhr er los.

Ob sie durch die Garage ins Haus gelangen könnte? Im Gegensatz zu Nico besaß Ariane nicht das Talent, Schlösser zu knacken. Doch vielleicht war nicht nur die Garagentür unverschlossen, sondern auch die Zugangstür zum Haus. Sie beschloss, dieses Risiko einzugehen. Um sich abzusichern, schickte sie Eva Haller eine Nachricht.

Liebe Frau Haller, ich fürchte meine Freunde stecken in Schwierigkeiten. Ich befinde mich momentan ganz am Ende der Straße Ahrenskamp. Franziska und Nico wollten dort gestern in Hausnummer siebenundfünfzig einsteigen. Ich habe versucht, sie davon abzuhalten, aber sie haben nicht auf mich gehört. Unser Leben ohne festen Wohnsitz ist hart, und was wir durch Pantomime verdienen, reicht nicht immer für Nahrung und Getränke. Ich werde mich bei der Adresse umsehen. Es tut mir leid, falls diese Beichte Sie enttäuscht. Wenn Sie innerhalb der nächsten halben Stunde nichts von mir hören, wissen Sie bestimmt besser als ich, was zu tun ist.

Sie schickte die Nachricht ab und schob das Telefon in ihre Hosentasche. Dann huschte sie zur Garage.

* * *

Eva Haller nahm die siebzig Meter entfernte Zielscheibe ins Visier. Der erste Freiluftbogensportwettkampf des Jahres stand am Wochenende auf dem Programm, weshalb sie heute gemeinsam mit Stefan früh zum Sportplatz aufgebrochen war. Sie hatte wegen einer hartnäckigen Erkältung Trainingsrückstand, den sie in dieser Woche unbedingt aufholen wollte. Haller hielt den Atem an und löste die Sehne. Sekunden später schlug der Pfeil in die Zielscheibe ein.

»Wenn ich mich nicht verhört habe, hat dein Handy gerade in der Sporttasche gebrummt«, sagte Trapp.

»Das muss warten. Der Schuss war schon wieder nicht perfekt. Bloß eine Sieben! Verdammt!«

Trapp kniff die Augen zusammen. »Das könnte auch knapp eine Acht sein. Ich glaube, die Spitze berührt den Wertungsring.«

»Selbst das wäre nicht super.« Sie zog den nächsten Pfeil aus dem Köcher und legte ihn auf die Sehne.

* * *

Die Tür ließ sich wie erhofft einfach aufdrücken. Ariane schlüpfte in die Garage und drückte die Tür zu. Da es im Inneren düster war, sie aber nicht die Wandlampe einschalten wollte, zog sie ihre Taschenlampe aus der Jacke. An den Wänden hingen verschiedene Werkzeuge. Ariane fiel auf, dass an einer Schaufel feuchte Erdreste klebten. Ihr Blick wanderte weiter zu einer Axt, die leicht schief in der Halterung hing. Ihre Fantasie jagte ihr fürchterliche Bilder durch den Kopf.

»Hör auf damit«, flüsterte sie sich zu. »Wenn du das für möglich hältst, musst du die Polizei alarmieren.«

Die Anhaltspunkte, die sie bislang gesammelt hatte, bedeuteten noch lange nicht, dass hier ein schreckliches Verbrechen stattgefunden hatte. Was hatten schon die beiden am Laternenpfahl angeketteten Räder zu bedeuten? Wieso sollte ein Hausbesitzer, der über einen großen Garten verfügte, nicht mit einem Spaten oder einer Axt gearbeitet haben? Sie ging zu der gegenüberliegenden Tür und drückte die Klinke hinunter – fest überzeugt, hier nicht weiterzukommen. Doch der Zugang ließ sich öffnen. Ariane zögerte. Sollte sie wirklich ins Haus gehen, oder wäre es besser, jetzt den Rückzug anzutreten? Sie blieb an der Schwelle stehen und lauschte. Außer dem leisen Dröhnen eines Kühlschranks hörte sie nichts. Sie blickte auf ihr Handy. Eva Haller hatte die Nachricht nicht gelesen, aber zumindest war sie ausgeliefert. Ariane beschloss, sich drei Minuten Zeit zu geben. Sie öffnete eine Handy-App und stellte den Countdown ein. Dann betrat sie das Haus. In aller Eile schaute sie sich im Erdgeschoss um. Die Einrichtung wirkte günstig und wild zusammengewürfelt. Ob Franzi und Nico hier gute Beute gemacht hatten? Ariane bezweifelte es. Sie benötigte weniger als sechzig Sekunden ihres selbst gewählten Zeitkontingents. Dann stand sie vor dem Kellerzugang, dessen Tür ebenfalls unverschlossen war. Noch einmal zögerte sie. Aber sie musste es hinter sich bringen, um Eva Haller Einzelheiten berichten zu können.

»Franzi? Nico?«, rief sie. »Hört ihr mich?«

Niemand antwortete. Sie beschloss, im Keller kurz jeden Raum zu inspizieren und dann gleich wieder zu verschwinden. Ariane schaltete die Wandbeleuchtung ein und stieg mit rasendem Puls die Stufen hinab. Hinter der ersten Tür lag eine Art Hobbyraum. Als sie den zweiten Zugang öffnete, stockte ihr der Atem.

»Oh mein Gott«, flüsterte sie leise.

Sie hob ihr Telefon und fotografierte die Szenerie. Von

der Decke baumelten unzählige Polaroids. Auf allen waren gefesselte junge Frauen zu sehen. Ariane schoss drei Fotos, die sie sofort an Eva Haller weiterleitete. Kaum hatte sie das erledigt, übernahm die Panik ihr Handeln. Statt auch in den anderen Räumen nach ihren Freunden zu suchen, machte sie kehrt. Sie musste dieses Horrorhaus verlassen. Mitten auf der Treppe stolperte sie. Im letzten Moment hielt Ariane sich am Handlauf fest. Sie hastete weiter nach oben.

»Wohin so schnell?«, erklang plötzlich eine kalte Stimme.

Ariane schrie entsetzt auf. Der Hausbesitzer versperrte ihr den Weg zurück zur Garage. Sie schaute über die Schulter und floh in die entgegengesetzte Richtung. Doch das Wohnzimmer entpuppte sich als Sackgasse. Erneut drehte sie sich um. Der Mann war ihr gefolgt.

»Ich schreie, wenn Sie mich anfassen«, warnte sie ihn.

»Wer soll dich hier hören?«, erwiderte er amüsiert.

Ariane hielt nach einem Gegenstand Ausschau, mit dem sie sich zur Wehr setzen konnte. Doch nirgends stand eine schwere Vase oder auch nur eine einfache Glasflasche herum.

»Du bist also der dritte Plagegeist. Aber mit dir kann ich wenigstens Spaß haben, so allein, wie du dich hergetraut hast.«

»Was haben Sie meinen Freunden angetan?«

Der Mann lächelte. »Leider nicht das, was ich mit geladenen Gästen mache. Aber zwischen uns beiden wird es besser laufen, das verspreche ich dir.«

»Sie fassen mich nicht an!« Ariane dachte an Haller. Falls die Journalistin die Nachricht las, wäre sie hoffentlich geistesgegenwärtig genug, sofort die Polizei zu alarmieren. Sie musste Zeit gewinnen. Jede Minute, die sie hier im Wohnzimmer verbrachte, könnte ihr Leben retten. »Wo ist Franzi?«

»Asche zu Asche und Staub zu Staub.«

Am liebsten hätte sich Ariane wütend auf den Mann gestürzt. Aber das hätte ihre Ausgangslage verschlechtert.

»Und Nico?«

Der Hausbesitzer runzelte die Stirn. Plötzlich schoss er vor. Ariane reagierte viel zu langsam. Ehe sie ausweichen konnte, hatte er sie bereits gepackt und umgedreht. Er legte ihr einen Arm um den Hals und drückte ihr die Luft ab, mit der freien Hand tastete er sie ab. Sie versuchte, sich dagegen zu wehren, doch er umklammerte sie zu fest. In ihrer Jackentasche fand er das Handy. Erst jetzt lockerte er den Griff und stieß sie zur Couch. Ariane ließ sich aufs Polster fallen.

»Scheiße!«, schrie er. »Wer ist diese Eva Haller? Wem hast du gerade die Nachricht geschickt?«

»Das geht Sie gar nichts an.«

»Das wird dir noch leidtun. Wer ist diese Haller?«

Erneut überbrückte er blitzschnell die Distanz zwischen ihnen. Er fasste ihr ins Haar, schlang sich ein paar Strähnen um die Hand und zog brutal daran. Ariane stöhnte vor Schmerz.

»Wer ist diese Haller?«

Er schlug ihr mit aller Kraft ins Gesicht.

4

Diesmal hörte auch Eva Haller das Brummen ihres Telefons in der Sporttasche. Sie stöhnte genervt auf, denn im selben Moment hatte sie die Sehne gelöst und den Schuss leicht verzogen. Der Pfeil driftete nach rechts ab und schlug bloß am Rand der Zielscheibe ein.

»Na toll«, murmelte sie frustriert.

Sie marschierte zur Zielscheibe und zog alle zehn Pfeile heraus. Die meisten Schüsse hatten die neun oder sogar den höchsten Wert zehn getroffen. Alles in allem konnte sie mit dieser Runde zufrieden sein.

Sie lief zurück und löste unterwegs den Köcher von ihrem Gürtel. Für heute hatte sie genug geschossen. An der Schusslinie angekommen, stellte sie den Bogen auf den Ständer. Dann kontrollierte sie, von wem die Nachrichten stammten.

»Wer hat dir geschrieben?«, fragte Trapp.

»Ariane«, sagte Haller. »Keine Ahnung, was sie will.« Sie entsperrte das Display mit einem Fingerabdruck und öffnete die Mitteilung. Die junge Frau hatte ihr drei Fotos geschickt. »Was ist das?« Haller vergrößerte den Bildausschnitt. »Oh Gott«, stöhnte sie leise. »Stefan, guck dir das an.«

Haller reichte ihm das Handy. Trapp runzelte die Stirn.

»Sind auf den Polaroids gefesselte Frauen zu sehen?«

»Scheint so. Lies mir noch mal ihren Text vor.«

»Liebe Frau Haller, ich fürchte meine Freunde stecken in Schwierigkeiten. Ich befinde mich momentan ganz am Ende der Straße Ahrenskamp. Franziska und Nico wollten dort gestern in Hausnummer siebenundfünfzig einsteigen. Ich habe versucht, sie davon abzuhalten, aber sie haben nicht auf mich gehört. Unser Leben ohne festen Wohnsitz ist hart, und was wir durch Pantomime verdienen, reicht nicht immer für Nahrung und Getränke. Ich werde mich bei der Adresse umsehen. Es tut mir leid, falls diese Beichte Sie enttäuscht. Wenn Sie innerhalb der nächsten halben Stunde nichts von mir hören, wissen Sie bestimmt besser als ich, was zu tun ist.«

»Scheiße«, fluchte Haller. »Was machen wir jetzt?«

»Kannst du einen Scherz ausschließen?«, vergewisserte sich Trapp.

»Mit Ariane habe ich mich super verstanden. Das würde sie nicht tun. Ich versuche, sie ans Telefon zu kriegen.«

Trapp reichte ihr das Smartphone. Haller wählte die Nummer des Mädchens. Sofort erklang die Ansage, dass der Teilnehmer derzeit nicht erreichbar sei.

»Ich rufe die Polizei«, entschied sie. »Allerdings nicht den Notruf. Bis ich denen die Situation erklärt habe, vergeht zu viel Zeit.«

»Rufst du Hauptkommissarin Rosenberg an?« Trapp und Haller hatten die Kölner Polizistin ein knappes Jahr zuvor kennengelernt.

»Ich hole erst mal Drosten ins Boot. Dem muss ich wohl am wenigsten erklären.«

Sie suchte seine Nummer aus den Kontakten heraus und baute die Verbindung auf.

»Hallo, Frau Haller«, meldete sich der Wiesbadener rasch.

»Herr Drosten, wir haben vielleicht ein Riesenproblem hier in Köln.«

»Sie klingen erschüttert. Was ist passiert?«

So knapp wie möglich schilderte Eva Haller ihren Kontakt zu den drei jungen Erwachsenen, über die sie eine Reportage verfasst hatte. »Besonders gut habe ich mich mit Ariane verstanden«, fuhr sie fort. »Und die hat mir gerade schockierende Bilder geschickt. Wenn ich das richtig verstehe, wollten ihre beiden Freunde gestern in ein Haus einbrechen, sind aber von diesem Raubzug nicht zurückgekommen. Jetzt hat sich Ariane auch auf den Weg dorthin gemacht und mir Fotos aus dem Gebäude weitergeleitet. Zumindest vermute ich das. Es sieht so aus, als sei sie im Haus eines Serienmörders gelandet. Ich erreiche das Mädchen nicht mehr. Das Handy scheint ausgeschaltet zu sein. Können Sie sich die Bilder einmal ansehen und professionell einschätzen?«

»Leiten Sie mir die Nachricht bitte an mein Handy weiter.«

»Einen kleinen Augenblick.« Haller nahm das Smartphone vom Ohr und schickte die Bilder zusammen mit dem Text an Drosten.

»Sie haben vollkommen recht«, sagte der Hauptkommissar nach ein paar Sekunden. »Das sieht ziemlich übel aus. Ich werde umgehend Rosenberg anrufen und mich mit ihr beratschlagen.«

»Dann fahre ich mit Stefan nach Hause und ...«

»Nein«, sagte Trapp und schüttelte entschieden den Kopf.

Überrascht sah sie ihn an. »Okay, ich, ähm, Sie erreichen mich auf jeden Fall per Telefon. Stefan hat Bedenken, was unsere Rückkehr nach Hause anbelangt.«

»Klären Sie das untereinander. Wahrscheinlich kontaktiert Hauptkommissarin Rosenberg Sie. Sie hören von einem von uns.«

»Danke.« Haller beendete das Gespräch. Sie schob das Telefon in ihre Sporthose. »Wieso willst du nicht nach Hause?«, erkundigte sie sich bei ihrem Partner.

»Deine Adresse steht im Impressum deiner Homepage. Wenn jemand Ariane überwältigt hat, wird er wissen, wem sie zuletzt geschrieben hat. Dadurch schwebst du selbst in großer Gefahr. Wir können unmöglich nach Hause. Zumindest nicht heute.«

* * *

Ohne langes Vorgeplänkel erklärte Drosten seiner Kölner Kollegin Rosenberg die Situation. Sie studierte die Bilder, die er ihr weiterleitete, und teilte seine Besorgnis.

»Fassen wir es zusammen«, sagte die Hauptkommissarin. »Zwei junge Menschen beschließen gestern Abend, in ein Haus einzubrechen. Seitdem fehlt jedes Lebenszeichen von ihnen. Als sich ihre Freundin ebenfalls zu der Adresse begibt und es schafft, dort einzudringen, stößt sie auf die Szenerie, die sie in Fotos festhält. Mittlerweile ist auch sie nicht mehr erreichbar.«

»So sieht es leider aus«, bestätige Drosten.

»Ich organisiere ein Team, um mich vor Ort umzusehen. Das klingt nach Gefahr im Verzug und gibt uns genug Handlungsspielraum, um ohne Durchsuchungsbefehl dort nach dem Rechten zu sehen.«

»Ganz meiner Meinung«, bestätigte Drosten.

»Ich melde mich bei Ihnen, sobald ich etwas höre.«

»Wie lange brauchen Sie?«, erkundigte er sich.

»Maximal eine Dreiviertelstunde. Die Adresse liegt am Stadtrand, länger sollte es nicht dauern. Bis später!«

Drosten schaute auf seine Uhr. Die nächsten Minuten würden ihm wie eine Ewigkeit vorkommen. Um die Zeit sinnvoll zu nutzen, würde er Verena Kraft und Lukas Sommer über die Ereignisse informieren.

Zwanzig Minuten später saßen sie in Polizeirat Karlsens Büro. Der Leiter der KEG musterte die Handyfotos.

»Wenn ich mich nicht irre, sind auf den Polaroids unterschiedliche Frauen zu sehen«, sagte er nachdenklich.

»Wir haben mindestens drei verschiedene Opfer erkannt«, bestätigte Drosten.

»Die tatsächliche Zahl liegt vermutlich höher. Wir sehen ja nur einen kleinen Ausschnitt des Raums«, fügte Sommer hinzu.

»Die Leitung läge erst mal beim Kölner Kriminalkommissariat«, sagte Karlsen.

»Zu Hauptkommissarin Rosenberg und ihrem Team pflegen wir einen hervorragenden Kontakt. Da wird es kein Kompetenzgerangel geben«, erklärte Drosten zuversichtlich.

»Und wenn wir von einer größeren Anzahl an Opfern ausgehen, ist es unwahrscheinlich, dass die Verschwundenen alle aus Köln stammen. Das wäre irgendwem aufgefallen«, sagte Kraft. »Wir wüssten schon längst davon.«

Karlsen nickte. »Ich teile Ihre Ansicht. Okay, dann halten Sie sich bereit. Falls die Kölner Kollegen auf der Spur eines Mehrfachmörders sind, bieten wir sofort unsere Zusammenarbeit an. Die Genehmigung für die Fahrt nach

Köln habe ich Ihnen hiermit erteilt. Informieren Sie mich bitte regelmäßig.« Karlsen gab Drosten das Handy zurück.

* * *

Selim Yildirim fluchte. Den letzten Schuss hatte der 45-Jährige verzogen. Er hatte im vergangenen Winter mit dem Bogensport angefangen, um einen Ausgleich zu seinem stressigen Job als Betreiber dreier Backshops zu finden. Nun stand er auf der Wiese und schoss etwas abseits von den deutlich besseren Schützen des Vereins auf eine achtzehn Meter entfernte Zielscheibe. Was exakt der Entfernung entsprach, die es in den Wintermonaten in der Halle zu überwinden galt – und in den letzten Monaten hatte er meist auch gute Ergebnisse erzielt. Trotzdem hatte er soeben zum wiederholten Male die Scheibe verfehlt und würde im Gras nach dem Pfeil suchen müssen.

Er schaute nach links, um zu prüfen, ob seine Sportkameraden alle ihren Durchgang beendet hatten. Vorher dürfte er aus Sicherheitsgründen nicht zur Zielscheibe laufen. Sein Blick fiel auf Eva Haller, die ihn im Winter oft unter ihre Fittiche genommen und trainiert hatte. Die sympathische Frau wirkte aufgewühlt. Sofort legte er seinen Bogen auf den Ständer und ging zu Haller und ihrem Lebensgefährten.

»Eva, alles gut bei dir? Du wirkst völlig ... aufgelöst.«

Die Frau versuchte sich an einem Lächeln – was ihr gehörig misslang. »Ich habe gerade eine ziemlich üble Nachricht erhalten.«

»Was ist passiert?«

Unsicher schaute Haller zu Trapp, der leicht nickte. In groben Zügen berichtete Haller, was vorgefallen war.

»Das ist ja furchtbar«, sagte Yildirim.

»Und jetzt wissen wir nicht, wohin. Nach Hause können

wir nicht«, ergänzte Trapp. »Vielleicht hat der Mörder unsere Adresse ausfindig gemacht. Die findet man schnell im Internet. Im Prinzip überlegen wir, ob wir uns ein Hotel oder lieber ein Apartment suchen sollen.«

»Weder noch«, erwiderte Yildirim. »Ihr kommt zu mir.«

»Wie meinst du das?«, fragte Trapp.

»Auf diese Weise kann ich mich endlich für eure Hilfe bedanken«, erklärte Yildirim. »Ihr habt mich letzten November so freundlich im Verein aufgenommen. Als gebürtiger Türke habe ich das auch schon ganz anders erlebt.«

»Das war selbstverständlich«, entgegnete Haller.

»Glaub mir. Das ist es nicht. Wartet, ich packe eben meine Sachen zusammen ...«

»Selim, vielen Dank für das Angebot«, sagte Haller. »Doch das kann ich nicht in Anspruch nehmen.«

»Und ob du das kannst. Wahrscheinlich geht es ja nur um ein paar Tage, oder?«

»Ja, aber ...«

»Eva, es wäre unfreundlich, mein Angebot auszuschlagen.« Yildirim grinste breit. »Und keine Sorge, ihr müsst nicht mit meiner Frau und mir das Bett teilen. Unser Sohn hat eine Einliegerwohnung in unserem Haus. Deniz ist noch bis Juni in Maastricht, wo er für zwei Semester studiert. Er kommt frühestens Ostern zu Besuch. Bis dahin steht die Wohnung ohnehin leer. Die Bude ist nicht sonderlich groß. Wohnküche, Schlafzimmer, Badezimmer. Knapp vierzig Quadratmeter. Aber das ist doch besser, als in einem Hotel absteigen zu müssen, oder?«

»Viel besser«, bestätigte Haller.

Auch Trapp nickte. »Das klingt super, Selim. So würden wir vom Radar des Täters verschwinden. Zwischen uns gibt es keine offensichtliche Verbindung. Wenn es deiner Frau nichts ausmacht ...«

»Meine Frau wird sich sehr über euren Besuch freuen. Sie leidet unter dem leeren Nest, seit Deniz in Maastricht studiert. Ich packe eben meine Sachen, dann können wir direkt losfahren, wenn ihr wollt. Ich muss bloß einen Pfeil suchen. Keine Ahnung, wo der gelandet ist.«

»Sechs Augen sehen mehr als zwei«, sagte Haller. Gemeinsam gingen sie zu der abseits stehenden Zielscheibe.

5

Katharina Rosenberg war dankbar für das eingespielte Team, mit dem sie seit Jahren zusammenarbeitete. Gerade in Situationen wie diesen konnte sie sich blind auf ihre Partner Frank Weimar und Daniel Schult verlassen. Zu ihrer eigenen Sicherheit hatten sie zwei Streifenwagen angefordert. Eine Besatzung hatte sich am Anfang der Straße postiert, das andere Zweierteam würde sie am Haus unterstützen und ihnen mit einer Ramme gegebenenfalls Zutritt verschaffen.

»Ein unbebautes Grundstück. So etwas sieht man hier in Köln immer seltener«, stellte Weimar fest, als sie sich ihrem Ziel näherten.

»Falls sich das Gebäude daneben als Nest eines Serienmörders herausstellt, könnte der Grundstückspreis explodieren«, vermutete Schult.

Rosenberg verzog mürrisch den Mund. Daniel, mit dem sie seit vielen Jahren zusammenarbeitete und inzwischen sogar verheiratet war, hatte vermutlich recht. Es gab genügend morbide Menschen, die von Schreckenstaten angezogen wurden wie die Motten vom Licht. »Hoffen wir, dass es sich um einen Fehlalarm handelt.«

Sie betraten das Grundstück und schauten sich zunächst um. Ein kleines Schlüsselloch unter dem eigentlichen Haustürschloss deutete auf eine zusätzliche Absicherung hin.

»Hier wohnt wohl ein besonders sicherheitsbewusster Mitbürger«, sagte Weimar.

»Ich gucke mir die Terrassentür an«, entschied Schult.

Als Ehefrau hätte Rosenberg ihn am liebsten gebeten, vorsichtig zu sein. Als Polizistin musste sie diesen Impuls unterdrücken.

»Die Vorhänge sind zugezogen. Und die Terrassentür scheint über das normale Maß hinaus gesichert zu sein«, sagte Schult bei seiner Rückkehr.

»Vielleicht öffnet uns der Hausherr, wenn wir ihn freundlich darum bitten.«

Rosenberg drückte die Klingel. Ein kurzer, schriller Ton erklang. Sie warteten eine halbe Minute, in der nichts passierte.

»Ich gehe zur Garage«, sagte Weimar.

Rosenberg beobachtete, wie er zunächst am Garagentor rüttelte, den Kopf schüttelte und dann versuchte, die zugehörige Tür zu öffnen.

»Versuchen wir es hier«, schlug er vor.

Rosenberg gab den wartenden Polizisten ein Zeichen. Die holten aus dem Kofferraum des Streifenwagens eine Ramme und positionierten sich vor der Tür. Ein einziger Schlag genügte, um sich Zutritt zu verschaffen. Weimar zückte seine Pistole. Er richtete den Lauf nach unten und betrat zuerst die Garage. Rosenberg folgte ihm. Mit ihrer Taschenlampe leuchtete sie in den Raum hinein.

»Die Tür da vorn könnte der Zugang ins Haus sein«, sagte Weimar.

Er rief die Streifenbeamten erneut herbei. Diesmal benötigten sie drei Schläge, ehe sie die stabilere Tür überwanden.

»Dann schauen wir mal, was uns erwartet«, sagte Weimar.

Wieder ging er voran. Rosenberg und Schult folgten. Die Streifenbeamten gaben ihnen auf der Straße Rückendeckung. Rasch inspizierten sie die Räume im Erdgeschoss. Nichts deutete auf die Anwesenheit einer Person hin. Vor der Kellertür blieb Weimar stehen. Er nickte Rosenberg zu, bevor er sich seitlich an die Tür stellte und sie öffnete. Vorsichtig lugte Rosenberg nach unten.

»Nichts zu sehen«, flüsterte sie. »An der Wand ist eine Lampe. Ich schalte sie ein.«

Sie tastete nach dem Lichtschalter. Im matten Schein stieg sie langsam die Stufen hinunter. Am Treppenabsatz wartete sie auf ihre Partner. Gemeinsam durchkämmten sie die einzelnen Räume. Hinter der zweiten Tür stießen sie auf die von der Decke hängenden Polaroids. Rosenberg leuchtete jedes Bild an. Sie zählte insgesamt acht verschiedene Frauen.

»Was für eine kranke Scheiße!«, fluchte sie.

Sie gingen in den nächsten Raum, in dem sie eine Pritsche, eine Toilette und eine Handschellenkette fanden, die an einem Rohr befestigt war.

»Houston, wir haben ein Problem«, flüsterte Schult.

Rosenberg trat näher an die Pritsche heran und erkannte Blutflecken auf dem grauen Laken. »Lasst uns den Rest des Kellers inspizieren und danach Verstärkung rufen. Die Spurensicherung muss in größtmöglicher Stärke auftauchen. Hier werden sie stundenlang beschäftigt sein. Mindestens.«

Auch der nächste Raum bot eine unangenehme Überraschung. In einer weißen Kommode entdeckten sie acht Personalausweise, Bankkarten, Schmuckstücke und zwei Brillen. In einem großen Schrank fanden sie zudem Kleidungsstücke, die stilmäßig eher zu jungen Frauen passten, sie allerdings nicht vollständig bekleidet hätten. Wo steckte der Rest der Sachen?

* * *

»Hauptkommissarin Rosenberg, kommen Sie mal bitte ins Wohnzimmer«, erklang zwei Stunden später eine Stimme.

Rosenberg folgte der Aufforderung. Wie alle anderen Polizisten vor Ort trug sie inzwischen einen weißen Schutzanzug, der bei jedem Schritt raschelte. Der Mann, der sie gerufen hatte, deutete zu einer Zimmerdecke, an der eine halbrunde Lampe hing.

»Da ist eine Kamera angebracht«, sagte der Spurensicherungsbeamte. »Ich fürchte, wir werden schon die ganze Zeit beobachtet.«

Rosenberg kniff die Augen zusammen. Es dauerte einen Moment, bis sie das Kameraauge erkannte. Bei einem flüchtigen Blick hätte man es für einen Teil der Deckenbefestigung halten können.

»Leute, hört mal zu, hier hängt eine Kamera. Wenn jemand eine im Wohnzimmer angebracht hat, finden wir in den anderen Räumen bestimmt auch welche«, rief Rosenberg. »Nehmen wir dem Mistkerl seine Augen.«

* * *

»Sehr schade«, seufzte er.

Die Bullen hatten vor rund zwanzig Minuten eine der vielen Kameras entdeckt, mit der er das Haus gesichert hatte. Seitdem inspizierten sie gründlich alle Räume und bewiesen leider großes Geschick beim Aufspüren der kleinen Geräte. Mittlerweile hatte er nur noch auf eine Kamera Zugriff, und in deren Linse starrte soeben die hauptverantwortliche Polizistin. Sie kletterte auf einen Stuhl, um sich das Objekt näher anzusehen.

»Du würdest dich gut in meiner Sammlung machen, Prinzessin«, flüsterte er. »Auch wenn du für meinen Geschmack ein bisschen alt bist.«

Die Entwicklung war bedauerlich. Gleichzeitig spürte er einen neuen Reiz. In den letzten zweieinhalb Jahren hatte er viel Spaß mit den unterschiedlichsten Frauen gehabt. Es war jedes Mal fantastisch gewesen, ihre Seelen zu zerstören. Doch schon bei seiner vorletzten Gefangenen hatte das Vergnügen nachgelassen. Nun begänne ein anderes Abenteuer. Mit Gegenspielern, die ihm gefährlich werden konnten.

Statt Beunruhigung empfand er Vorfreude. Das würden interessante Tage und Wochen werden.

Das Bild auf dem Smartphone wurde schwarz. Fast schon gleichgültig zuckte er die Achseln. Solange die Bullen nicht seinen letzten Trumpf fänden, war er ihnen gegenüber weiterhin im Vorteil. Er öffnete eine andere Software auf seinem Handy und gab das Passwort ein. Sekunden später drangen die Stimmen der Polizisten aus seinem Handy. Gebannt lauschte er ihnen.

* * *

Die Spurensicherung hatte das Wohnzimmer mittlerweile freigegeben. Rosenberg nutzte den Raum, um Drosten und seinem Team eine weitere Rückmeldung zu geben.

»Ich habe mir die Personalausweise angesehen. Die

Frauen waren zwischen neunzehn und achtundzwanzig Jahre alt. Sie lebten in verschiedenen Bundesländern.«

»Wenn Sie mir die Personalien durchgeben, recherchiere ich in unseren Datenbanken.«

»Genau darum hätte ich Sie gebeten. Ich habe die Ausweise fotografiert und schicke Ihnen die Daten zu.«

»Sehr gut.«

»Außerdem würde ich gern mit Frau Haller sprechen. Am liebsten persönlich. Vielleicht kann sie uns Hintergründe über die letzten verschwundenen Personen geben.«

»Es könnte sein, dass Frau Haller und Herr Trapp aus Sicherheitsgründen derzeit nicht nach Hause fahren. Telefonisch sind sie zu erreichen. Meine Kollegen und ich brechen morgen früh nach Köln auf. Können wir Sie von Wiesbaden schon heute unterstützen?«

»Wenn Sie Informationen über die verschwundenen Frauen finden, hilft uns das sehr. Wir werden in den nächsten Stunden alles zusammentragen, was wir über den Hausbesitzer in Erfahrung bringen. Die Befragung der Nachbarschaft steht auch weit oben auf unserer Prioritätsliste.«

»Dabei könnten wir Sie personell ab morgen unterstützen«, schlug Drosten vor.

»Darauf kommen wir gern zurück. Wann können wir mit Ihrer Ankunft rechnen?«

»Wir brechen früh auf. Wenn nichts Ungewöhnliches passiert, sind wir gegen neun oder spätestens halb zehn bei Ihnen.«

»Dann bis morgen.«

Sie beendeten das Telefonat. Nur Sekunden später erhielt Rosenberg bereits von Drosten Eva Hallers Kontaktdaten. Sie wählte die Rufnummer und erreichte die Journalistin beim ersten Versuch.

»Hallo, Frau Haller. Hauptkommissarin Rosenberg am Telefon.«

»Ich hoffe, Sie melden sich mit guten Neuigkeiten. Haben Sie Ariane wohlbehalten gefunden?«

»Sie ist verschwunden. Genau deswegen rufe ich an. Ich würde mich gern mit Ihnen über die drei Vermissten unterhalten, bei einem persönlichen Treffen. Jede Information könnte hilfreich sein. Hauptkommissar Drosten hat Andeutungen gemacht, dass Sie heute nicht zu Hause übernachten?«

»Mein Partner befürchtet, dass wir zu Hause nicht sicher sein könnten. Meine Adresse findet man leicht im Internet, und falls der Täter Zugriff auf Arianes Handy hat ...« Sie sprach den Satz nicht zu Ende.

»Auch darüber können wir uns besser persönlich unterhalten«, sagte Rosenberg. »Wo finde ich Sie, und bis wann darf ich heute Abend stören?«

»Ein Vereinsmitglied hat uns seine Anliegerwohnung zur Verfügung gestellt. Stefan und ich waren vor ein paar Stunden kurz zu Hause, haben schnell ein paar Sachen zusammengepackt und sind jetzt bei unserem Sportkameraden.« Sie nannte den Namen und die Adresse des Mannes.

Rosenberg wiederholte die Angaben und notierte sie sich.

»Da wir eh nicht schlafen können, dürfen Sie kommen, wann Sie wollen«, fuhr Haller fort.

»Das passt mir gut. Es könnte etwas dauern. Aber ich versuche, nicht später als bis einundzwanzig Uhr bei Ihnen zu sein.«

»Dann sehen wir uns nachher.«

Kaum hatte Rosenberg die Verbindung getrennt, klingelte ihr Handy und übertrug Frank Weimars Nummer. Ihr Partner war eine Stunde zuvor zur Staatsanwaltschaft gefahren. Um Fortschritte zu erzielen, benötigten sie

Auskünfte des Grundbuchamtes, des Finanzamtes und anderer Stellen.

»Wir haben die richterlichen Beschlüsse zusammen«, sagte er zufrieden.

»Dann geht's jetzt richtig los. Hoffentlich kommen wir in den nächsten Stunden weiter.«

6

»Dass Ihre Anreise etwas mehr Zeit in Anspruch genommen hat als geplant, kam uns gelegen«, sagte Katharina Rosenberg.

Zusammen mit den Wiesbadener Gästen hatten sie sich zu sechst in einen Konferenzraum des Kölner Präsidiums gesetzt.

»Wir haben einige Informationen nämlich erst in den letzten neunzig Minuten erhalten«, fuhr Frank Weimar fort. »Aber dafür haben wir jetzt interessante Daten zusammen.«

»Sie verstehen es, Spannung aufzubauen«, sagte Kraft. »Wir sind ganz Ohr.«

Rosenberg trat mit ein paar Zetteln in der Hand an ein Whiteboard. Sie zog die Kappe von einem schwarzen Filzstift. »Im Grundbuchamt ist als Besitzer des Hauses Uwe Bartlett eingetragen.« Sie notierte den Namen und unterstrich ihn zweimal. »Er ist zweiundvierzig Jahre alt. In den Steuerunterlagen, die wir einsehen konnten, hat er für 2017 bis 2020 keine Einkommensteuererklärung mehr abgegeben. Bis 2016 war er bei Ford in Köln angestellt und bekam im Laufe jenes Jahres eine Einmalzahlung, die auf eine

Abfindung hindeutet. In der Erklärung hatte er den Arbeitgeber nur von Januar bis September angegeben. Danach nichts mehr.«

»Er hat keine staatlichen Leistungen beantragt«, sagte Daniel Schult. »Weder Arbeitslosengeld noch Grundsicherung. Wir warten derzeit auf eine Rückmeldung der Krankenkasse, bei der er unseres Wissens zuletzt Mitglied war. Allerdings schließen wir nicht aus, dass er keinen Versicherungsschutz hat, denn von seinen Konten fließen dafür keine monatlichen Beiträge ab.«

»Die restlichen Bewegungen auf dem Bankkonto sind überschaubar. Er bezieht keinen Lohn oder sonstige regelmäßige Einnahmen«, fuhr Weimar fort. »Ungefähr alle sechs Monate finden Bareinzahlungen statt. In einer Größenordnung, die nicht meldepflichtig ist. Anschließend gehen ein paar Kosten wie Strom- und Wasserabschläge, die Grundsteuer oder die GEZ vom Konto, zusätzlich wird die EC-Karte immer wieder eingesetzt. Meist für kleinere Beträge in Super- oder Baumärkten. Jedes Mal, bevor der Kontostand auf null absinkt, erfolgt eine neue Einzahlung.«

Rosenberg hielt die Punkte stichwortartig fest. Dann übernahm sie wieder die Gesprächsführung. »Die Rückmeldung der Kfz-Zulassungsbehörde ergab kein auf ihn zugelassenes Fahrzeug. Sein polizeiliches Führungszeugnis ist einwandfrei. Gegen ihn liegt nichts vor, in unseren Datenbanken ist er nicht erfasst.«

»Ein unbeschriebenes Blatt, das seine Geschäfte bevorzugt bar durchführt«, fasste Sommer zusammen.

Rosenberg nickte. »Außerdem könnte man ihn beinahe als Großgrundbesitzer bezeichnen, denn das unbebaute Grundstück neben dem Haus gehört ihm ebenfalls. Offenbar hatte er keine Lust auf Nachbarn. Hätte er die Fläche verkauft, wäre ein schöner Gewinn übrig geblieben. Er hatte übrigens den größten Teil der Abfindung Ende

2016 dazu genutzt, um auf einen Schlag Hypotheken abzubezahlen.«

Rosenberg trat vom Whiteboard weg und schlug einen Schnellhefter auf. »Vom Einwohnermeldeamt haben wir ein Foto vorliegen. Bartlett hat vor sechs Jahren einen Reisepass beantragt.« Sie reichte den Wiesbadenern drei Kopien.

»Ein unauffälliges Gesicht«, sagte Drosten. »Zumindest auf diesem Bild hier. Dunkelblond, weder dick noch knochig.«

Rosenberg nickte. »Auf der Straße würde man vermutlich an ihm vorbeilaufen.« Sie ging wieder zum Whiteboard. »Die Spurensicherung hat an verschiedenen Stellen im Keller unterschiedliche Blutspuren gefunden. Momentan ist die Auswertung aller sichergestellten Spuren noch im Gange, aber das Ergebnis haben mir die Kollegen schon mitteilen können.« Sie steckte die Kappe wieder auf den Stift und nahm Platz.

»Da Sie uns gestern die Personalausweise der Opfer übermittelt haben, können wir auch unseren Teil beitragen«, sagte Sommer. Er weckte das mitgebrachte Tablet aus dem Schlafmodus und entsperrte es mit einem Fingerabdruck. »Das am längsten als vermisst gemeldete Mädchen stammt aus Köln.«

»Über die junge Frau haben wir interessante Informationen zusammengetragen«, bestätigte Rosenberg. »Aber ich lasse Ihnen den Vortritt.«

»Eleni Panfil, zum Zeitpunkt ihres Verschwindens achtzehn Jahre und sieben Tage alt. Ihre Mutter hat sie als vermisst gemeldet, doch es lagen keine Spuren eines Gewaltverbrechens vor. Sie hatte ihrer alleinerziehenden Mutter gegenüber behauptet, zu einer Freundin zu fahren. Besagte Freundin wusste allerdings nichts von einem Treffen. Die Befragung der Klassenkameradin war für die Ermittlung folgenreich. Wie sich herausstellte, hatte Eleni ihren Geburtstag mit drei Freundinnen gefeiert und dabei von einem jungen Mann geschwärmt, der angeblich als Model arbeitete und ihr Monaco zeigen wollte. Keiner der Partygäste hat das geglaubt, weil sich Eleni gern mal mit falschen Federn geschmückt hat. Am Ende der Ermittlungen waren zwei Thesen wahrscheinlicher als ein Gewaltverbrechen. Entweder ist Eleni mit ihrer neuen Bekanntschaft, dessen Namen niemand kennt, abgehauen, oder sie ist allein aus einem schwierigen Elternhaus geflüchtet. Da sie zum Zeitpunkt des Verschwindens volljährig war, sind die Ermittlungen wohl nie mit Nachdruck betrieben worden.«

»Was haben Sie noch herausgefunden?«, fragte Drosten.

»Zwei Monate vor ihrem Geburtstag hat Eleni Strafanzeige gegen einen Lehrer ihrer Realschule gestellt.« Rosenberg hielt einen Moment inne. »Wegen sexueller Belästigung. Das war gut acht Wochen vor ihrem Abschluss. Der Lehrer bestritt die Vorwürfe und behauptete, sie habe sich wegen der Benotung der Abschlussarbeit an ihm rächen wollen. Eleni blieb bei den Anschuldigungen. Die Sache wäre vor Gericht verhandelt worden, wenn die junge Frau nicht verschwunden und zu einem angesetzten Gerichtstermin nicht erschienen wäre.«

»Was dem Lehrer ein starkes Motiv gibt«, sagte Kraft. »Liegen Ihnen Informationen über den Beschuldigten vor?«

»Er heißt Michael Graul, neununddreißig Jahre alt«, antwortete Rosenberg. »Wohnhaft hier in Köln. Ledig. Durch ihr Verschwinden konnte er seine Anstellung behalten, zumal das Kollegium wohl eher ihm als der Schülerin Glauben geschenkt hat. Eleni galt als schwierige Person. Aufsässig und faul. Eine Verbindung zwischen ihm und Bartlett haben wir bislang nicht gefunden.«

»Auf der Liste der Menschen, die wir dringend sprechen wollen, steht Graul weit oben«, ergänzte Schult. »Wir werden ihn im Laufe des Tages aufsuchen. Genau heute haben hier in NRW die Osterferien begonnen. Wir hoffen, er nutzt das nicht zu einem Auslandsurlaub.« Schult schaute auf seine Uhr. »Jetzt müsste er noch in der Schule sein.«

»Reden wir über die anderen sieben Vermissten, deren Personalausweise Sie sichergestellt haben«, sagte Drosten. »Die Jüngste war achtzehn, die Älteste neunundzwanzig. Keine von ihnen hat einen neuen Ausweis beantragt. Zwei stammten aus NRW, die anderen fünf aus unterschiedlichen Bundesländern.«

»Also dürfen Sie ganz offiziell mit uns ermitteln?«, vergewisserte sich Rosenberg.

»Es gibt nichts, was dagegenspricht. Wer dann die Leitung innehat, darüber dürfen sich unsere Vorgesetzten beratschlagen«, erwiderte Drosten. »In keinem der Fälle wurden ausgedehnte Ermittlungen durchgeführt. Die Frauen sehen sich nicht ähnlich – offenbar hat der Täter kein spezielles Opferschema. Allerdings glichen sich die Lebensumstände. Viele waren Schulabbrecherinnen ohne festen Job, die meisten verschuldet oder zumindest finanziell am Limit. Auch familiär war keine von ihnen liebevoll eingebunden.«

»Wie findet ein Täter solche Frauen?«, fragte Rosenberg.

»Ein Anhaltspunkt dafür würde uns einen großen Schritt weiterbringen«, sagte Sommer. »Allerdings kann man davon ausgehen, dass er gezielt Ausschau gehalten hat. Denn achtmal so viel Glück zu haben, da würde man wahrscheinlich eher im Lotto den Jackpot knacken.«

Es klopfte an der Tür. Rosenberg erhob sich.

»Ich habe zwei Gäste zu unserer Besprechung eingeladen.«

Sie öffnete die Tür, vor der die Journalistin Haller und ihr Partner standen. Nach einer herzlichen Begrüßung aller

Beteiligten nahmen die Neuankömmlinge auf den letzten zwei freien Stühlen Platz.

»Ich habe Frau Haller hergebeten, weil wir es gestern Abend nicht mehr geschafft haben, zu ihr zu fahren«, erklärte Rosenberg. »Ich hoffe, Sie sind nicht unseretwegen wach geblieben.«

»Das war alles kein Problem«, sagte Haller. »Die Ehefrau unseres Gastgebers hat es sich nicht nehmen lassen, noch herzhafte Speisen aufzutischen. Wir waren bis Mitternacht gut beschäftigt und sind danach pappsatt ins Bett gefallen. Das war für mich die perfekte Ablenkung.«

»Die folgenden Informationen sind streng vertraulich. Aber ich denke, das ist Ihnen klar.«

Haller versicherte ihre Verschwiegenheit mit einem Nicken. Rosenberg berichtete daraufhin von der Vermutung, dass der unbekannte Täter im Laufe der letzten zweieinhalb Jahre acht junge Frauen gefangen gehalten hatte. Sie gab Auskünfte über den Hausbesitzer und die Verschwundenen.

»Ariane fällt genau ins Schema«, sagte Haller. »Das Mädchen wird garantiert auch von niemandem vermisst.«

»Was können Sie uns über Ariane und ihre Freunde erzählen?«, erkundigte sich Sommer.

Haller seufzte. »Am besten beginne ich mit Ariane. Sie ist sehr offen mit ihrer Vergangenheit umgegangen. Ihre ersten zwei Lebensjahre waren wahrscheinlich ihre glücklichsten. Dann ist ihre leibliche Mutter bei einem Verkehrsunfall gestorben. Ihr Vater hat danach eine neue Frau kennengelernt, die sich als Stiefmuttermonster herausstellte. Ariane bekam einen Stiefbruder, der von seinen Eltern vergöttert wurde, während sie und ihre Stiefmutter sich überhaupt nicht verstanden. Der Vater war beruflich stark eingebunden und hatte abends kein Ohr für die Nöte seiner Tochter. Ihre Leistungen in der Schule fielen ab, die darauffolgenden Bestrafungen wurden immer härter. Ariane hat mir erzählt, dass ihre Stiefmutter sie einmal nach der Schule bis zum nächsten Tag im dunklen Keller eingesperrt hat. Der Vater war zu dem Zeitpunkt auf Geschäftsreise. Als er zurückkehrte und Ariane ihm davon unter Tränen berichtete, stritten Stiefmutter und -bruder alles ab. Er glaubte seiner eigenen Tochter nicht.«

»Oh mein Gott«, stöhnte Kraft. »Und jetzt befindet sie sich möglicherweise in der Hand eines Psychopathen, der sie wieder einsperrt – vorausgesetzt, er besitzt einen zweiten Unterschlupf.«

»Ich mag mir nicht ausmalen, was das für Arianes Seele bedeutet. Falls sie überlebt«, sagte Haller betrübt. »Mit siebzehn hat sie es zuhause das erste Mal nicht mehr ausgehalten. Hinzu kam, dass ihr mittlerweile dreizehnjähriger Stiefbruder sich mit dem Einsetzen der Pubertät nachts zu ihr ins Bett legte – und die Mutter wieder nichts dagegen unternahm. Ariane haute ab, wurde aber sechs Tage später verwahrlost aufgegriffen und zurückgebracht. An ihrem achtzehnten Geburtstag schrieb sie einen Abschiedsbrief und verschwand.«

»In welcher Stadt lebt die Familie?«

»In Augsburg. Zuerst verschlug es Ariane nach Nürnberg, wo sie auf Franziska und Nico traf. Die beiden nahmen sie unter ihre Fittiche und zogen seither gemeinsam durchs Land.« Haller fasste ihre Kenntnisse über Arianes Freundin zusammen. »In ihrer Nachricht klang durch, wie peinlich es ihr war, zuzugeben, dass Franziska und Nico einen Einbruch geplant hatten. Aber das hat mich überhaupt nicht schockiert. Sich auf der Straße mit dem durchzuschlagen, was man erbettelt, ist nicht unmöglich, jedoch ziemlich schwierig.«

»Wo haben die drei nachts geschlafen?«, fragte Drosten.

»Den genauen Ort haben sie mir nie mitgeteilt. Aus

Furcht, durch die Reportage könnte ihnen jemand den Platz wegschnappen oder der Besitzer des Hauses die Abbrucharbeiten vorziehen. Bitte finden Sie das Mädchen und seine Freunde!«

Haller schaute flehentlich in die Runde. Trapp griff nach ihrer Hand und streichelte sie zärtlich.

7

Er musterte seine nackte Gefangene. In dem alten Versteck hatte er sie betäubt und dann in seinem Kofferraum hierher transportiert. Er hatte der jungen Frau ein provisorisches Bett aus fünf aufeinandergestapelten Europaletten und verschiedenen Decken konstruiert und ihr einen Eimer als Toilettenersatz hingestellt. Ihre Arme waren mit einer langen Kette am verankerten Wandregal gefesselt. Momentan waren ihre Beine frei, obwohl er bereits Fußschellen am Ende des provisorischen Bettes befestigt hatte. Solange er sein Opfer nicht vollständig fixieren musste, durfte es sich zumindest ein bisschen bewegen. Er konnte nicht ausschließen, dass das Mädchen im Laufe mehrerer Tage die Schrauben des Wandregals langsam lösen konnte. Falls sie auf diese Idee kam und dafür kräftig genug wäre. Er würde sie unter keinen Umständen unterschätzen.

»Mein kleines Vögelchen«, sagte er leise. »Du hast dich selbst in diese Situation manövriert. Jetzt müssen wir das Beste daraus machen.«

Er nahm einen Stuhl und stellte ihn dicht an die Liegefläche heran. Seine Gefangene zog die Beine an, um ihre Brüste und ihren Unterleib vor ihm zu verbergen.

»Du bist süß, aber spar dir die Mühe. Ich nehme mir, was mir zusteht. Dagegen kannst du gar nichts ausrichten. Deinen Vorgängerinnen habe ich immer empfohlen, sich zu entspannen. Schmerzen wirst du ohnehin erleiden, denn ich stehe auf eine härtere Gangart. Je mehr du dich dabei verkrampfst, desto schlimmer wird es. Und jetzt zur guten Nachricht: Bis ich dafür genug Zeit habe, vergehen noch Stunden. Ich denke, wir werden unsere erste richtige Verabredung heute Abend in aller Ruhe zelebrieren. Vielleicht bringe ich sogar Kerzen mit, damit wir es romantisch haben.« Er zwinkerte ihr zu. »Vorab müssen wir ein paar Dinge besprechen. Kommen wir zunächst zu der betrüblichsten Nachricht für dich. Deine Freunde haben ihren Einbruch in meinen Unterschlupf mit dem Leben bezahlt. Ich konnte Franziska nicht einmal gebührend kennenlernen, weil ich ihr ein Messer in den Hals rammen musste, ehe ich mich um Nico gekümmert habe.«

»Sie sind ein mieses Schwein«, flüsterte Ariane. »Die beiden haben Ihnen nichts getan.«

»Sie sind bei mir eingebrochen. Ich habe dieses Vergehen sanktioniert. Nachdem sie tot waren, habe ich ihre Handys sehr genau geprüft. Du warst rührend besorgt um sie. Das ist mir richtig ans Herz gegangen. Da wusste ich, du würdest irgendwann bei meinem Haus auftauchen. Also habe ich dir eine Falle gestellt und die Umgebung beobachtet. Kaum hatte ich dich entdeckt, habe ich so getan, als würde ich nach Hause zurückkommen und gleich wieder in wahnsinniger Eile aufbrechen. Du bist eine aufmerksame Beobachterin. Obendrein ziemlich klug. Du hast sofort kapiert, dass du durch die Garagentür ins Haus gelangen könntest. Respekt. Aber jetzt sprechen wir über die Frage, die mich am brennendsten interessiert. Du findest meinen Raum der Erinnerungen mit den Polaroidbildern. Daraufhin fotografierst du sie ab und schickst sie an eine Journalistin. Der du zuvor schon geschrieben hast, wohin es dich verschlägt. Wieso?«

»Wieso nicht?«, antwortete sie zickig.

Er seufzte. »So kommen wir nicht weiter, mein Schatz. Was verbindet dich mit dieser Journalistin?«

»Sie sind der Letzte, dem ich das verraten würde.«

»Nein, ich bin der Erste, dem du das erklärst. Ich frage dich noch einmal. Wieso diese Journalistin?«

»Warum verpissen Sie sich nicht einfach?«

Ohne Vorwarnung versetzte er ihr eine harte Ohrfeige. Ihr Kopf ruckte zur Seite. Sie sagte keinen Ton.

»Du willst deswegen Schmerzen ertragen? Wegen einer simplen Frage? Das begreife ich nicht.«

»Ich bin schon so oft in meinem Leben geschlagen worden. Sie sind garantiert nicht der Erste.«

Ihr Kampfgeist entlockte ihm ein Lächeln. Diese junge Frau war eine lohnenswerte Herausforderung. Schade, dass er mit ihr keine Monate verbringen könnte. Sein Ersatzversteck war dafür nicht geeignet. Spätestens in zwei Wochen müsste er sie entsorgen.

»Dann ist es umso schöner für mich, dass ich der letzte Mensch bin, der dich schlägt.« Er täuschte den nächsten Schlag an, und sie zuckte zusammen. »Herrlich«, sagte er. »Du hast Angst – egal, was du behauptest.« Er stand auf. »Ich bin gleich wieder bei dir, meine Ballkönigin.« Er verließ den Kellerraum und schloss ihn von außen ab. Aus einem Nebenraum holte er eine Gießkanne, die er mit Wasser füllte. Zusammen mit einem Handtuch trug er die Kanne in das Gefängnis. Besorgt beäugte sie die Gegenstände.

»Weißt du, warum Waterboarding in aller Welt als effektive Foltermethode gilt? Dieses Gefühl des Ertrinkens, obwohl man gar nicht von Wasser umgeben ist, raubt dir den Verstand.«

»Nein«, flüsterte sie entsetzt.

»Ich könnte jetzt deinen Pinkeleimer mit Wasser füllen und deinen Kopf untertauchen. Effektiver ist allerdings eine andere Methode.«

Er stellte die Gießkanne ab und legte das Handtuch darüber. Dann trat er zu ihr und packte ihr linkes Bein. Sie versuchte, ihn zu treten, hatte aber keine Chance. Schnell legte er ihr die Fußschelle an. Sie schrie und strampelte. Er griff nach dem zweiten Bein, verfehlte es jedoch. Um sie zu zähmen, boxte er ihr mit aller Gewalt in den Magen. Ihr Widerstand erlahmte. Sie schnappte nach Luft. In aller Ruhe konnte er sie fixieren. Noch während sie mit den Folgen des Bauchtreffers kämpfte, legte er ihr das dünne Handtuch aufs Gesicht.

»Du hattest eine Chance, mir die gewünschte Information zu geben. Jetzt trägst du die Konsequenzen deines Verhaltens. Wenn ich dich das nächste Mal frage, solltest du besser antworten.«

Sie zappelte mit dem Kopf hin und her. Tatsächlich gelang es ihr, das Handtuch ein Stück zu verschieben.

»Hör endlich auf! Du schadest dir nur selbst!«

Er rückte das Handtuch wieder zurecht und klemmte ihr diesmal beide Enden unter den Hinterkopf. Dann griff er zur Gießkanne. Der erste Schwall Wasser traf auf den Baumwollstoff. Genau in diesem Moment erklang ein schriller Klingelton.

»Scheiße!«, fluchte er leise. Er stellte die Kanne beiseite. »Du hast wirklich verdammt viel Glück. Aber du kennst ja das Sprichwort, oder? Aufgeschoben ist nicht aufgehoben.«

Er verließ den Raum und verriegelte die Tür.

* * *

Am frühen Freitagnachmittag suchten Drosten und Rosenberg gemeinsam den Lehrer auf. Der Mann wohnte in einer ruhigen, kleinen Straße in einem Einfamilienhaus.

»Ob er verheiratet ist und vielleicht sogar Kinder hat?«, fragte Drosten. »Das Haus wäre groß genug dafür.«

»Aus den Unterlagen von vor drei Jahren ging hervor, dass er alleinstehend war.«

»Hat er damals schon hier gewohnt?«

»Ja.«

Drosten drückte die Klingel und trat einen Schritt von der Tür zurück. Sie warteten schweigend eine Minute, in der nichts geschah. Drosten klingelte erneut. Diesmal vergingen nur Sekunden, bis ihnen jemand die Tür öffnete. Michael Graul schien im Vergleich zu den Bildern, die in den alten Polizeiakten aufbewahrt waren, eher jünger geworden zu sein. Als habe er einen Jungbrunnen gefunden. Er wirkte schlanker und sportlicher.

»Sie wünschen?«, fragte er. Neugierig musterte er seine Besucher.

»Herr Graul?«, vergewisserte sich Drosten.

»Und wer sind Sie?«

»Kriminalhauptkommissar Robert Drosten, KEG Wiesbaden. Und das ist meine Kölner Kollegin, Kriminalhauptkommissarin Rosenberg.«

Beide zeigten ihre Ausweise vor, die der Mann nicht beachtete.

»Was verschlägt Sie aus Wiesbaden nach Köln?«

»Würden Sie uns reinlassen?«, fragte Rosenberg.

Graul schnaubte einmal kurz durch. »Gehen wir in die Küche.« Er ließ sie herein und schloss die Tür hinter ihnen. »Geradeaus und dann am Ende rechts.«

Die Türen, die vom Flur abgingen, waren alle verschlossen. Die Küche hingegen stand offen. Sie war sehr geräumig, mit einer Kochinsel in der Mitte, um die insgesamt vier Barhocker gruppiert waren.

»Setzen wir uns an den Tisch«, schlug Graul vor.

Drosten und Rosenberg nahmen an dem für acht Leute ausgelegten Massivholztisch Platz.

»Kriegen Sie oft Besuch?«, fragte Drosten. »In Ihrer Küche kann man vermutlich schöne Partys feiern.«

Graul lächelte. »Reden wir nicht um den heißen Brei herum«, sagte er. »Sie kommen wegen Eleni, oder? Was ist passiert? Ist sie zurück und trägt wieder ihre lächerlichen Anschuldigungen gegen mich vor?«

»Ja, wir sind wegen Eleni hier«, bestätigte Drosten. »Und wir wollen Ihnen nichts vorgaukeln. Es gibt Anhaltspunkte, dass Ihre ehemalige Schülerin vor zweieinhalb Jahren nach ihrem Verschwinden Opfer eines Schwerverbrechens wurde.«

Graul riss die Augen auf. »Wow. Und damit überfallen Sie mich ohne Vorankündigung? Scheiße!« Er erhob sich und ging zum Kühlschrank, aus dem er einen Becher Caffè Latte Macchiato holte. »Wollen Sie auch?«

Drosten und Rosenberg verneinten. Graul setzte sich wieder zu ihnen, schüttelte den Becher und öffnete ihn. Er trank einen Schluck. »Scheiße!«, wiederholte er. »Haben Sie ihre Leiche gefunden?«

»Zu solchen Ermittlungsdetails können wir keine Auskunft geben«, sagte Rosenberg.

»Weswegen sind Sie hergekommen?«

»Weil wir uns im Zuge der neuen Erkenntnisse noch einmal mit der Anzeige gegen Sie beschäftigen müssen«, erklärte Drosten.

»Das war eine billige Racheaktion. Ich war Elenis Mathelehrer, und sie hat eine ungenügende Abschlussarbeit abgegeben, die ich entsprechend benotet habe. Kurz darauf bittet mich die Direktorin zu sich ins Büro. Sie erzählt mir von den Anschuldigungen. Ich war wie vor den Kopf gestoßen. Natürlich war davon kein einziges Wort wahr.«

»Was genau hat sie Ihnen vorgeworfen?«

»Ich habe sie nach der Rückgabe der Klausuren zu einem persönlichen Gespräch in mein Lehrerzimmer gebeten. Die Benotung hatte schwerwiegende Konsequenzen für ihren Abschluss. Ich wollte ihr die Chance einräumen, mich zu überzeugen, in den letzten Wochen richtig Gas zu geben. Damit noch irgendwie eine Vier gerechtfertigt gewesen wäre. Wir unterhielten uns zwanzig Minuten, und sie versprach mir, sich anzustrengen. Zwei Tage später ruft mich die Direktorin zu sich. Eleni habe ihr gegenüber behauptet, ich hätte Oralsex von ihr verlangt und vor ihr die Hose heruntergelassen. Was absolut lächerlich war und nicht den kleinsten Funken Wahrheit enthielt. Bei einem Sechs-Augen-Gespräch mit Eleni und der Direktorin blieb sie bei dieser Behauptung. Ich war fassungslos. Kurz darauf ging sie zur Polizei und erstattete Anzeige. Es folgte ein Spießrutenlauf. Bis Eleni verschwand und nicht zu einem Gerichtstermin auftauchte. Danach verlief das ...« Er legte seine Finger an die Stirn. »Jetzt kapier ich's! Wenn Sie von einem Schwerverbrechen sprechen, haben Sie ihre Leiche gefunden und fragen sich, ob ich der Täter sein könnte. Nein, bin ich nicht!«

»Haben die Anschuldigungen Ihrer Karriere geschadet?«, fragte Rosenberg.

»Disziplinarisch nicht«, antwortete Graul. »Die Direktorin hat mir von Anfang an geglaubt.«

»Aber?«, hakte Drosten nach.

Graul seufzte. »Die Direktorin stand mir unter anderem zur Seite, weil ich mich gerade in einer frischen Beziehung mit einer Kollegin aus einer anderen Schule befand. Johanna Ebert. Die Direktorin wusste davon. Sie kennt

Johanna aufgrund einer Kooperation unserer beiden Schulen und hielt es für unwahrscheinlich, dass ich verliebt sei und gleichzeitig eine Schülerin bedrängen würde. Johanna hingegen war von den Anschuldigungen schockiert. Sie trennte sich von mir.«

»Das klingt für mich, als hätte sie an Ihrer Unschuld gezweifelt«, sagte Rosenberg.

»So war es wohl.« Graul mied zum ersten Mal den Blickkontakt.

»Wieso hat sie Ihnen nicht geglaubt?«, fragte Drosten.

Graul legte den Kopf in den Nacken und starrte an die Decke. »Scheiße, scheiße, scheiße«, flüsterte er. Dann gab er sich einen Ruck. Er straffte die Schultern und sah Drosten in die Augen. »Wir hatten uns Tage zuvor mit einem Rollenspiel gegenseitig erregt. Sie war in diesem Spiel die Schülerin und ich der Lehrer, der von seiner Schülerin sexuelle Dienste gegen bessere Noten einforderte.«

»Was für ein Zufall«, sagte Drosten.

»Nur ein Spiel, um uns heiß zu machen.«

»Aber als die Vorwürfe publik wurden ...«, begann Rosenberg.

»... glaubte Johanna, darin könnte ein Körnchen Wahrheit stecken. Sie hat zwar gegenüber der Direktorin geschwiegen, wollte mich aber nicht mehr sehen. Obwohl es bloß ein Spaß war. Macht so etwas nicht jeder im Laufe seines Lebens?«

»Wir verurteilen das nicht«, versicherte Rosenberg ihm. »Dumme Zufälle passieren, und freiwilliger Sex zwischen zwei Erwachsenen hat viele Facetten.«

»Danke«, murmelte Graul.

Drosten schaute zu Rosenberg, die ihm zunickte.

»Das war vorläufig alles, was wir von Ihnen wissen wollten. Heute haben die Osterferien angefangen, richtig?«

»Heute war der letzte Unterrichtstag«, bestätigte Graul.

»Planen Sie eine Urlaubsreise?«

»Nein. Ich bin hier in den nächsten zwei Wochen beschäftigt. Es gibt viel Liegengebliebenes wegzuarbeiten.« Er zuckte die Achseln. Beinahe so, als wäre ihm dieses Eingeständnis unangenehm.

8

Zu sechst begannen die Kölner und Wiesbadener Kommissare am Samstagmorgen mit der Befragung der Nachbarschaft. Sie hatten dieses Vorhaben auf den Wochenendtag gelegt, weil sie hofften, so die meisten Anwohner auf Anhieb zu erreichen.

Lukas Sommer und Frank Weimar hatten sich zu einem Team zusammengefunden. Sie klingelten an dem Gebäude, das gegenüber Bartletts Haus lag. Ihnen öffnete eine junge Mutter, die ein Kleinkind auf dem Arm trug.

»Ja, bitte?«, fragte sie ziemlich genervt. An dem Kind konnte es nicht liegen, denn das schien an der Schulter seiner Mutter eingeschlafen zu sein.

Weimar wies sich als Polizist aus. »Können Sie uns etwas zu Ihrem Nachbarn sagen?«, erkundigte er sich. Dabei deutete er zum entsprechenden Grundstück. »Der Mann wird vermisst, und wir würden ...«

»Ich habe am Donnerstag mitbekommen, dass die Polizei drüben im Haus war«, unterbrach ihn die junge Mutter. »Man ist ja neugierig, was so in der Nachbarschaft passiert.« Sie lachte entschuldigend. »Aber nein. Zu dem

Nachbarn haben wir keinen Kontakt. Allerdings wohnen wir auch erst seit zwei Jahren hier.«

»Und Sie haben dort drüben nie etwas Ungewöhnliches beobachtet?«, hakte Sommer nach.

Die Frau schüttelte den Kopf. »Ab und zu habe ich mal einen Wagen vor der Garage gesehen, wenn ich mit Teodora spazieren ging.« Sie streichelte ihrem Kind übers dünne Haar. »Mehr nicht.«

Sommer zeigte ihr das Foto, das ihnen von Bartlett vorlag. »Das ist Ihr Nachbar. Ist er Ihnen in den letzten Wochen oder Monaten auf der Straße begegnet?«

»Nein. Tut mir leid. Ich kann mich nicht daran erinnern, ihn überhaupt je gesehen zu haben.«

Weimar bedankte sich für die Auskunft und wünschte der Frau ein schönes Wochenende.

Sie entfernten sich ein paar Meter von dem Hauseingang.

»Kein guter Anfang«, seufzte Sommer. Er bemerkte Rosenberg und Drosten, die ebenfalls ihre erste Befragung beendet hatten. Drostens Kopfschütteln war eindeutig.

»Oje. Herr Bartlett ist verschwunden?« Die etwa 60-jährige Anwohnerin wirkte betrübt. Es schien so, als wüsste sie mehr über ihren Nachbarn als die bisherigen Befragten. »Hoffentlich ist ihm nichts passiert.«

»Wann haben Sie ihn das letzte Mal gesehen?«, fragte Sommer.

Die Frau überlegte. »Kann ich Ihnen gar nicht genau sagen. Früher ist man sich häufiger begegnet. Als er mit seiner damaligen Partnerin und ihrem gemeinsamen Hund in der Nachbarschaft spazieren ging. Aber seit sie weg ist, hm, nein, seitdem verlässt er wohl nur noch selten das Haus.«

»Wenn Sie schätzen müssten, wann Sie Herrn Bartletts Partnerin das letzte Mal gesehen haben. Wie lange ist das her?«, erkundigte sich Weimar.

»Herrjemine, Ewigkeiten. Zwei Jahre? Vielleicht sogar drei? Die Zeit verfliegt ja so schnell. Ich weiß es leider nicht genau. Waren Sie schon bei Herrn Andrich?«

»Der Name sagt uns nichts«, bekannte Sommer. »Wer ist das?«

Die Frau trat zwei Schritte vor. »Herr Andrich wohnt dort.« Sie zeigte zum Straßenanfang. »Hausnummer vier, wenn ich mich nicht irre. Die beiden hat man früher mal gemeinsam gesehen. Ich schätze, niemand hier in der Straße hatte einen engeren Kontakt zu Herrn Bartlett als Herr Andrich.«

»Vielen Dank für den Hinweis«, sagte Sommer.

»Freut mich, falls ich Ihnen helfen konnte.« Die Frau kehrte in ihren Hausflur zurück und schloss die Tür.

»Sollen wir schauen, ob der besagte Nachbar gerade da ist, oder gehen wir stur nach Reihenfolge vor?«, fragte Weimar.

»Ich bin gerne flexibel«, antwortete Sommer.

Andrich lebte in einem Einfamilienhaus mit einem kleinen, gepflegten Vorgarten. An manchen Fenstern waren die Außenrollläden heruntergelassen, an anderen waren sie schon hochgezogen. Weimar klingelte, und es dauerte nur Sekunden, bis ihnen ein etwa 40-Jähriger öffnete, der bei ihrem Anblick die Stirn runzelte.

»Sie sind offensichtlich nicht der Paketbote, den ich erwarte.«

»Ich bin Hauptkommissar Weimar, und das ist mein Kollege Sommer. Herr Andrich?«

Der Angesprochene prüfte die Dienstausweise. »Markus

Andrich«, bestätigte er. »Wollen wir reingehen, oder wird das nur ein kurzes Gespräch?«

»Wenn Sie uns reinlassen, haben wir nichts dagegen.«

Andrich trat zur Seite. »Gehen wir ins Wohnzimmer.« Er führte sie hin und setzte sich an einen runden Glastisch, an dem drei Stühle standen. »Was verschlägt zwei Kriminalkommissare, einer davon noch nicht einmal aus Köln, zu mir?« Neugierig schaute er sie an.

»Wir erkundigen uns in der Nachbarschaft nach Herrn Bartlett«, erklärte Sommer.

»Was ist mit Uwe?«, erkundigte sich Andrich. »Geht's ihm gut?«

»Das wissen wir nicht. Er ist verschwunden«, sagte Weimar.

»*Verschwunden* im Sinne von verschleppt oder eher im Sinne von untergetaucht?«

»Halten Sie die zweite Variante für realistisch?«, erwiderte Sommer.

Andrich überlegte kurz. »Leider ja.«

»Dem entnehme ich, dass Sie und Herr Bartlett Umgang miteinander pflegen?«, vergewisserte sich Sommer.

»Früher. Als er noch mit Bianca liiert war. Und dann vermehrt nach ihrer Trennung. Bis ... na ja ... lang vergangene Zeiten.«

»Die uns stark interessieren. Kennen Sie den vollen Namen seiner früheren Partnerin?«

»Damals hieß sie Bianca Dunst. Keine Ahnung, ob sie mittlerweile verheiratet ist.«

»Wie lange ist das her?«, fragte Weimar.

Andrich antwortete nicht sofort. »Drei oder dreieinhalb Jahre. Eine Ewigkeit. Uwe und Bianca waren ein schönes Paar. Keine Ahnung, warum die nie geheiratet haben. Man sah sie regelmäßig Hand in Hand mit ihrem Hund spazieren gehen. Ein Pudel, den Bianca in die Beziehung gebracht hat.«

»Wie oft hatten Sie Kontakt?«

Andrich fuhr sich übers Gesicht. »Sie zwingen mich jetzt, an eine dunkle Phase zurückzudenken. Na ja. Was soll's. Meine Ex-Frau hat vor sechs Jahren die Scheidung eingereicht. Am Tag des Gerichtstermins traf ich zufällig auf Bianca und Uwe. Die beiden sahen mir meinen aufgewühlten Zustand an und fragten, was los sei. Da platzte es aus mir heraus. Sie boten mir an, zu ihnen zu kommen. Wir saßen bis spätabends zusammen, ich schüttete ihnen mein Herz aus. An diesem Abend freundete ich mich mit Uwe an. Das Verhältnis zwischen Bianca und mir blieb ein bisschen distanziert, vermutlich hielt sie eher zu meiner Ex. Aber Uwe und ich trafen uns fortan regelmäßig. Mal grillten wir, mal schauten wir in einer Kneipe Fußball und feuerten die Geißböcke an. Solche Sachen. Dann verließ Bianca Uwe, was ihn erschütterte. Er schlief drei Nächte in meinem Gästezimmer, weil er es im leeren Haus nicht aushielt. Uwe erzählte mir so viele Dinge, die zur Trennung geführt hatten ...«

»Haben Sie ein paar Beispiele?«, fragte Sommer.

»Sie warf ihm vor, handgreiflich geworden zu sein. Was er gar nicht bestritt, aber mit seinem stark alkoholisierten Zustand erklärte. Sie fand ihn wohl zu besitzergreifend, außerdem hat sie ihn angeblich als sexsüchtig bezeichnet. Am schlimmsten jedoch wäre es für sie gewesen, dass er ihr nie von seiner heimlichen Sterilisation erzählt habe, weil er keine Kinder zeugen wollte. Das hatte sie zufällig erfahren und daraufhin einen Schlussstrich gezogen.«

»Starker Tobak.«

Andrich nickte. »Wochenlang war ich seine wichtigste Bezugsperson. Bis sich das schlagartig änderte. Er meldete sich kaum noch bei mir, und als ich eines Abends unangekündigt vor seiner Tür stand, schrie er, was mir einfiele, einfach vorbeizukommen. Ob ich ihm Ärger bereiten wollte. Das war unser letzter Kontakt. Ich wartete Tage oder sogar Wochen auf eine Entschuldigung, die ich nie erhielt. Irgendwann hatten wir vermutlich den Zeitpunkt überschritten, um unsere Freundschaft zu retten. Das Ganze ist jetzt so ungefähr zweieinhalb Jahre her. Aber nageln Sie mich nicht auf die genaue Spanne fest.«

»Wie gehen Sie heutzutage miteinander um, wenn Sie sich zufällig begegnen?«, fragte Weimar.

»Das ist bestimmt seit zwei Jahren nicht mehr passiert. Man sieht Uwe schlicht und ergreifend nicht mehr. Ab und zu fährt er mit seinem SUV die Straße entlang. Der Wagen hat allerdings getönte Scheiben, ich könnte nicht einmal beschwören, dass er wirklich am Steuer sitzt. Außerdem ist das fast immer nachts. Uwe hat sich einen seltsamen Biorhythmus angewöhnt.«

»Sie können niemanden durch die Scheiben erkennen?«, vergewisserte sich Weimar. »So etwas ist in Deutschland verboten.«

Andrich zuckte die Achseln. »Ist ja nicht mein Fahrzeug.«

»Wie kommt es, dass *Sie* das nachts mitbekommen?«, erkundigte sich Sommer.

»Ich chatte viel mit amerikanischen Geschäftspartnern aus Kalifornien. Bei neun Stunden Zeitverschiebung bin ich oft noch weit nach Mitternacht beruflich eingespannt.«

»Das klingt nach keinem Durchschnittsjob«, sagte Sommer. »Wie verdienen Sie Ihr Geld?«

»Ich handle mit Film- und Fernsehlizenzen. Um genau zu sein, mit den Lizenzen für Merchandisingprodukte. Spielzeug, T-Shirts, Kaffeetassen. Solche Sachen.« Andrich schaute auf seine Uhr. »Und um ehrlich zu sein, hatte ich gestern wieder einmal eine lange Konferenz. Wenn Sie keine Fragen mehr haben, würde ich jetzt eine Mütze Schlaf nachholen. In der Hoffnung, dass mich der Paketbote nicht aus dem Bett klingelt.«

* * *

Im vorschriftsmäßigen Tempo näherte er sich dem Haus, in dem die Journalistin Haller vorläufig untergekommen war. Was sollte er mit ihr anstellen? Die Schwierigkeiten mit den Bullen verdankte er zwei Menschen. Seiner Gefangenen, die er dafür gestern Nacht das erste Mal angemessen bestraft hatte, und der Journalistin. Sie hatte die Polizei verständigt.

Müsste sie ebenfalls büßen? Verdient hätte sie es. Allerdings änderte das nichts an den Ermittlungen der Bullen, die im Trüben herumstocherten. Würde er der Journalistin auflauern und sie hinrichten, hätte er damit nur eine Botschaft in die Welt gerufen, die schnell verhallen würde.

Vielleicht könnte sie eine interessantere Rolle in ihrer Aufführung einnehmen, statt einfach zu sterben. Er passierte das Haus, das er penibel musterte. Inklusive der näheren Umgebung. Er lächelte beim Gedanken an den Plan, der in seinem Kopf rasch Gestalt annahm.

9

Eva Haller konzentrierte sich auf ihre letzten sechs Schüsse. Ihr Vorsprung vor der Zweitplatzierten war vor diesem Durchgang kaum noch einzuholen. Sie löste die Sehne, und der Pfeil zischte durch die Luft. Er traf exakt die Mitte der Zielscheibe. Während sie den nächsten Pfeil einspannte, lächelte sie zufrieden. Im Gegensatz zu den letzten Trainingseinheiten hatte sie heute ihr ganzes Können bewiesen. Außerdem war es ihr gelungen, alle Gedanken an Arianes Schicksal zu verdrängen. Sie atmete tief durch und schloss ihr linkes Auge.

Nach der Siegerehrung der neuen Bezirksmeister bauten die Vereinsmitglieder einen Teil der Schießanlage wieder ab. Selim Yildirim suchte dabei die Nähe zu Haller und Trapp.

»Selim, du kannst wirklich stolz auf dich sein«, lobte Haller. »Dein erster Freiluftwettbewerb ...«

»... und ich habe sogar ab und zu getroffen«, fügte Yildirim amüsiert hinzu.

»Und zwar aus siebzig Metern. Da hat sich die gestrige

Trainingseinheit gelohnt«, sagte Trapp. »Und dein Mut, überhaupt teilzunehmen.«

Zu dritt hoben sie eine Zielscheibe vom Ständer.

»Na ja, immerhin bin ich Vorletzter und nicht Letzter geworden.«

»Und zu den Plätzen acht und neun fehlten dir nur vier beziehungsweise fünf Ringe. Außerdem ist jeder in deiner Wertungskategorie schon länger bei Wettkämpfen dabei als du. Ich bin sehr zufrieden mit deiner Leistung.«

»Danke.« Der Mann strahlte. Es war offensichtlich, dass er insgeheim mit einem schlechteren Resultat gerechnet hatte.

Das Vereinsmitglied Björn kam zu ihnen, um sie zu unterstützen. Er klopfte Yildirim auf die Schulter. »Glückwunsch zum ersten absolvierten Wettbewerb. Das ist etwas ganz Besonderes.«

»Danke.«

»Eva, hast du Selim gestern Abend noch Tricks verraten?«

»Hat sie«, bestätigte Yildirim. »Vor allem hat sie mir genau erklärt, wie ich meine Nervosität an der Schusslinie ablege. Immer dann, wenn mir das gelungen ist, sind die Pfeile ins Ziel geflogen.«

»Wie lange bleibt ihr eigentlich bei Selim?«, wollte Björn wissen.

Schlagartig verfinsterte sich Hallers Laune. »Keine Ahnung«, gestand sie leise. »Bis er uns rausschmeißt?«

»Also für immer. Das wird meinen Sohn freuen«, erwiderte Yildirim amüsiert.

»Was ihr beiden immer erlebt«, sagte Björn.

»Ich könnte darauf verzichten.« Haller zuckte die Achseln. »Ich hoffe, dass die Polizisten den Täter rasch verhaften. Dann können wir endlich unser geregeltes Leben fortsetzen.«

»Seid ihr mit dem Wagen hier?«, fragte Björn. »Ich hätte noch Platz bei mir im Auto, falls jemand von euch etwas früher aufbrechen will.«

»Nein, wir sind mit zwei Fahrzeugen unterwegs. Ich muss gleich in einer Filiale die Tageskasse abholen. Hinter der Verkaufstheke stehen heute zwei junge Studentinnen. Denen will ich nicht zumuten, mit den Einnahmen durch die Gegend zu fahren«, erklärte Yildirim.

»Wunderbar.« Björn legte einen Zielscheibenständer auf den Boden und löste die Schrauben. »Dann würde ich jetzt verschwinden. Meine Eltern bringen ihren Enkel in einer halben Stunde nach Hause. Da sollte der weltbeste Papa anwesend sein.« Er tippte sich an die Stirn.

Eine Dreiviertelstunde später waren die Aufbauten für die Bezirksmeisterschaft eingelagert.

»Gibt es noch etwas zu tun?«, fragte Yildirim.

»Nein. Wir können los«, antwortete Haller.

Sie verabschiedeten sich von den restlichen Vereinsmitgliedern und gingen zu den Parkplätzen.

»Wenn ihr wollt, könnt ihr bei Defne klingeln. Sie hat bestimmt schon eine Kleinigkeit vorbereitet. Ich schätze, ich brauche fünf bis zehn Minuten länger als ihr.«

»Machen wir«, sagte Haller. »Und ich wette, deine liebenswerte Frau hat mehr als bloß eine *Kleinigkeit* angerichtet.«

Yildirim grinste. »Gastfreundschaft ist uns Türken halt ganz besonders wichtig. Bis gleich.« Er stieg in seinen Wagen ein und fuhr los.

Trapp packte ihre Rucksäcke in den Kofferraum. Auf der Fahrt in ihre temporäre Unterkunft unterhielten sie sich über den Verlauf der Meisterschaft. Trapp war bei den Männern seiner Altersklasse auf dem dritten Platz gelandet und wirkte unzufrieden. Um ihn abzulenken, wechselte Haller das Thema.

»Wenn Defne uns weiter so herrlich bewirtet, wachse ich in wenigen Tagen aus meiner Kleidergröße raus.«

Trapp grinste. »Mir gefällt diese All-inclusive-Verpflegung. Da könntest du dir ein Beispiel dran nehmen.«

Sie boxte ihm leicht auf den Oberarm. »Hast du etwas an meinen Kochkünsten auszusetzen?«

»Nein, ich finde Spaghetti mit Ketchup wirklich lecker.«

Sie lachten, denn normalerweise wechselten sie sich beim Kochen ab – da sie beide Spaß daran hatten und es einigermaßen beherrschten. Allerdings gefiel Haller trotz ihrer leichten Gewichtszunahmen die Rundumversorgung der türkischen Gastgeberin ebenfalls.

»Selim hat sich gut geschlagen. Ich habe ihn manchmal heimlich beobachtet, sobald er an der Reihe war und ich gerade Pause hatte. Immer dann, wenn er sich an die richtige Haltung erinnert hat, flogen seine Pfeile ins Ziel. Ich glaube, in ihm steckt Potenzial.«

»Meine Leistung stagniert leider«, sagte Trapp.

Innerlich ärgerte sich Haller. Eigentlich hatte sie Stefan ablenken wollen. Doch er hatte recht. Er hatte durch sie vor Jahren die Leidenschaft fürs Bogenschießen entdeckt und schnell große Leistungssprünge geschafft. In der letzten Hallensaison hatte er jedoch die Qualifikation für die NRW-Meisterschaft knapp verpasst.

»Die Bezirksmeisterschaft ist nicht relevant. Ich bin sicher, beim nächsten Mal schaffst du ein besseres Ergebnis.«

* * *

Selim Yildirim verabschiedete sich von seinen beiden Mitarbeiterinnen. Sonntags öffnete er immer nur eine seiner

Filialen, die dafür regelmäßig einen beträchtlichen Umsatz erzielte. Auch an diesem Tag hatte sich der Verkauf gelohnt. Er steckte die Einnahmen in eine Geldbox, die er wiederum in seinen Rucksack packte. Morgen früh würde er das Geld auf das Geschäftskonto einzahlen. Gut gelaunt verschloss er den Eingang des Backshops mit einem Gittertor. Er freute sich auf zu Hause. Bestimmt würden sie wieder stundenlang zu viert zusammensitzen. Seine Frau Defne bewies ihre Fähigkeiten als perfekte Gastgeberin – was ihn mit Stolz erfüllte. Seit Eva und Stefan die Einliegerwohnung bezogen hatten, blühte Defne auf.

Yildirim summte eine türkische Melodie und ging zum Wagen zurück. Er stellte den Rucksack in den Fußraum der Beifahrerseite. Dann lief er um das Auto herum, ließ ein Fahrzeug passieren und stieg ein. In gut zehn Minuten wäre er zu Hause, um den gemütlichen Teil des Tages einzuläuten.

* * *

Gegenüber dem Haus der Yildirims stand ein dunkler SUV. Stefan Trapp war das Fahrzeug in der Gegend noch nie zuvor aufgefallen. Er prägte sich das Kennzeichen ein. Hatten die Nachbarn der Yildirim Besuch bekommen? Aufgrund der getönten Scheiben erkannte er nicht, ob jemand hinter dem Steuer saß. Sein Instinkt meldete sich. Solche Tönungen waren in Deutschland verboten. Trotzdem sagte er nichts zu Haller, um sie nicht zu beunruhigen.

Er parkte den Wagen am Straßenrand und ließ genug Platz für Yildirim, falls der nicht direkt in die Garage fahren würde. Sein Blick glitt zu dem anderen Fahrzeug hinüber.

»Ist irgendetwas? Du wirkst beunruhigt.«

»Der Wagen gegenüber gefällt mir gar nicht. Solche

Fahrzeugscheiben sind in Deutschland erst ab der B-Säule erlaubt. Nicht am Fahrerfenster.«

Haller schaute an ihm vorbei zu dem SUV.

An dem Wagen senkte sich das Fenster.

»Fuck!«, fluchte Trapp.

Hinter dem Steuer saß eine maskierte Gestalt.

* * *

Yildirim näherte sich einer großen Kreuzung. Die Ampel stand momentan auf Grün. Er beschleunigte, denn bei einer Rotschaltung würde er mindestens zwei Minuten warten müssen. Als er noch fünfzig Meter von der Haltelinie entfernt war, sprang die Ampel auf Gelb. Instinktiv nahm er den Fuß vom Gas. Dann entschied er sich anders. Er drückte das Gaspedal durch und schaffte es gerade eben über die Kreuzung, ehe der Gegenverkehr losfuhr.

»Zwei Minuten gespart«, sagte er erfreut. »Gut gemacht.« Sein Magen knurrte. Er freute sich bereits auf die Köstlichkeiten, die Defne vorbereitet hatte.

* * *

»Runter!«, schrie Trapp. »Duck dich!«

Haller reagierte sofort. Sie löste den Gurt und ging in Deckung. Der Maskierte hielt eine Pistole mit Schalldämpfer aus dem Fenster.

»Scheiße!«

Auch Trapp duckte sich. Zwei Schüsse erschütterten den Wagen. Eva schrie. Das Fahrzeug sackte auf der Fahrerseite nach unten. Offenbar hatte der Bewaffnete die Reifen zerschossen.

Trapp tastete nach seinem Telefon in der Freisprecheinrichtung. Er zog es heraus und wählte den Notruf. Der

Schütze schoss nicht weiter auf sie. Worauf wartete er? Glaubte er, sie seien so unvorsichtig und würden den Kopf rausstrecken?

Beim Notruf meldete sich eine weibliche Stimme. Trapp gab ihren Standort durch und schilderte die Gefahrensituation. Dann bat er darum, Hauptkommissarin Rosenberg zu informieren. Er beendete das Gespräch und schaltete die Kamera-App ein. Er hob das Handy. Der Maskierte wartete noch immer mit gezückter Pistole.

»Bleib unten«, sagte Trapp. »Die Polizei ist in ein paar Minuten hier.«

»Und wenn er auf den Tank schießt?«, fragte sie ängstlich.

Trapp antwortete nicht. Er hoffte darauf, dass der Maskierte das Handy registriert hatte und ahnen würde, wen Trapp angerufen hatte.

* * *

Yildirim bog in seine Straße ein. Er summte erneut eine Melodie und klopfte im Takt auf das Lenkrad. War es klug, direkt in die Garage zu fahren? Vermutlich würde er an diesem Sonntag keinen Ausflug mehr unternehmen. Als er in die Auffahrt einbog, fiel sein Blick auf Trapps Auto. Saßen die beiden im Inneren?

Halb auf dem Bürgersteig und halb in der Auffahrt stehend, betätigte er die elektronische Handbremse. War seinen Gästen etwas passiert? Er stieg aus.

»Eva?«, rief er. »Stefan? Alles gut bei euch?«

* * *

»Oh nein«, stöhnte Eva. »Das ist Selim. Was machen wir jetzt?«

Trapps Gedanken überschlugen sich. Sie konnten nichts tun, außer ihren Gastgeber durch laute Schreie zu warnen. Würden sie aussteigen, könnte sie der Maskierte einfach erschießen.

»Selim!«, brüllte Trapp. »Renn zurück zum Auto! Schnell!«

* * *

Yildirim hörte Trapps Warnung. Er blieb stehen. Erst jetzt achtete er auf den SUV und sah einen Maskierten, der eine Waffe auf ihn richtete. Yildirim erstarrte. Er schloss die Augen und schickte ein Gebet zum Himmel. Ein leises Geräusch erklang, gefolgt von einem Einschlag. Ein Motor startete. Der SUV fuhr davon. Yildirim öffnete die Augen. Im gleichen Moment sprang Trapp aus dem Fahrzeug.

»Geht's dir gut?«, rief er.

»Er hat mich nicht getroffen«, flüsterte Yildirim. Er drehte sich um. Die Kugel hatte den Kofferraum seines Fahrzeugs durchschlagen. Yildirim lachte erleichtert. »Das ging weit daneben.«

Haller trat zu ihnen und nahm Yildirim in den Arm. »Du lebst. Gott sei Dank.«

»Ich glaube, er hat absichtlich danebengeschossen«, sagte Trapp.

Haller und Yildirim sahen ihn verwundert an.

»Wie kommst du darauf?«, fragte ihr Gastgeber.

»Wer mit zwei Schüssen zwei Reifen zerstört, verfehlt nicht ein deutlich größeres Ziel.«

»Aber warum sollte er absichtlich an mir vorbeischießen?«, erkundigte sich Yildirim.

»Ich habe keine Ahnung.« Trapp schaute auf seine Uhr. »Wo bleibt die Polizei? Selim, geh zu deiner Frau. Wir warten draußen.«

Als er außer Hörweite war, beugte sich Haller an sein Ohr. »Glaubst du wirklich, dass der Maskierte bewusst danebengeschossen hat?«

»Ich bin davon überzeugt. Das hier war eine Botschaft. Hätte er auf unser Auto geschossen, hätte er uns trotz der Deckung treffen können. Er hätte uns vielleicht nicht unbedingt getötet, aber zumindest schwer verletzt. Stattdessen hat er nur die Reifen ruiniert. Und Selim war ein leichtes Ziel. Den hätte er in jedem Fall getroffen.«

»Welche Botschaft vermutest du dahinter?«

Trapp zuckte ratlos mit den Achseln. Dann vernahm er endlich eine sich nähernde Polizeisirene.

10

»Das Kennzeichen, das Sie sich gemerkt haben, wurde vor zwei Tagen als gestohlen gemeldet«, informierte Rosenberg Trapp.

»Nur das Kennzeichen oder der ganze Wagen?«, hakte Trapp nach.

Sie saßen im geräumigen Wohnzimmer der Yildirims. Sechs Polizisten plus vier Zivilisten. Und obwohl dem türkischen Ehepaar noch der Schreck ins Gesicht geschrieben stand, hatte es sich die Frau nicht nehmen lassen, ihre Gäste zu bewirten. Sie hatte für alle Sitzgelegenheiten aufgestellt und danach großzügig Speisen aufgetischt.

»Nur das Kennzeichen«, antwortete Rosenberg. »Der Wagen, den Sie beschreiben, passt zu den Informationen, die wir über Bartletts Fahrzeug besitzen. Allerdings ist in der Zulassungsstelle kein Auto auf ihn angemeldet, und von seinem Konto fließen keine Versicherungsgebühren ab.«

»Gehen wir noch einmal alles durch«, meldete sich Sommer zu Wort. »Sie kamen hier an, und der SUV stand schon an seinem Platz? Das Fahrzeug ist nicht erst kurz nach Ihnen eingetroffen?«

»Nein«, antwortete Trapp. »Er parkte dort. Als hätte er ...« Trapp hielt inne. »Er *hat* auf uns gewartet. Ich habe mich nicht sehr professionell verhalten. Normalerweise hätte mir mein Instinkt raten müssen weiterzufahren, um zumindest einen Blick durch die Windschutzscheibe zu werfen.«

»Du hast alles richtig gemacht«, entgegnete Haller. Sie nahm seine Hand.

»Jemand muss gewusst haben, dass Sie im Laufe des Tages hierher zurückkehren würden«, folgerte Sommer. »Können wir den Personenkreis einschränken, der davon Kenntnis hatte?« Sommer wandte sich Selim Yildirim zu. »Herr Yildirim, haben Sie jemanden von Ihren Gästen erzählt? Bei der Arbeit? Oder sind Sie vielleicht sogar angerufen worden, und jemand hat Erkundigungen eingezogen?«

»Nein«, erwiderte Yildirim sofort. »Die Einzigen, mit denen ich darüber gesprochen habe, waren Sportkameraden.«

»Und Sie, Frau Yildirim?«, fragte Kraft.

»Ich habe mit niemandem geredet.«

»Wir haben genau wie Selim nur Bogenschützen eingeweiht«, sagte Haller. »Wer wusste alles Bescheid? Björn, Ralf, Maria und Udo. Sonst noch jemand?«

»Manfred«, fügte Trapp hinzu. »Ich habe mich mit ihm unterhalten.«

»Könnten Sie die besagten Personen anrufen und sich erkundigen, ob sie mit Außenstehenden darüber gesprochen haben?«, bat Rosenberg.

Schon nach einer halben Stunde hatten sie die Antworten zusammen. Niemand hatte außerhalb des Bogensportvereins darüber gesprochen.

»Aber irgendwie hat der Schütze davon erfahren«, sagte Rosenberg.

»Evas Handy ist mit normalen Mitteln nicht zu orten. Meins ebenso wenig«, sagte Trapp. »Wir schützen uns mit einer speziellen Software vor solchen Angriffen.«

»Und Sie sind nach unserer Kontaktaufnahme wegen Arianes Nachricht vom Bogensportplatz direkt hierhergefahren?«, vergewisserte sich Rosenberg.

»Nein«, widersprach Trapp. »Wir waren kurz zu Hause, um Sachen einzupacken. Aber es ist es ausgeschlossen, dass uns jemand gefolgt ist. Darauf habe ich sehr genau geachtet. So etwas gehört zu meinem Job.«

Rosenberg nickte. Sie glaubte ihm. »Ich kann mich dran erinnern, diese Adresse in Bartletts Haus erwähnt zu haben. Weil ich mich an dem Abend ja eigentlich noch persönlich mit Ihnen unterhalten wollte. Das war allerdings nach dem Abbau der Kameras. Ich stand in Bartletts Wohnzimmer. Und das lässt nur einen Schluss zu. Wir haben eine Kamera übersehen.«

»Also müssen wir zurück in das Haus«, folgerte Weimar. »Ich vermute, er hat neben den Kameras auch Wanzen angebracht, um zu belauschen, was in dem Gebäude vor sich geht.«

»Ich finde das in einer Hinsicht sehr interessant«, sagte Drosten. »Wozu dienen diese Kameras und die Wanzen? Jemand, der die ganze Zeit vor Ort ist, benötigt solche Sicherungssysteme nicht. Er hat vermutlich ein zweites Versteck, in dem er sich immer wieder aufhält. Jetzt sogar dauerhaft.«

»Dieser Ort dürfte allerdings nicht so weit entfernt sein«, nahm Rosenberg den Faden auf. »Er sieht die beiden Einbrecher bei sich einsteigen, weil er das Haus überwacht. Er fährt los, während Franziska und Nico in aller Ruhe nach Wertsachen suchen. Sie gehen irgendwann in den Keller und finden Beweise für die Verbrechen. Wie schnell war er vor Ort, um zu verhindern, dass sie panisch flüchten und die Polizei alarmieren? Ich schätze, die Zeitspanne betrug maximal eine Viertelstunde. Je nachdem, wie gründlich die Einbrecher vorgegangen sind.«

»Klingt logisch«, bestätigte Sommer.

»Ich möchte noch auf einen anderen Punkt hinweisen«, sagte Trapp. »Selim, Defne, es tut mir leid, es so deutlich aussprechen zu müssen, aber der Mörder hätte Selim spielend leicht erschießen können. Ich glaube, er ist zumindest auf eine kurze Entfernung ein sehr sicherer Schütze.«

Selim Yildirim nickte betrübt, und seine Frau riss erschrocken den Mund auf.

»Dass er danebengeschossen hat, übermittelt eine Botschaft. Er hätte auch uns in viel größere Schwierigkeiten bringen können. Ein paar Schüsse in die Karosserie, und wir wären lebensgefährlich verletzt worden. Das ist ebenfalls eine Botschaft.«

»Die Ihrer Meinung nach wie lautet?«, fragte Daniel Schult.

»Ich könnte euch töten, aber ich verschone euer Leben. Dafür schuldet ihr mir etwas.«

Die Anwesenden musterten Trapp.

»Außerdem ist er ein nicht zu unterschätzendes Risiko eingegangen«, fuhr Trapp fort. »Er schießt auf uns und wartet. Natürlich muss er befürchten, dass Eva oder ich den Notruf wählen. Trotzdem verschwindet er nicht sofort. Mit jeder Minute, die er ausharrt, wächst die Gefahr, dass ein Streifenwagen auftaucht, der ja auch zufällig in der Nähe hätte sein können. Ich folgere daraus, wie wichtig ihm das Überbringen der Botschaft war. Er wird dafür einen Preis einfordern.«

»Sie sind gut«, lobte Sommer ihn. »Ich kann mich Ihrer Denkweise anschließen.«

»Aber was will er von mir?«, fragte Haller.

Trapp seufzte. »Ich fürchte, die Antwort wird uns nicht gefallen.«

»Hast du Vermutungen?«

»Sie sind Journalistin«, sprang Sommer ein. »Auf manche Mehrfachmörder wirkt Ihr Berufsstand sehr anziehend. Zumal Sie seine letzten Opfer persönlich kannten.«

»Sie glauben, er wird mich kontaktieren?«

»Das würde mich zumindest nicht wundern.«

»Würden Sie uns zugestehen, Ihre beiden Handys abzuhören?«, fragte Rosenberg.

»Für eine Journalistin ist das eine sehr heikle Frage«, sagte Haller. »Darf ich darüber eine Nacht nachdenken?«

»Natürlich«, erwiderte Rosenberg. »Wir wollen Sie nicht unter Druck setzen, zumal wir uns im Bereich der Spekulationen bewegen.«

»Wir sollten noch einen weiteren Punkt besprechen«, sagte Trapp. »Wo verbringen Eva und ich die nächsten Nächte?«

»Bei uns«, rief Yildirim.

»Aber wir wollen euch nicht gefährden«, erwiderte Haller. »Du hättest unseretwegen sterben können. Das hätte ich mir nie verziehen.«

»Nicht wegen euch«, widersprach Defne Yildirim. »Es wäre die Schuld des Mörders gewesen. Bleibt weiter unsere Gäste. Zumindest heute. Aber auch gerne solange ihr wollt.«

»Wir könnten einen Streifenwagen herschicken und das Haus bewachen lassen«, schlug Weimar vor. »Das wirkt vermutlich abschreckend. Ich kann mir ohnehin nicht vorstellen, dass er zurückkehrt.«

»Okay«, sagte Trapp. »Dann bleiben wir heute hier und entscheiden morgen neu.«

* * *

Vor Bartletts Haus berieten sich die Polizisten.

»Ich bin mir absolut sicher, dass ich im Wohnzimmer stand, als ich mit Haller telefoniert habe und die Adresse ihrer Unterkunft laut wiederholt habe«, sagte Rosenberg.

»Gehen wir rein und schauen uns leise um«, erwiderte Sommer. »Am besten nicht nur im Wohnzimmer. Wir nehmen uns jeweils zu zweit einen Raum vor. Wanzen könnten überall versteckt sein. Wenn wir sichergehen wollen, müssten wir morgen Techniker durchs Haus schicken. Aber vielleicht finden wir schon heute etwas. Schaut unter Lampen und Tischen nach. Oder an Rückseiten von Schränken.«

Sie benötigten eine halbe Stunde, um insgesamt drei Wanzen zu finden, die in unterschiedlichen Räumen versteckt waren. Da sie nicht sicher sein konnten, alle Vorrichtungen gefunden zu haben, berieten sie außerhalb des Gebäudes die Konsequenzen.

»Wenn er meistens vor Ort wäre, ergäbe es keinen Sinn, so viele Wanzen anzubringen«, sagte Sommer. »Dann hätten eine oder zwei Kameras ausgereicht, um sich bei kurzzeitiger Abwesenheit zu überzeugen, ob alles in Ordnung ist.«

»Es sei denn, der Täter ist sehr paranoid«, merkte Rosenberg an.

»Möglich«, bestätigte Sommer. »Aber ich glaube, er operiert von einem anderen Ort aus. Hierher verschleppt er seine Opfer. Er hält sie unten im Keller gefangen, foltert und tötet sie dort. Sein normales Leben führt er woanders. Deshalb muss er jederzeit Bescheid wissen, ob hier etwas vorgeht. Das würde die ganzen Vorrichtungen erklären.«

»Ich bin davon überzeugt, dass er sein Lager nicht zu weit entfernt aufgeschlagen hat«, sagte Drosten.

»Genau. Wie du es auch schon angedeutet hast. Bei unvorhergesehenen Ereignissen muss er rasch reagieren. Je schneller, desto besser.«

»Hat sich Bartlett nicht weit von hier eine falsche Identität aufgebaut?«, fragte Schult.

»Das wäre eine Möglichkeit«, antwortete Sommer. »Aber wir sollten eine andere Variante nicht aus den Augen verlieren. Bei unseren bisherigen Befragungen konnte sich kein Zeuge daran erinnern, Bartlett in den letzten zwei Jahren überhaupt gesehen zu haben. Es wurde allenfalls ein Fahrzeug vor dem Haus gesichtet. Aber auf Bartlett ist gar kein Pkw zugelassen. Vielleicht ist er schon lange tot, und jemand nutzt sein Grundstück und sein altes Leben, um seine Triebe zu befriedigen. Wir müssen dringend mit Bianca Dunst reden. Als Ex-Partnerin wird sie am besten wissen, mit wem Bartlett häufig zu tun hatte. Denn eine solche Vorgehensweise würde Kenntnisse aus Bartletts Leben voraussetzen. Ohne die funktioniert es nicht. Vielleicht hat jemand, den Bartlett als Freund bezeichnet hätte, seinen Platz eingenommen.«

»Wir haben herausgefunden, wo Dunst wohnt«, sagte Rosenberg. »Telefonisch oder persönlich erreicht haben wir sie bislang noch nicht.«

»Hoffen wir, dass es uns schnellstmöglich gelingt«, erwiderte Sommer. »Ich bin gespannt, was sie uns zu sagen hat.«

11

»Das wird ein Spaß!«

Ob er ihr Angst einjagen wollte? Ariane kauerte auf ihrem provisorischen Bett – seinen Blicken schutzlos ausgeliefert. Abends gab er ihr eine Decke, in die sie sich kuscheln konnte. Jeden Morgen, wenn er ihr ein karges Frühstück brachte, zog er die Decke rücksichtslos beiseite und warf sie aus dem Raum. Zu allem Überfluss kam er nun mit diesen unheilvollen Worten zu ihr und baute ein Stativ auf.

Sie ahnte, worauf das Ganze hinauslief. Seit der ersten Vergewaltigung hatte er sie nicht mehr angerührt. Das würde sich jetzt vermutlich ändern.

»Ich bin gleich wieder da, mein Schatz«, sagte er gut gelaunt.

Er verließ den Raum, kehrte jedoch nach ein paar Sekunden zurück. Diesmal hielt er eine Videokamera in der Hand. Für Ariane bestand kein Zweifel: Er würde sie ein weiteres Mal vergewaltigen und den Akt auf Video festhalten. Hatte er das mit all seinen Opfern getan? Sie hatte die

Polaroids gesehen. Offenbar war es ihm wichtig, seine Taten auf Bildern oder Filmen festzuhalten.

Die erste Vergewaltigung hatte schrecklich geschmerzt, war allerdings schnell vorbei gewesen. Wenn er sich die Mühe machte und den Vorgang filmte, hatte er sich bestimmt vorgenommen, den Akt auszudehnen.

Sie versuchte, sich dagegen zu wappnen. Sie würde versuchen, gedanklich dem engen Kellerraum zu entfliehen.

Er schraubte die Kamera fest und klappte den kleinen Bildschirm zur Seite. Surrend schaltete sich das Gerät ein. Er korrigierte ein wenig den Aufnahmewinkel und nickte zufrieden.

»Du bist ausgesprochen fotogen. Das sieht man sofort. Und ich sorge dafür, dass du ein bekannter Videostar wirst.«

Ariane bemühte sich vergebens darum, seine Worte nicht in ihr Innerstes durchdringen zu lassen. Sie fürchtete sich zu sehr vor dem, was er mit ihr anstellen würde.

Er kam zwei Schritte näher. »Du musst noch ein bisschen geduldig sein, denn ich trage nicht die richtige Kleidung für das, was wir tun werden. Bis gleich, mein Zuckermäulchen.«

Er wandte sich von ihr ab und verließ den Raum. Ariane hörte, wie er die Tür abschloss. Ob er nackt zurückkehren würde?

»Du schaffst das«, flüsterte sie leise. »Sei stark!«

Um sich abzulenken, dachte sie an Eva Haller. Sie hatte ihr die Fotos geschickt, und bestimmt hatte die Journalistin die Polizei alarmiert. Dem Entführer war es gelungen, sie außer Gefecht zu setzen und in ein anderes Versteck zu schaffen. Trotzdem waren ihm Polizisten auf der Spur. Es dauerte möglicherweise nur Tage, bis sie diesen Ort aufspüren und den Täter überwältigen würden. Danach wäre sie endlich frei. Wenn sie in ein paar Jahren zurückblickte, würde sich ihre Gefangenschaft als Wendepunkt ihres Lebens herausstellen. Franzi und Nico waren tot, aber sie würde überleben und dann das Schicksal in die eigene Hand nehmen. Das war sie ihrer Mutter schuldig. Die Performance auf der Straße und die Reaktionen des Publikums bereiteten ihr Befriedigung. Vielleicht würde sie sich an einer Schauspielschule bewerben. Oder benötigte man dafür die Hochschulreife? Ob ihr Eva Haller helfen konnte? Eventuell hatte sie sogar Beziehungen zu jemandem, der sie an einer solchen Schule unterbringen könnte.

Das klackende Geräusch des entriegelten Türschlosses riss sie aus ihren hoffnungsvollen Tagträumen.

»Sei stark«, flüsterte sie erneut.

Die Tür schwang auf. Erschrocken schrie Ariane auf. Der Täter war nicht nackt – dennoch schockierte sie sein Anblick zutiefst. Sein Gesicht war mit einer Maske verdeckt, und er trug einen gelben Regenmantel. Darunter sah sie eine Hose, wie sie Angler bevorzugten. In der Hand hielt er ein großes Fleischermesser.

»Nein! Bitte nicht!«, flehte sie. »Erstechen Sie mich nicht.«

Für seine Kleidungswahl gab es nur einen logischen Grund. Sie sollte ihn vor dem Blut schützen, das aus ihr herausspritzen würde.

Tränen liefen ihr über die Wangen. »Warum?«, fragte sie mit kaum verständlicher Stimme. »Ich habe Ihnen nichts getan.«

Ohne ein Wort zu sagen, trat er an die Kamera. Er drückte eine Taste und das Gerät piepte. Offenbar filmte er ab jetzt das Geschehen.

»Sie müssen ihn schnappen!«, schrie Ariane. »Er hat meine Freunde Franziska und Nico kaltblütig umgebracht. Ich bin seit ein paar Tagen seine Gefangene und er …«

Eine heftige Ohrfeige stoppte ihren Redefluss. Flehentlich schaute sie in die Kamera. Er setzte sich zu ihr und drückte ihr die Messerspitze an den Hals.

»Papa, es tut mir leid, falls du das hier siehst«, schluchzte sie. »Wäre Mama nicht gestorben, wäre das hier nie passiert. Verzeih mir, dass ich abgehauen bin.«

Er beugte sich an ihr Ohr, ohne den Druck des Messers zu verringern.

»Du wiederholst jetzt gleich alles laut, was ich dir zuflüstere, und schaust dabei in die Kamera«, wisperte er. »Hast du das verstanden? Dann darfst du einmal nicken.«

Was hatten seine Worte zu bedeuten? Spielte er bloß ein grausames Spiel und wollte sie gar nicht töten? Hastig nickte sie.

»Wir fangen jetzt an. Und los! Eva Haller, du schuldest mir etwas.«

Verwirrt wiederholte sie den Satz.

»Ich hätte euren Gastgeber spielend leicht töten können. Er war genau in meinem Visier, und ich versichere dir, ich hätte ihn mit einem einzigen Schuss niedergestreckt.«

Er wartete, bis sein Opfer alles laut wiederholt hatte.

»Außerdem hätte ich es vielleicht sogar geschafft, deinen geliebten Stefan oder dich zu treffen, wenn ich einfach auf die Karosserie gefeuert hätte. Kugelsicher ist euer Wagen nicht. Du siehst, du schuldest mir etwas für meine Großzügigkeit.«

Erneut wiederholte Ariane seine Worte. Als sie sich dabei einmal verhaspelte, drückte er mit dem Messer fester zu. Sie spürte einen schmerzhaften Stich. Blut floss aus der Wunde.

»Wenn du meinen Gnadenakt nicht wertschätzt, hole ich nach, was ich hätte tun können. Egal, wie gut dein persönlicher Leibwächter sein mag, irgendwann erwische ich dich oder Selim. Allerdings könnte es auch sein, dass zuerst Defne Schaden nimmt, obwohl sie nichts mit unserem Disput zu tun hat. Deswegen solltest du mir jetzt genau zuhören.«

Trotz der unbekannten Namen gelang es Ariane, die Sätze fehlerfrei nachzusprechen.

»Ich weiß, dass mich die Bullen eines Tages erwischen. Das ist leider nur eine Frage der Zeit. Bis es so weit ist, musst du etwas für mich erledigen.«

Der Druck auf ihren Hals ließ wieder leicht nach, während sie seine letzten Worte wiederholte.

»Ich gebe dir eine Art Interview und schicke dir kurze Videos zu, die du in deinem Blog veröffentlichst.«

Diesmal erhöhte er den Druck und signalisierte Ariane dadurch, dass sie an der Reihe war.

»Ich werde in den Videos aus meinem Leben berichten. Die Welt soll erfahren, wie ich zu dem Mann geworden bin, der mittlerweile eine zweistellige Anzahl an Opfern auf seinem nicht vorhandenen Gewissen hat.«

Er nahm das Messer wieder leicht zurück.

»Sobald meine Geschichte zu Ende erzählt ist, lasse ich vielleicht sogar mein kleines Vögelchen hier frei.«

Überrascht schaute Ariane ihn an. Er nickte aufmunternd.

»Danach versuche ich unterzutauchen. Natürlich ahne ich, dass es mir nicht ewig gelingen wird. Damit ich mein Versprechen einhalte, müssen alle Videos dauerhaft öffentlich zugänglich sein. Sonst verfallen meine Zusagen.«

Noch einmal drückte er ihr die Messerspitze so fest in die Haut, dass Ariane schmerzhaft stöhnte.

»Eva, ich gebe dir achtundvierzig Stunden Zeit, eine Unterseite auf deinem Blog einzurichten. Als Passwort benutzt du *Arianetotoderlebendig*. Alles zusammengeschrieben, der Anfangsbuchstabe groß.«

Ariane wiederholte die Anweisungen.

»Die Unterseite muss genügend Speicherkapazität für

mindestens sechs Videos haben. Nach meinem ersten Beitrag darfst du online Fragen stellen. Du solltest allerdings anfangs dafür sorgen, dass keine unbeteiligten Zuschauer Zugriff auf die Seite bekommen. Sie gehört fürs Erste nur uns beiden. Wenn du heute in achtundvierzig Stunden die Unterseite freigeschaltet hast, lade ich das erste Video hoch. Es ist jetzt übrigens Sonntagabend kurz vor Mitternacht. Du kriegst das Video Montagmorgen um acht Uhr. Ab dann läuft die Zeit. Wir hören voneinander.«

Trotz des langen Textes schaffte es Ariane, kein einziges Wort auszulassen. Kaum hatte sie zu Ende gesprochen, erhob er sich, ging zur Kamera und drückte erneut einen Knopf. Er streifte sich die Maske vom Kopf und prüfte die Aufnahme.

»Das war wirklich wunderbar. Du bist ziemlich intelligent. Hast erstaunlich wenig Fehler gemacht. Ich bin stolz auf dich. Aber weißt du, was unsere Zusammenarbeit bei mir ausgelöst hat?«

Er zog sich den Regenmantel aus, unter dem er außer der Anglerhose noch ein schlichtes, weißes T-Shirt trug.

»Dir die Sätze ins Ohr zu hauchen und dabei deinen Geruch einzusaugen, hat mich sehr erregt. Was soll ich jetzt nur mit dieser Erregung machen? Ich kann ja nicht kalt duschen gehen.« Er öffnete die Hose und ließ sie ein Stück herunter. »Freust du dich auch so wie ich?«

Ariane schloss die Augen, während er näherkam. Sie spürte seine Hand am Hals.

»Ich habe vorhin nicht gelogen. Wenn deine Freundin meine Bedingungen erfüllt, lasse ich dich frei. Allerdings nur, wenn du bis dahin ein artiges Mädchen warst. Jeden körperlichen Widerstand werde ich rigoros bestrafen. Mach den Mund auf!«

Um die nächsten Minuten zu überleben, klammerte sie sich an sein Versprechen.

12

»Ich habe vor fünf Minuten ein Video bekommen«, informierte Eva Haller Drosten telefonisch. »Sie haben mit Ihren Vermutungen recht behalten. Der Täter erwartet eine Art Gefälligkeit von mir.«

Sie berichtete ihm knapp, welche Gegenleistung er wollte. Anschließend nannte ihr Drosten eine E-Mail-Adresse für die Weiterleitung des Videos.

* * *

»Wie sollen wir mit seiner Forderung umgehen?«, fragte Sommer.

Sie hatten sich das Video im Kölner Präsidium zweimal in voller Länge angesehen. Beim ersten Mal hatten sie nur auf die Botschaft geachtet, bei der Wiederholung darauf, ob der Bildausschnitt ihnen etwas über den Rückzugsort des Täters verriet. Doch der Mann war zu vorsichtig gewesen. Er hatte ihnen keine Anhaltspunkte geliefert – auch nicht, was seine Stimme oder Statur betraf.

»Dieser Regenmantel verdeckt jede Kontur«, fluchte Sommer.

»Ist euch seine geduckte Haltung aufgefallen?«, fragte Kraft. »Er hat sich kleiner gemacht, als er in Wahrheit ist.«

Die anderen nickten zustimmend.

»Vorschläge?«, rief Sommer.

»Wieso gibt er uns zwei Tage Zeit?«, fragte Rosenberg. »Das kommt mir unstimmig vor. Eine deutlich kürzere Frist hätte uns mehr unter Druck gesetzt.«

»Ich fürchte, er ahnt, dass wir ihm in der Zwischenzeit nicht näherkommen«, sagte Drosten. »Wenn er uns so viel Zeit gibt, und wir am Ende immer noch im Trüben fischen, hat er in seinen Augen einen Teilsieg errungen.«

»Das Einrichten einer solchen Unterseite dürfte nur wenige Minuten dauern«, vermutete Weimar. »Wir sollten bis Dienstagnacht alles daransetzen, sein Versteck ausfindig zu machen.«

»Oder herausfinden, wer seine Identität angenommen hat«, fügte Sommer hinzu.

Weimar nickte. »Die Fakten sprechen dafür, dass er sich in einem Bereich aufhält, in dem man innerhalb einer Viertelstunde das Haus erreicht. Wenn wir das als gegeben voraussetzen, sind wir einen großen Schritt weitergekommen.«

Rosenberg schaute auf ihre Armbanduhr. »Um halb zehn kommt Bianca Dunst ins Präsidium. Wir sollten uns ihr allerdings nicht zu sechst gegenübersetzen. Das könnte zu einschüchternd wirken. Wer soll aus Ihrem Team dabei sein?«

* * *

Rosenberg und Sommer begrüßten die ehemalige Partnerin von Uwe Bartlett in einem kleinen Besprechungsraum des

Präsidiums. Die Enddreißigerin hatte sich, nachdem Rosenberg sie am frühen Morgen telefonisch erreicht hatte, bereit erklärt, kurzfristig Rede und Antwort zu stehen. Rosenberg hatte es sogar geschafft, den Namen Bartlett aus dem Gespräch herauszuhalten.

Dunst sah sonnengebräunt und entspannt aus. Sie hatte ihr schulterlanges Haar offenbar frisch gefärbt.

»Waren Sie im Urlaub?« Sommer lächelte der attraktiven Frau einnehmend zu.

Dunst erwiderte das Lächeln strahlend. »Sieht man mir das an?« Fast schon schüchtern fuhr sie sich durchs Haar. »Mein Partner und ich waren zwei Wochen auf den Malediven. Uns stehen wichtige Veränderungen bevor. Endlich.« Sie streichelte sich über den Bauch. »Ich bin schwanger. Das Kind kommt im September. Wir heiraten im Mai.«

»Meinen herzlichen Glückwunsch«, sagte Sommer.

Da Dunst ihn offenbar sympathisch fand, übernahm er die Führungsrolle in der Befragung. »Haben Sie aus der Ferne überhaupt die Nachrichten aus Deutschland verfolgt?«

»Nein«, gestand Dunst. »Wir haben unsere Auszeit genossen.«

»Es geht um Ihren Ex-Partner Uwe Bartlett«, sagte Sommer. Er seufzte.

Dunst runzelte die Stirn. »Uwe? Von dem habe ich seit Jahren nichts mehr gehört. Was ist mit ihm?«

»Ehe wir darauf antworten, würden wir gerne von Ihnen erfahren, was Sie aus Ihrer gemeinsamen Zeit in Erinnerung behalten haben. Uns interessiert wirklich alles. Wie waren seine familiären oder beruflichen Verhältnisse? Mit wem hat er seine Freizeit verbracht? Woran ist Ihre Beziehung gescheitert?«

»Sie sprechen in der Vergangenheitsform. Ist Uwe tot?«

»Wir versuchen, ihn seit letzter Woche aufzuspüren. Die Gründe dafür würde ich Ihnen lieber erst später berichten.«

Dunst nickte. »Meinetwegen. Wie schon gesagt, er war ewig kein Teil mehr meines Lebens.« Sie streichelte sich erneut über den Bauch. »Vielleicht sollte ich damit beginnen. Wäre ich an Uwes Seite geblieben, hätte ich niemals erleben dürfen, was ich jetzt empfinde.«

»Er wollte keine Kinder«, folgerte Rosenberg.

»Schlimmer«, erwiderte Dunst. »Ihn hat die Vorstellung, Vater zu werden, so sehr verschreckt, dass er sich schon mit achtundzwanzig hat sterilisieren lassen. Ich meine, wer trifft eine solche Entscheidung in diesem Alter?«

»Wann haben Sie davon erfahren?«, fragte Sommer. »Am Anfang der Beziehung?«

»So hätte es sich gehört. Aber er hat es mir erst gebeichtet, als wir bereits Jahre zusammen waren. Ich war zutiefst entsetzt, denn ich wollte schon immer ein Kind. Nachdem ich den Schock verdaut hatte, fragte ich ihn, wie er über eine Adoption denken würde. Das lehnte er kategorisch ab. Von da an war unsere Beziehung am Ende. Aber ehrlich gesagt, hat diese Erkenntnis die Trennung einfach nur beschleunigt.«

»Was hat Sie noch gestört?«, erkundigte sich Rosenberg.

Dunst lächelte verkrampft. »Da gab es so viel. Ich weiß gar nicht, wieso wir es so lange miteinander ausgehalten haben.« Wieder strich sie sich über den Bauch. »Wir waren finanziell abgesichert. Das war sicher einer der Gründe. Ich besaß damals ein kleines Fußpflegestudio, mit dem ich im Monat durchschnittlich achthundert Euro Gewinn machte. Er war Abteilungsleiter bei Ford in der Entwicklung. Das Haus am Ahrenskamp hatte er von seiner Mutter geerbt, nachdem sie an Krebs gestorben war. Wir lebten also mietfrei.«

»Hat er das Grundstück daneben ebenfalls von der Mutter geerbt?«, hakte Sommer nach.

»Gehört ihm das leere Grundstück etwa auch?«, fragte sie überrascht.

Sommer nickte.

»Dieses Aas! Das hat er mir verschwiegen. Davon wusste ich nichts. Aber das ist so typisch. Er hatte immer Geheimnisse vor mir. Über seine Kindheit weiß ich zum Beispiel fast nichts. Sein Vater ist einfach abgehauen, als Uwe vier Jahre alt war. Seine Mutter ist siebzehn Jahre später gestorben. Uwe hat Andeutungen gemacht, sie hätte viele wechselnde Partner gehabt. Er hat einmal die Bemerkung fallen lassen, ihren Gebärmutterhalskrebs, an dem sie gestorben ist, habe sie sich redlich verdient. Ich fand seine Worte schrecklich.« Sie atmete hörbar aus. »Keine Ahnung, ob das stimmte oder er übertrieb. Aber falls es der Wahrheit entsprach, hat Uwe ihren Sextrieb geerbt. Er wollte fast jeden Abend Sex. Sogar, nachdem wir schon über zwei Jahre zusammen waren und sich bei mir die Lust verringerte.« Sie zuckte die Achseln und schaute Sommer in die Augen. »Normal, oder?«

»Völlig normal«, bestätigte der.

»Sehen Sie! Das sah Uwe allerdings anders. Und wenn ich mal nicht zur Verfügung stand, wurde er schnell jähzornig. Wütend. Dann hat er mich richtig kalt behandelt. War er betrunken, wurde er sogar handgreiflich.«

»Hat er sie geschlagen?«

»Nein. Eher fest gepackt. Solche Sachen. Er unterstellte mir, einem anderen Mann schöne Augen zu machen. Uwe war in unserer Beziehung sehr besitzergreifend.«

»Erinnern Sie sich an den Namen seines direkten Vorgesetzten?«, fragte Rosenberg.

Dunst nickte. »Er hat so oft über ihn geschimpft. Den Namen vergesse ich garantiert nie. Sören Hufnagel. Immer hieß es: Hufnagel hat dieses verlangt, Hufnagel hat jenes angeordnet. Das hat genervt.«

»War Bartlett ein geselliger Mensch?«, fragte Sommer. »Hatte er viele Freunde?«

»Nein. Auf Freundschaften hat er keinen großen Wert gelegt. Das gefiel mir an unserer Beziehung. Er hat seine Freizeit lieber mit mir verbracht, als sich mit Freunden zu treffen.«

»Fallen Ihnen trotzdem Namen von Männern ein, an die wir uns wenden könnten?«

Dunst überlegte nur kurz. »Einer seiner wenigen Freunde hieß Sascha Kade. Der hat damals auch bei Ford gearbeitet, allerdings in einer anderen Abteilung. Die beiden sind ab und zu ins Stadion gefahren, um den FC anzufeuern. Und dann fällt mir noch Konstantin Schaffran ein. Den Namen haben Sie ja hier in Köln bestimmt schon mal gelesen.«

»Wieso?«, fragte Rosenberg.

»Schaffrans Erdbeeren und Spargel. Sagt Ihnen das nichts?«

»Jetzt klingelt's!«, erwiderte Rosenberg. »Die Verkaufsstände sieht man im Frühling und Sommer in der ganzen Stadt verteilt.«

»Genau. Uwe und Konstantin haben sich mal bei einem Stadtfest getroffen. Uwe liebt Erdbeeren über alles. So sind sie ins Gespräch gekommen. Hat er mir zumindest damals erzählt.«

»Sonst noch jemand?«, fragte Sommer.

»Nein«, erwiderte Dunst zögerlich. »Nicht während unserer gemeinsamen Zeit.«

»Was ist mit Markus Andrich?«, hakte Sommer nach.

»Dieser Nachbar?«, vergewisserte sie sich verwundert. »Was soll mit ihm sein?«

»Herr Andrich war in der Straße der Einzige, der

konkrete Informationen über Herrn Bartlett besaß. Er behauptete uns gegenüber, sie wären befreundet gewesen. Angefangen habe das, nachdem Sie und Herr Bartlett ihn zufällig am Tag seiner Scheidung begegnet seien.«

»Ja, ich erinnere mich. Wir haben ihn getröstet. In meinen Augen ist er nicht sehr männlich mit der Situation umgegangen. Danach haben die beiden gelegentlich Zeit miteinander verbracht. Das stimmt. Aber ob das nach meinem Auszug mehr geworden ist?« Sie zuckte mit den Achseln.

»Den Namen Schaffran finde ich hochinteressant«, sagte Rosenberg, nachdem sie Dunst verabschiedet hatten.

»Wieso?«, fragte Sommer.

»Er besitzt riesige Felder am Stadtrand. Auf dem Grundstück liegt auch sein Anwesen. Das Areal ist enorm. Und mit dem Auto fährt man maximal zehn Minuten zum Ahrenskamp.«

»Schlagartig wird er für mich ebenfalls interessant«, sagte Sommer lächelnd.

»Informieren wir unsere Kollegen, und dann sollten wir uns aufteilen, um Zeit zu sparen.«

»Wir übernehmen diesen Schaffran, einverstanden?«

Rosenberg nickte.

* * *

Drosten und Kraft suchten am Montagmittag die Zentrale des Autoherstellers Ford auf. Am Empfang erkundigten sie sich nach Sören Hufnagel. Eine Viertelstunde später saßen sie im Büro des grauhaarigen Mannes.

»Sie wissen aber schon, dass Herr Bartlett seit über drei

Jahren nicht mehr für uns arbeitet?«, stieg Hufnagel in das Gespräch ein.

»Ja«, bestätigte Drosten. »Deswegen wollen wir Ihre Zeit nicht über Gebühr beanspruchen. Was können Sie uns über Ihren ehemaligen Mitarbeiter sagen?«

Hufnagel trank einen Schluck Kaffee. »Fachlich war er über jeden Zweifel erhaben. Aber bei seiner Mitarbeiterführung und auch im Umgang mit mir als seinem direkten Vorgesetzten gab es immer wieder Reibereien.«

»Wie kamen die zustande?«, fragte Kraft.

»Er hatte Schwierigkeiten, andere Meinungen zu akzeptieren. Bei Untergebenen hat er die oft grob abgebügelt. Wenn sich diese Mitarbeiter an mich wandten und ich ihre Ansichten oder Vorschläge unterstützte, ließ er mich deutlich spüren, was er davon hielt.«

»War das der Grund für seinen Abschied aus dem Unternehmen?«, erkundigte sich Drosten.

»Nein. Mit schwierigen Mitarbeitern kann ich umgehen. Aber nicht mit auffälligen Pflichtverletzungen. Er wurde unzuverlässig, erschien zu spät oder gar nicht zur Arbeit. So ein Verhalten legt man meiner Erfahrung nach nur an den Tag, wenn man ein besseres Jobangebot vorliegen hat, sich aber möglichst mit einer Abfindung die Kündigung versüßen lassen möchte.«

»Wie ist es bei Herrn Bartlett abgelaufen?«, wollte Kraft wissen.

»Er hat auf mein Intervenieren hin von der Personalabteilung ein großzügiges Abfindungsangebot erhalten, und der Vertrag wurde mit sofortiger Wirkung aufgelöst. Ich habe allerdings nicht verfolgt, wohin es ihn anschließend verschlagen hat.«

* * *

Frank Weimar erreichte Sascha Kade telefonisch in seiner Mittagspause.

»Von Uwe habe ich ewig nichts gehört«, sagte Kade. »Was ist mit ihm?«

»Wir versuchen, ihn im Rahmen einer Ermittlung zu erreichen und befürchten, ihm könnte etwas passiert sein«, behauptete Weimar.

»Oh nein. Das würde mir leidtun. Trotz unseres Streits.«

»Sie hatten Streit?«

»An meinem vierzigsten Geburtstag. Ich hatte ihn eingeladen, mit mir und ein paar Freunden zu feiern. Er kam auch in das Restaurant und betrank sich ziemlich schnell. Nach einigen Stunden war er total berauscht. So kannte ich ihn gar nicht. Na ja. Plötzlich fing er aus einem völlig banalen Grund einen Streit mit mir an. Ausgerechnet an meinem Geburtstag.«

»Worum ging es dabei?«

»Er hatte eine Kellnerin sexistisch beleidigt. Das war mir sehr unangenehm, weil ich in meinem Lieblingsrestaurant feierte. Doch ihm kam keine Entschuldigung über die Lippen. Stattdessen warf er mir an den Kopf, total verklemmt und politisch überkorrekt zu sein. Und das waren noch die harmlosen Dinge. Ich bat ihn, zu gehen. Was er auch tat. Wochenlang hoffte ich, er würde sich bei mir melden und sich entschuldigen. Nach über einem Monat Funkstille rief ich ihn dann an. Er begrüßte mich mit den Worten, ob ich wie ein Hund mit eingekniffenem Schwanz zu ihm zurückkehren wollte. Ich legte wortlos auf, und seitdem habe ich von ihm nichts mehr gehört.«

»Wann genau war das?«, fragte Weimar.

»Die Feier fand am 17. Januar 2018 statt, das Telefonat dürfte irgendwann im Februar gewesen sein.«

13

Die Zufahrt zu dem riesigen Areal führte über eine kleine Schotterstraße.

»Zur Erntezeit sieht man hier oft Familien, die Erdbeeren pflücken«, erklärte Rosenberg.

»Kommen Sie mit Ihrer Familie auch her?«, fragte Sommer.

»Daniel ist kein großer Erdbeer-Fan. Wenn ich mir und meiner Tochter das Vergnügen gönne, kaufe ich sie im Supermarkt.«

Sie erreichten ein offen stehendes Tor. Einige hundert Meter dahinter lag ein einstöckiges Gebäude.

»Ob Schaffran dort alleine lebt?«, fragte Sommer.

»Das würde ihn auf meiner Liste der Personen von Interesse weit nach oben rücken.«

»Weiß man in Köln etwas über sein Privatleben? Aus der Rubrik ›Klatsch und Tratsch‹«?

»Mir ist nichts zu Ohren gekommen, allerdings bin ich auch keine Expertin für den Kölner Tratsch.«

Auf halber Strecke zum Gebäude stellte sich ihnen plötzlich ein breitschultriger Mann in den Weg. Er hob gebieterisch die fleischige Hand. Rosenberg bremste und senkte das Fahrerfenster ab.

»Wohin wollen Sie?«, fragte der Mann.

Rosenberg zeigte ihm ihren Ausweis. »Zu Herrn Schaffran.«

»Erwartet er Sie?«

»Sagen Sie mir zuerst Ihren Namen?«

»Eric Purtscher. Ich bin der Vorarbeiter. Oder mit anderen Worten: der Mann für alles.« Er lächelte stolz. »Was führt Sie zu uns?«

»Eine aktuelle Ermittlung.« Rosenberg blieb bewusst vage. Sie schaute sich um und entdeckte linker Hand einige Wohnwagen. Vor einem dieser Wagen saßen drei Männer zusammen und aßen aus Pizzakartons.

Purtscher folgte ihrem Blick. »Das sind Erntehelfer aus Osteuropa, die Mittagspause machen.«

Rosenberg zählte insgesamt zwölf Wohnwagen. »Sind die alle besetzt?«

»Die meisten sogar mit zwei Personen. Wir beschäftigen zwanzig Helfer während der Saison.«

»Sie bauen Erdbeeren und Spargel an?«, fragte Sommer.

»Die beste Ware im ganzen Rheinland.«

»Diese zwanzig Mitarbeiter sind vermutlich über Monate hier auf dem Hof?«

»Ja, das ist ein hartes Leben. Sie haben in ihren Heimatländern Familien, die sie finanziell absichern. Wir versuchen, es ihnen so angenehm wie möglich zu machen, aber tauschen will ich trotzdem nicht.«

»So angenehm wie möglich?«, wiederholte Sommer.

»Die Jungs bekommen hier fast drei Euro mehr am Tag als bei der Konkurrenz. Außerdem müssen sie nicht für ihre Getränke aufkommen. Das übernimmt Konstantin. Na ja, und manchmal ...« Purtscher beugte sich vertrauensvoll herunter und senkte seine Stimme. »Einmal in der Woche erhalten sie Besuch von Damen des horizontalen Gewerbes. Das müssen sie selbst bezahlen, aber Konstantin unterbindet das nicht. Wir Männer haben ja gewisse Bedürfnisse. Vor allem, wenn man Monate von der eigenen Familie getrennt ist.«

»Arbeiten Sie eng mit Schaffran zusammen?«, wollte Rosenberg wissen.

»Er erteilt mir Aufträge, und ich sorge für die Umsetzung. Konstantin lebt relativ zurückgezogen. Er ist zwar nicht unbedingt menschenscheu, hat aber gerne seine Ruhe.« Purtscher schaute über die Schulter. »Sie haben Glück, ich sehe ihn am Hauseingang stehen. Nutzen Sie die Gelegenheit.« Er tippte sich an die Stirn und trat zwei Schritte zurück.

Rosenberg fuhr die Scheibe hoch. Im Schritttempo näherte sie sich dem Gebäude.

»Ich habe ein komisches Gefühl bei der Sache«, murmelte sie. »Das Haus bietet bestimmt einige Gelegenheiten, so abgelegen, wie es hier liegt.«

»Und die Hilfskräfte sind nur ein paar Monate im Jahr vor Ort.«

»Außerdem fallen die armen Kerle vermutlich abends todmüde ins Bett, wenn sie nicht gerade Besuch haben. Was zu später Stunde passiert, kriegen sie überhaupt nicht mit.«

»Die große Garage direkt neben dem Gebäude finde ich ziemlich interessant«, sagte Sommer. »Da passen bestimmt drei Fahrzeuge rein.«

Sie erreichten das Haus. Rosenberg zog die Handbremse und schaltete den Motor aus. Der Hausherr starrte sie unverhohlen neugierig an.

»Kein zart gebauter Mann«, stellte Sommer fest. »Aber auch nicht so massig, dass er nicht in den Regenmantel gepasst hätte.«

»Ist mir auch gleich aufgefallen.«

Schaffran trat an die Fahrertür und öffnete sie. »Sie haben meine Neugier geweckt«, sagte er. »Worüber haben Sie sich so lange mit Eric unterhalten, und wieso starren Sie mich so durchdringend an, statt auszusteigen?«

Rosenberg und Sommer verließen den Wagen. »Das mit dem durchdringenden Blick kann ich nur zurückgeben«, sagte sie.

Schaffran deutete ein Lächeln an. »Ich bin Fremden gegenüber immer misstrauisch. Aber da sich Eric lange mit Ihnen abgegeben hat, scheinen Sie okay zu sein.«

»Oder er sah es als seine Pflicht an, uns Rede und Antwort zu stehen.« Rosenberg präsentierte ihren Dienstausweis. »Ich bin Hauptkommissarin Rosenberg, und das ist mein Wiesbadener Kollege Sommer.«

»Oh«. Schaffran wirkte überrascht. »Jetzt bin ich noch viel neugieriger, worüber Sie sich mit Eric unterhalten haben. Kommen Sie rein!«

Er ging voran und führte sie durch eine Vorhalle in ein geräumiges Wohnzimmer, in dem ein Kaminfeuer brannte. An den Wänden hingen ausgestopfte Tierköpfe.

»Mein Großvater und mein Vater waren Jäger«, sagte er, als er Rosenbergs kritischen Blick erhaschte. »Diese Tiere haben sie geschossen.«

»Und Sie?«, fragte Sommer.

»Ich habe diese Leidenschaft nicht geerbt. Obwohl ich offiziell einen Jagdschein besitze.«

Also kann er mit Waffen umgehen, dachte Sommer.

Schaffran setzte sich an einen Holztisch, auf dem mehrere aufgeschlagene Aktenordner lagen. Er schob sie ein Stück beiseite.

»Wir haben Fragen zu Uwe Bartlett«, sagte Rosenberg. »Deswegen sind wir hier.«

»Das erklärt nicht Ihr langes Gespräch mit Eric«,

entgegnete Schaffran. Bartletts Name erzeugte keine auffällige Regung in seinem Gesicht. »Eric kennt meinen ehemaligen Freund überhaupt nicht. Ich habe ihn erst vor zwei Jahren eingestellt.«

»Wir haben uns mit Herrn Purtscher ein bisschen über die Erdbeerernte und das Leben Ihrer Erntehelfer unterhalten. Ich als Kölnerin kenne Ihre Erdbeeren natürlich.«

»Die Besten, die Sie im Rheinland bekommen.«

»Sie sagten ›ehemaliger Freund‹«, griff Sommer Schaffrans Worte auf. »Wie definieren Sie *ehemalig*?«

Schaffran zögerte mit seiner Antwort. Geräuschvoll zog er die Nase hoch, entnahm der Hosentasche ein Taschentuch und schnäuzte sich. Sommer hatte den Eindruck, als würde er sich seine Worte genau zurechtlegen.

»Wie würden Sie jemanden bezeichnen, den Sie das letzte Mal vor drei Jahren gesprochen haben und der für Sie nicht mehr erreichbar ist?«

»Wann haben Sie es zuletzt versucht?«, erkundigte sich Rosenberg.

Schaffran zuckte mit den Achseln. »So genau kann ich das nicht sagen. Ist vermutlich zwei Jahre her.«

»Hatten Sie Streit? Oder wie kam es zum Kontaktabbruch?«, fragte Sommer.

»Wir haben uns nicht ein einziges Mal gestritten«, sagte Schaffran. »Uwe und ich waren eng befreundet. Wir haben uns nicht jede Woche gesehen, aber bestimmt zweimal im Monat. Irgendwann hörte ich nichts mehr von ihm. Auch das kam immer mal wieder bei ihm vor ...« Er hielt inne. »Moment! Wieso interessieren sich zwei Kommissare, von denen einer noch nicht einmal aus Köln stammt, für Uwe?«

»Derzeit suchen wir ihn im Rahmen einer Fahndung«, antwortete Rosenberg.

»Als Verdächtigen?«

»Würde Sie das wundern?«

Schaffran starrte Rosenberg in die Augen. »Hinge vom Verbrechen ab. Wenn er eine Bombe vors Finanzamt gelegt hätte, würde mich das nicht sonderlich verwundern. Falls Sie ihm Beteiligung an einem Mord vorwerfen, wäre meine erste Reaktion ein lautes Lachen.«

»Wieso?«, fragte Sommer.

»Weil Uwe kein gewalttätiger Mensch ist. *Suchen* Sie ihn wegen Mordes?«

Diesmal zögerte Rosenberg. Sommer nickte ihr leicht zu.

»In seinem Haus am Ahrenskamp haben wir eindeutige Spuren gefunden. Es geht um Freiheitsberaubung und andere Verbrechen.«

»Uwe soll jemanden entführt haben? Das kann ich mir nicht vorstellen.«

Sommer ging in die Offensive. »Oder jemand hat seine Identität angenommen. Wir haben mittlerweile mit einigen Zeugen gesprochen, und die Aussagen ähneln sich. In den letzten zweieinhalb Jahren hat niemand mehr Herrn Bartlett gesehen. Das läuft für uns auf zwei Möglichkeiten hinaus. Entweder hat er bewusst alle Brücken abgebrochen, oder jemand hat verhindert, dass Herr Bartlett noch Kontakte pflegen konnte.«

»Scheiße!«, flüsterte Schaffran. Er wirkte überrascht. Doch ein guter Pokerspieler könnte eine solche Reaktion vortäuschen.

»Es geht um Entführung junger Frauen«, konkretisierte Rosenberg.

»Mehrerer Frauen?«

»Würden Sie ihm das zutrauen?«

Er fuhr sich mit der Hand übers Gesicht. »Nach der Trennung von Bianca hat er blöde Sprüche abgelassen. Frauenverachtendes Zeug«, konkretisierte Schaffran. »Er bezeichnete sie als Schlampen oder Huren. Seine Wut war nicht zu überhören. Ich habe das allerdings nie kommentiert, weil ich den Zusammenhang verstand.«

»Hörte das irgendwann wieder auf?«, fragte Rosenberg.

»Kurz darauf meldete er sich nicht mehr.«

»Leben Sie hier allein?«, fragte Sommer.

Schaffran lächelte. »Ich bin nicht derjenige, der Uwes Identität angenommen hat.«

»Dann dürfen wir uns bestimmt bei Ihnen im Haus umsehen.«

»Wieso sollte ich Ihnen das erlauben?«, entgegnete Schaffran.

»Um unsere Ermittlungen zu unterstützen«, sagte Rosenberg.

»Nein, danke. Ich lasse Sie nicht bei mir rumschnüffeln. Mein Wort sollte Ihnen genügen.«

»Wie wäre es mit einem Blick in die Garage?«, fragte Sommer.

»Selbst das nicht. Und mir gefällt Ihre Unterstellung nicht. Wenn Sie also keine Fragen mehr zu Uwe haben, würde ich mich gern um die Unterlagen kümmern, die ich für meinen Steuerberater durchgehe.« Sein Blick huschte über die aufgeschlagenen Akten.

»Haben Sie Angestellte, die hier im Haus ein- und ausgehen?«, fragte Sommer.

»Herrje, nein!« Schaffran wurde lauter. »Ich lebe seit vielen Jahren allein, bin aber deswegen kein Perverser.«

Sommer sah ihn überrascht an, verwundert über die Wortwahl. Schaffran schien seinen Lapsus zu bemerken.

»Ich bin ein hart arbeitender Landwirt«, fuhr er deutlich ruhiger fort. »Unterstellen Sie mir nichts, was Sie mir nicht beweisen können. Auf Wiedersehen! Sie finden bestimmt allein hinaus. Und ich möchte Sie eindringlich bitten, nicht meine Arbeiter von ihrem Job abzuhalten. Machen Sie's gut.«

14

In einer halben Stunde lief das Ultimatum ab, das er Eva Haller gestellt hatte. Wie erwartet schien sie die Frist auszureizen. Bestimmt hatten die Bullen ihr dazu geraten. Er schüttelte amüsiert den Kopf. Die Bullen verhielten sich absolut vorhersehbar. Das machte ihm die Sache leicht.

Er ging ins Schlafzimmer und schob die linke Schiebetür des Kleiderschranks beiseite. In diesem Teil des Schrankes hingen ein paar Pullover, Hemden und zwei Jacketts. Alles Kleidungsstücke, die er seit Ewigkeiten nicht getragen hatte. Er teilte sie genau in der Mitte und legte eine Holzabdeckung frei, die wie die Schrankrückwand wirkte. In Wahrheit verbarg sie jedoch einen Zwischenraum. Er drückte gegen die Abdeckung, die sich klackend öffnete. Dahinter lag sein Waffenversteck. Drei Pistolen mit passenden Schalldämpfern und ein Gewehr. Außerdem zwei Wurfsterne und zwei Handgranaten. Er holte eine der Granaten heraus. Sollte Haller seine Forderung nicht erfüllen, würde Ariane durch die Detonation in tausend Stücke zerrissen.

Er trug den Sprengkörper bis vor die Tür des Verlieses. Ihn amüsierte die Vorstellung, wie die Gefangene reagieren würde, wenn er die Granate einfach hineinwerfen würde, ohne zuvor den Zündmechanismus auszulösen. Vielleicht sollte er sich diesen kleinen Spaß gönnen. Er entschied sich dagegen, da er dabei leider nicht ihr Gesicht betrachten könnte; denn würde er sich nicht vor der zu erwartenden Detonation schützen, sondern offen in der Tür stehen bleiben, wüsste sie sofort Bescheid.

Aus einem Nebenraum holte er das Kamerastativ. Er entriegelte die Tür zu ihrem Gefängnis und trat ein. Ariane hockte mit angezogenen Beinen auf dem provisorischen Bett.

Ohne ein Wort der Erklärung baute er das Stativ auf und schraubte eine Kamera in die Halterung. Dann ging er kurz hinaus und kehrte mit der Handgranate zurück.

Beim Anblick des Sprengkörpers riss sie die Augen auf.

»Falls du hoffst, das hier könnte eine Attrappe sein, muss ich dich enttäuschen. Die Frist, die ich deiner Freundin Eva gesetzt habe, läuft gleich ab. Bislang hat sie noch keine Unterseite auf ihrem Blog freigeschaltet, auf die ich mein erstes Video hochladen kann. Jetzt gibt es zwei Möglichkeiten. Wenn sie meine Forderung rechtzeitig erfüllt, bleibst du weiter mein Gast. Sollte sie sich allerdings weigern, wären mir die Bullen wohl schon auf den Fersen. Das ist der einzige Grund, den ich mir vorstellen kann, warum sie meine Forderung nicht erfüllen. Sollte das der Fall sein, will ich dir verraten, wie der Rest deines jungen Lebens aussehen wird. Ich komme zurück und starte über die Kamera eine Live-Übertragung ins Internet. Dann entsichere ich die Granate und verschwinde. Du wirst nach wenigen Sekunden in Stücke zerrissen. Die Zeit, die dir bleibt, würde ich an deiner Stelle nutzen, um Haller zu verfluchen. Oder meinetwegen auch die Bullen. Denn es wäre ihre Schuld.«

»Machen Sie das bitte nicht«, flüsterte Ariane. »Ich will nicht sterben.«

»Ach, Mädchen.« Er schaute sie beinahe liebevoll an. »Hast du überhaupt noch Lust weiterzuleben? Du wirst unsere Begegnung niemals verdrängen können. Egal, wie alt du wirst. Der Tod würde die Decke des Vergessens gnädig über dich ausbreiten.«

»Ich will nicht sterben«, wiederholte sie.

»Ich erinnere dich daran, wenn Haller meine Forderungen erfüllt und wir zwei wieder Zeit haben, deine schmerzsensiblen Körperregionen zu erkunden.« Er grinste. »Jetzt haben wir genug geredet. Falls dein Wunsch weiterzuleben ernst gemeint ist, solltest du hoffen, mich in der nächsten halben Stunde nicht wiederzusehen. Denn das würde deinen sicheren Tod bedeuten.«

Er warf ihr spöttisch einen Luftkuss zu und verließ den Raum.

* * *

Die Polizisten trafen sich in Hallers Haus, in dem sie seit dem Vortag wieder wohnte. Die Frist lief in fünfzehn Minuten ab.

»Machen wir eine letzte Bestandsaufnahme«, schlug Rosenberg vor. »Ich habe die halbe Nacht wach gelegen, weil mir die Zeugenbefragungen keine Ruhe lassen. Uwe Bartlett zeigte vor ungefähr drei Jahren deutliche Anzeichen eines sich verändernden Charakters. Er riss alle Brücken hinter sich ab, sowohl im Job als auch privat. Und plötzlich gibt es keine Augenzeugen mehr, die ihm in den letzten Jahren persönlich begegnet sind. Ganz im Gegenteil. Für alle, die ihn kannten, ist er wie vom Erdboden verschwunden.«

Sommer nickte. »Irgendwann im Laufe der Zeit muss er zu Geld gekommen sein. Seine Abfindung müsste schon längst aufgebraucht sein, wenn er keine weiteren Einnahmen mehr hatte. Wir wissen vom Täter, dass er seine Opfer gern fotografiert. Außerdem haben wir Gipsspuren und Material zum Anrühren von Gips gefunden. Nutzt er das für seine Opfer? Nicht ausgeschlossen. Diese Trophäen ließen sich im Darknet für viel Geld verkaufen, allerdings haben die Kollegen der IT bislang nichts entdeckt, was auf ein solches Treiben hindeutet. Also müssen wir andere Möglichkeiten in Betracht ziehen. Robert, Verena und ich haben darüber intensiv diskutiert.«

»Nehmen wir an, Bartlett hatte vor drei Jahren eine tiefe Sinnkrise«, fuhr Drosten fort. »Er will sein Leben radikal verändern, aber ihm fehlt das nötige Geld dafür. Er besitzt zwei Grundstücke und ein Haus. Was ist, wenn ihm jemand ein Angebot gemacht hat? Ich bezahle dir Summe X schwarz auf die Hand, will jedoch nirgendwo als Käufer auftreten. Ganz im Gegenteil, alle Kosten sollen weiter von deinem Konto abgehen, allerdings musst du dich um nichts kümmern. Ich benötige nur deine EC-Karte. Bartlett und der Interessent einigen sich auf einen Preis, und Bartlett verschwindet aus Deutschland. Nach Thailand. Oder Südafrika oder Brasilien. Wohin auch immer es ihn verschlägt. Er hat genug Geld und bekommt vielleicht gar nicht mit, dass er jetzt in der alten Heimat als Mordverdächtiger gesucht wird.«

»Oder es ist ganz anders gewesen«, sagte Schult. »Darüber haben Katharina und ich lange nachgedacht. Bartlett befindet sich in der absoluten Lebenskrise. Er bricht alle Brücken ab, nur nicht zu einer Person, der er blind vertraut. Diese Person geht jedoch schon seit Jahren mit Mordfantasien schwanger und sieht plötzlich ihre Gelegenheit gekommen. Sie tötet Bartlett und nimmt seine Rolle ein. Nutzt sein Haus, um darin die Gefangenen zu quälen und zu töten. Bis Ariane ihr einen Strich durch die Rechnung macht.«

»Ich schätze, eine dieser Theorien trifft ins Schwarze«, sagte Kraft. Sie schaute auf ihre Uhr. »Wir haben noch zwölf Minuten.«

»Das Freischalten geht schnell«, mischte sich Haller ein. »Ich habe alles vorbereitet. Das ist ein Klick, dann steht die Seite zur Verfügung. Inklusive des gewünschten Passwortes, mit dem man von außerhalb Dateien hochladen kann.«

»Das klingt gut«, sagte Rosenberg. »Ihr Betreiber hat uns gestern versichert, dass er kein Video sperren oder löschen wird. Auch dann nicht, wenn der Inhalt sehr gewalttätig ist. Der Provider behält die Seite im Auge und informiert uns über Unregelmäßigkeiten. Reden wir noch kurz über die bisherigen Verhöre. Wirkt einer der Befragten besonders verdächtig?«

»Fangen wir mit dem Lehrer an«, schlug Weimar vor. »Er wohnt allein in einem Haus, in dem man jemanden gefangen halten könnte, nachdem der ursprünglich dafür vorgesehene Ort wegfiel. Außerdem gibt es eine Verbindung zu dem ersten Opfer. Er hat vom plötzlichen Verschwinden des Mädchens profitiert.«

»Das stimmt«, bestätigte Drosten. »Doch es spricht auch einiges gegen seine Täterschaft. Wir haben keine begründete Vermutung, dass sich Graul und Bartlett kannten. Zudem finde ich es fraglich, ob er genug Geld gehabt hätte, Bartlett auszuzahlen. Vom Haus des Lehrers bis zu Bartletts Haus sind es fast zwanzig Minuten Fahrzeit – wenn man schnell durchkommt. Außerdem hat er als Lehrer einen so geregelten Tagesablauf, dass er seine Gefangenen oft nicht beobachten könnte. Wie soll das im Unterricht funktionieren? Graul hat meiner Meinung nach einfach bloß Pech, weil seine Schülerin kurz nach ihrer Anzeige verschwunden ist.«

»Ich halte Schaffran für einen heißen Kandidaten«, sagte Sommer. »Er wohnt in einem akzeptablen Umkreis und kannte Bartlett persönlich. Seine finanziellen Verhältnisse lassen einen Kauf möglich erscheinen. Außerdem könnte er als Landwirt jederzeit wegfahren, falls seine Anwesenheit am Ahrenskamp erforderlich wäre. Die meiste Arbeit auf dem Hof erledigen seine Mitarbeiter.«

»Und er lebt in einem Gebäude, in dem man problemlos jemanden gefangen halten könnte, seit dem Täter sein Haupthaus wegfiel«, fügte Rosenberg hinzu.

»Bevor wir uns auf Schaffran einschießen: Wer kommt sonst infrage?«, warf Kraft in die Runde.

»Wenn überhaupt, dann sollten wir uns noch einmal mit seinem Nachbarn Markus Andrich beschäftigen«, erwiderte Drosten. »Für ihn wäre es sehr leicht, sofort vor Ort zu sein, wenn etwas Ungewöhnliches wie ein Einbruch passiert. Außerdem ist er der Einzige, der behauptet, zumindest ab und zu einen Wagen zu sehen, den er Bartlett zuschreibt.«

»Und je nachdem, wie viel Geld er mit der Lizenzvermittlung verdient, wäre er vielleicht in der Lage, dem Nachbarn das Haus abzukaufen«, fügte Rosenberg hinzu. »Falls wir zu dieser Variante tendieren.« Auch sie schaute nun auf ihre Uhr. »Frau Haller, bevor gleich technisch etwas schiefgeht, sollten Sie die Unterseite auf Ihrem Blog jetzt freigeben.«

»Okay«, sagte die Journalistin.

Die Polizisten sahen zu, wie sie den Auftrag ausführte, die Änderung zunächst abspeicherte und danach die Seite neu lud.

»Die Unterseite ist online«, erklärte sie kurz darauf. »Jetzt müssen wir warten, wie schnell er reagiert.«

»Ich bin mir sicher, er wird uns nicht lange auf die Folter spannen«, vermutete Sommer. »Wahrscheinlich sitzt er in seinem Versteck und aktualisiert Ihren Blog im Minutentakt.«

»Sie haben recht!«, rief Haller aufgeregt. »Jemand führt einen Upload durch.«

15

»Der Upload ist abgeschlossen«, sagte Eva Haller. »Ich habe ein ungutes Gefühl. Was machen wir, wenn das Video Arianes Vergewaltigung oder sogar ihre Ermordung zeigt?«

»Dann löschen wir sowohl das Video als auch die Unterseite«, legte Rosenberg fest. »Aber ich teile Ihre Befürchtung nicht.«

»Hoffentlich haben Sie recht.« Haller führte den Mauszeiger über den Link. »Soll ich es anklicken?«

»Bringen wir es hinter uns«, sagte Drosten.

Haller klickte auf den Link. Ein neues Fenster öffnete sich, und der Film startete automatisch.

Zunächst sahen sie nur einen braunen Holzstuhl in einem ansonsten leeren Raum.

»Ist der Stuhl Landhausstil?«, fragte Rosenberg.

Drosten lächelte. »Ein bisschen zu viel Spekulation. Aber falls der Täter gleich eine Erdbeerpflanze präsentiert, hätten Sie mich überzeugt.«

Bevor Rosenberg etwas erwidern konnte, trat ein Mann in den Bildausschnitt. Wie schon beim letzten Mal trug er einen Regenmantel und die Anglerhose. Dazu eine Maske und schwarze Handschuhe. Er ging leicht gebückt. Es war unmöglich, seine Statur zu bestimmen. Vielleicht würde es Technikern in Wiesbaden gelingen, mehr Informationen herauszufiltern, indem sie das Video bearbeiteten. Doch Drosten bezweifelte das. Der Mann hatte bisher genau darauf geachtet, den Ermittlern keinen Anhaltspunkt zu liefern.

»Ich glaube, er trägt Kontaktlinsen«, stellte Sommer fest.

Drosten sah genauer hin und musste seinem Partner zustimmen. Die hellblauen Augen wirkten unnatürlich.

Der Mann starrte in die Kamera. Eine Computerstimme ertönte. Entweder hatte der Maskierte die Tonspur dem Video nachträglich zugefügt, oder die Stimme drang aus einer Quelle außerhalb des Bildausschnitts.

»Scheiße«, flüsterte Drosten. Falls den Wiesbadener Technikern nicht ein Wunder gelang, brächte sie die Analyse des Videos keinen Schritt weiter.

»Hallo und herzlich willkommen zu meinem kleinen Seelen-Striptease. Ich freue mich über Ihr Interesse an meinem Leben. Vielleicht fragen Sie sich, wer ich eigentlich bin. Leider kann ich Ihnen nicht verraten, wie ich heiße. Das ist ungefähr so wie im Märchen. Ach wie gut das niemand weiß, dass ich ... Na ja, Sie wissen, wie es weitergeht. Allerdings kann ich Ihnen von meinen Taten berichten.« Der Mann griff in eine Tasche des Regenmantels, und zugleich verstummte die Computerstimme. Offenbar hatte er sich bei der Eingabe des Textes, die von der Software vorgelesen wurde, genau überlegt, was er zu welchem Zeitpunkt tun würde. Er zog einen Packen Polaroidfotos heraus.

»Erinnern Sie sich noch an die alten Polaroidkameras? Kam uns das als Kinder nicht wie ein Zauberwerk vor? Mir gefällt diese Technik, und ich schieße für mein Leben gern solche Bilder.«

Er hielt ein Foto von Eleni Panfil in die Kamera. Die Computerstimme sprach den Namen aus, betonte den Nachnamen allerdings völlig falsch.

»Eleni war meine erste Ballkönigin, mit der ich wochenlang geübt habe, bis wir ihren großen Moment feierten. Es gibt viele schöne Fotos von ihr, die zeigen, wie sie sich durch unsere gemeinsame Zeit verändert hat. Leider haben die Bullen die Bilder beschlagnahmt. Mir ist nur dieses Exemplar geblieben – und all die unauslöschlichen Erinnerungen, die hierin stecken.« Der Maskierte tippte sich an die Stirn. Vorsichtig legte er das Foto zu Boden und präsentierte das nächste Polaroid. Nacheinander zeigte er den Zuschauern alle acht Opfer und nannte ihre Namen.

»Okay, ich will ehrlich sein. Keine meiner Ballköniginnen hat den Abschlussball überlebt. Ich habe sie alle in einem letzten wundervollen Akt getötet. Zuvor hatte ich sie wochen- oder sogar monatelang gefangen gehalten. Können Sie sich vorstellen, wie schön es ist, die passende Beute zu entdecken, sie zu jagen, zu verschleppen und sich an ihrem Leid zu ergötzen? Leid, das man ihnen selbst zufügt? Es gibt nichts Erregenderes. Probieren Sie's aus! Einem Menschen dabei zuzusehen, wie seine Seele zerbricht, ist unvergleichlich. Der Überlebenswille ist in uns allen sehr stark. Ihn zu zerstören darf man getrost als Meisterwerk bezeichnen. Ich habe das achtmal geschafft. Ein neuntes Opfer befindet sich in meiner Gewalt. Zwei weitere Menschen habe ich getötet – allerdings schnell und ohne Genuss.«

Der Maskierte steckte die Bilder zurück in seine Jackentasche, während die Stimme für einen Moment schwieg.

»Die Zuschauer vor dem Computer interessiert es vermutlich, wie ich zu dem Mann wurde, der ich jetzt bin. Genau darum wird es in den nächsten Videos gehen, die ich in den kommenden Tagen häppchenweise hochlade. Ich werde Ihnen meine Geschichte in aller Offenheit präsentieren. Hier auf dem Blog der wundervollen Journalistin Eva Haller. Besuchen Sie uns also bitte bald wieder. Ich verspreche, bis zum nächsten Video dauert es nicht lange. Bevor es jedoch so weit ist, möchte ich mich mit einer Warnung an meine Jäger verabschieden. Falls die Polizei oder andere Institutionen jemals auch nur einen der Filme, die ich mit viel Liebe erstelle, sperrt, hätte das gravierende Folgen. Es wäre das Todesurteil für meine Ballkönigin Ariane.«

Der Maskierte zog aus der anderen Manteltasche eine Handgranate.

»Fuck!«, fluchte Sommer.

»Nach der ersten Sperre würde ich sofort in Arianes Raum gehen, den Sicherungsstift ziehen und die Granate in ihr Zimmer werfen. Sie hätte keine Chance, sich vor der Detonation zu schützen, zumal sie gefesselt ist. Ihr Körper würde in Stücke zerrissen. Ich würde umgehend das Gebäude aufgeben und fliehen. Sollten jedoch alle genanntem Bedingungen eingehalten werden, wartet am Ende meiner Beichte eine Belohnung auf die Polizeibehörden. See you later, alligator.«

Das Video endete. Haller und die Ermittler schwiegen eine Weile. Drostens Gedanken rasten. Der Mörder spielte mit ihnen, und sie konnten vorläufig nichts dagegen unternehmen. Solange sie keinen Anhaltspunkt hatten, um wen es sich handelte, mussten sie ihn gewähren lassen.

»Was für ein Schwein«, brach Haller das Schweigen. »Glauben Sie ihm? Lebt Ariane noch?«

»Meiner Meinung nach hat er momentan kein Interesse, sie zu töten. Zum einen nutzt er sie als Faustpfand, zum anderen wird er sie wie seine vorherigen Opfer behandeln. Tut mir leid. Klammern wir uns an die Hoffnung, sie lebend aus seinen Klauen zu befreien.« Drosten zuckte bedauernd die Schultern. »Ich rufe in Wiesbaden an. Vielleicht können sie uns schon etwas sagen.«

Er verließ das Arbeitszimmer und ging in die Küche, um seine Gedanken zu sammeln. Die Videos würden in der Öffentlichkeit für Furore sorgen. Weder die KEG noch die Kölner Polizei konnten das verhindern. Die Drohung, Ariane zu töten, sobald sie ein Video sperrten, lähmte sie in ihren Möglichkeiten.

Drosten wählte die Nummer der IT des BKA, auf dessen Ressourcen sie auch in diesem Fall wieder zugreifen würden. Sekunden später erreichte er seinen Ansprechpartner.

»Wie zu erwarten, hat der Mann durch verschiedene Weiterleitungen verhindert, dass wir seine IP herausfinden«, sagte der Kollege. »Angeblich wurde das Video von einem Nutzer in Thailand hochgeladen.«

»Schade«, sagte Drosten. »Aber damit haben wir gerechnet. Könnt ihr das Video bearbeiten?«

»Was schwebt dir vor?«

»Ich brauche Anhaltspunkte auf seinen Körperbau. Schafft ihr es, den Regenmantel digital wegzuretuschieren?«

»Hui. Das ist eine Aufgabe. Und nicht mein Fachgebiet. Aber mir fällt spontan jemand ein, der das vielleicht schaffen könnte. Solche Bildmanipulationen dauern jedoch eine Weile.«

»Kein Problem. Sagt mir einfach Bescheid, falls es euch gelingt.«

Er beendete das Gespräch. Kaum hatte er das Handy in die Anzugtasche geschoben, klingelte es. Er zog es wieder heraus. Polizeirat Karlsen meldete sich bei ihm.

Nach einer knappen Begrüßung kam sein Vorgesetzter sofort auf den Grund des Anrufs zu sprechen.

»Wir haben ein Problem. Das Video wird massenhaft abgerufen, obwohl es erst ein paar Minuten online ist. Die

Presseabteilung erhält Nachfragen im Sekundentakt. Jemand hatte schon vor dem Hochladen bei diversen Medien angekündigt, dass um acht Uhr morgens auf Hallers Blog etwas Sensationelles passieren würde.«

»Er sucht die Öffentlichkeit«, stellte Drosten deprimiert fest.

»Und findet sie. Wer weiß, welche Botschaften er in den nächsten Videos versteckt.«

»Aber wir dürfen das nicht zensieren. Zumindest nicht, solange er in den Filmen nur redet. Sonst stirbt ein weiterer Mensch.«

»Sie stirbt doch sowieso.«

»Nicht, wenn wir ihn rechtzeitig finden.«

»Ich fürchte, die Videos schaden unserer Behörde. Mit jedem neuen Upload stehen wir dümmer dar, weil wir es nicht schaffen, ihn zu verhaften. Wäre es nicht sinnvoller, weitere Veröffentlichungen zu verhindern?«

»Nein«, widersprach Drosten. »Stellen Sie sich vor, er überträgt die Exekution durch eine Handgranate live im Internet. Technisch wäre das über die sozialen Medien überhaupt kein Problem. Die Öffentlichkeit würde uns skalpieren, weil wir Arianes Leben leichtfertig aufs Spiel gesetzt haben.«

Karlsen stöhnte. »Ich habe kein gutes Gefühl, vertraue aber Ihrer Einschätzung. Trotzdem muss ich mich mit dem Kölner Polizeipräsidenten kurzschließen. Ich kann Ihnen noch nicht versichern, ob wir weitere Uploads zulassen.«

»Treffen Sie eine solche Entscheidung nicht, ohne mit uns Rücksprache gehalten zu haben«, bat Drosten ihn.

Karlsen beendete mit einem zustimmenden Brummen die Unterhaltung.

Drosten ging zurück in Hallers Arbeitszimmer, in dem Rosenberg ebenfalls telefonierte, ihr Gespräch jedoch rasch zum Abschluss brachte.

»Das war der Polizeipräsident persönlich. Er fragt mich nach einer Strategie, wie wir dem öffentlichen Interesse an dem Upload Einhalt gebieten.«

»Da trifft es Sie noch gut«, erwiderte Drosten. »Mich hat Polizeirat Karlsen gefragt, ob es nicht besser sei, jedes weitere Video zu verhindern.«

»Dann stirbt Ariane! Ist das sein verfluchter Ernst?«, erkundigte sich Haller.

»Ich konnte es ihm vorläufig ausreden. Aber er wird sich mit dem Kölner Polizeipräsidenten kurzschließen. Hoffen wir, dass sie keine voreiligen Entscheidungen treffen.«

»Warum haben die hohen Herren eigentlich solche Angst vor der öffentlichen Reaktion?«, fragte Kraft. »Sieht keiner die Chance darin? Unsere minimalen Fortschritte haben wir erzielt, weil wir von Haustür zu Haustür gelaufen sind. Aber vielleicht würden wir viel größere Resonanz erhalten, wenn wir eine Pressekonferenz geben und um Mithilfe der Bürger bitten.«

»Dann müssen wir vermutlich zahlreichen Hinweisen nachgehen, die sich am Ende größtenteils als falsch herausstellen«, wandte Schult ein.

»Natürlich«, bestätigte Kraft. »Wir müssten um personelle Aufstockung bitten. Trotzdem könnten wir etwas in Erfahrung bringen, das uns sonst entgehen würde.«

»Mir gefällt dein Vorschlag, Verena«, sagte Drosten. »Zumal ich befürchte, dass Karlsen und der Kölner Polizeipräsident eine falsche Entscheidung treffen. Solange er keine brutalen Videos hochlädt, dürfen wir die Uploads nicht blockieren.«

»Sehe ich genauso«, stimmte Rosenberg zu. »Unterbreiten wir unseren Vorgesetzten den Vorschlag einer möglichst bald einberufenen Pressekonferenz? Erfahrungsgemäß ist unser PP immer sehr an solchen Auftritten interessiert. Er liebt alles, was ihn ins Rampenlicht bringt. Ich würde mich zusammen mit ihm den Fragen der Presse aussetzen und um die Mithilfe der Öffentlichkeit bitten.«

»Karlsen will garantiert, dass einer von uns ebenfalls daran teilnimmt«, vermutete Sommer.

»Das könnte ich übernehmen«, schlug Drosten vor. »Wäre ja nicht meine erste Pressekonferenz.« Er schaute in die Runde. »Sind wir alle mit diesem Vorschlag einverstanden? Denn im Anschluss müssen wir auch vielen falschen Hinweisen nachgehen, was eine Menge zusätzlicher Arbeit bedeutet.«

Selbst Schult nickte zustimmend. Die Entscheidung fiel einstimmig.

»Frau Rosenberg, unterbreiten Sie Ihrem Polizeipräsidenten den Vorschlag?«

»Ich rufe ihn an«, antwortete sie.

»Dann halte ich Rücksprache mit Polizeirat Karlsen.« Drosten wählte die Nummer seines Vorgesetzten.

»Ich hatte noch keine Zeit, mich mit den Kölner Verantwortlichen kurzzuschließen«, erklärte Karlsen.

»Das trifft sich gut«, erwiderte Drosten. »Gemeinsam mit unseren Kölner Kollegen haben wir uns nämlich überlegt, dass es sinnvoll sein könnte, kurzfristig eine Pressekonferenz abzuhalten. Wir versprechen uns davon neue Hinweise.«

»Ist der Kölner Polizeipräsident einverstanden?«, fragte Karlsen.

»Das klärt gerade Hauptkommissarin Rosenberg mit ihm.«

»Wenn er sein Okay gibt, erteile ich es Ihnen auch. Allerdings will ich jemanden aus unserem Team auf der Bühne sitzen sehen.«

»Das würde ich übernehmen.«

»Sagen Sie mir Bescheid, wie sich Köln entscheidet.«

16

Die ersten Minuten der bereits um elf Uhr vormittags angesetzten Pressekonferenz gehörten dem Kölner Polizeipräsidenten, der nicht nur über den Fall Rede und Antwort stand. Er erklärte auch ausführlich, wie es zur Zusammenarbeit zwischen den Kölnern und der KEG gekommen war. Danach überließ er Rosenberg und Drosten das Wort. Zunächst sprachen sie über den Ort, an dem der Täter seine Opfer festgehalten hatte. Sie nannten die Adresse und auf wen das Haus im Grundbuch eingetragen war. Ausführlich erklärten sie, warum sie mit Uwe Bartlett reden wollten, da sie es als durchaus möglich erachteten, dass er nicht der Mörder war. Dann berichteten sie über jeden einzelnen Vermisstenfall. Sie nannten die Namen der jungen Frauen und gaben preis, wann und wo sie das letzte Mal gesehen worden waren.

»In manchen Fällen liegt das schon lange zurück«, sagte Drosten. »Aber vielleicht erinnert sich der eine oder andere Zeuge an merkwürdige Vorgänge. Selbst wenn sie Ihnen völlig unbedeutend erschienen sind, besitzen sie möglicherweise eine große Bedeutung. Um potenziellen Informanten eine einfache Kontaktaufnahme zu ermöglichen, haben wir eine kostenfreie Telefonnummer eingerichtet, die rund um die Uhr besetzt ist. Selbstverständlich wird jeder Hinweis vertraulich behandelt.«

»Welche Bedeutung haben die Polaroidfotos, die man in dem Video sieht?«, erkundigte sich eine Journalistin, nachdem ihr das Wort erteilt worden war.

»Wir haben in dem Haus zahlreiche Polaroids gefunden, die der Täter von seinen Opfern angefertigt hat«, sagte Rosenberg. Mit Drosten hatte sie sich geeinigt, nicht die exakte Anzahl zu nennen, um bei falschen Geständnissen den Wahrheitsgehalt prüfen zu können. »Einige andere Hinweise deuten darauf hin, dass er sich mit Foto- und Filmherstellung auskennt. Sie haben das Video ja möglicherweise gesehen. Es wirkt sehr professionell. Der Täter hat die Polaroids vermutlich als Erinnerungsstücke angefertigt. Wir verfolgen auch Spuren, ob er sie irgendwo zum Verkauf anbietet. Falls also ein Zuschauer jemals auf einer Plattform war, auf der dieses Material angeboten wurde, bitten wir um entsprechende Hinweise. Sollte ein Zeuge befürchten, sich damit selbst zu belasten, versprechen wir die größtmögliche Toleranz, was Straftaten anbelangt, die mit Foto- oder Filmmaterial zu tun haben.«

»Wie hoch ist die Belohnung?«, rief ein Journalist, ohne zuvor ein Handzeichen gegeben zu haben.

»Für sachdienliche Hinweise, die zur Ergreifung des Täters führen, haben wir eine Belohnung von einhunderttausend Euro ausgesetzt«, antwortete der Polizeipräsident. »Ich möchte Sie aber noch einmal auf die einfachsten Verhaltensregeln hinweisen. Wir erteilen Ihnen das Wort, erst danach stellen Sie Ihre Fragen.«

»Ein weiterer Punkt, bei dem wir die Bevölkerung um Mithilfe bitten, betrifft das Fahrzeug des Täters«, sagte Rosenberg, nachdem es im Raum wieder leiser geworden war. »Wir wissen, dass er am Sonntag in einem schwarzen SUV von Volkswagen unterwegs war. Marke und Farbe sind leider weit verbreitet, allerdings besitzt das Auto ein auffälliges Merkmal. Die Scheiben sind komplett getönt, sodass man von außen nicht hineinsehen kann. Die Straßenverkehrsordnung verbietet solche Tönungen. Wir vermuten, der Täter hat unerlaubt eine Folie angebracht. Wenn Sie in Ihrer Nachbarschaft ein solches Fahrzeug bemerken, sagen Sie uns Bescheid. Sollten Sie ein Verkäufer getönter Fahrzeugfolien sein, würden uns die Kontaktdaten Ihrer Käufer interessieren, die wir selbstverständlich vertraulich behandeln. An dieser Stelle möchte ich noch einmal auf die ausgelobte Belohnung hinweisen.«

* * *

Paul Beermann starrte fasziniert auf die live übertragene Pressekonferenz, auf die er nur zufällig beim Zappen gestoßen war. Er hatte den Nachrichtensender genau in dem Moment eingeschaltet, als die Kamera ein Foto seiner ehemaligen Mitschülerin Eleni Panfil zeigte.

»Das ist Eleni«, murmelte er.

Im nächsten Augenblick fiel schon ihr Name.

»Scheiße«, flüsterte er, als er die Tragweite verstand. Die Polizei vermutete, Eleni sei einem Gewaltverbrechen zum Opfer gefallen war. Sie schien sogar das erste Opfer gewesen zu sein.

»Arme Eleni. Was für ein Mistkerl!«

Obwohl er in den letzten zwei Jahren nicht einen Gedanken an seine Mitschülerin verloren hatte, kehrten alle Erinnerungen schlagartig zurück. Sie hatte von ihrem Lehrer Graul ein eindeutiges Angebot erhalten. Gegen gewisse Gefälligkeiten wäre der Mistkerl bereit gewesen, ihre Note zu verbessern. Statt darauf einzugehen, hatte sie ihn angezeigt. Im Gegensatz zu den meisten Klassenkameraden hatte Beermann Eleni sofort geglaubt. Ihm waren in den Monaten zuvor oft genug die heimlichen Blicke aufgefallen, mit denen Graul Eleni gemustert hatte.

Plötzlich erwähnte einer der Polizisten eine Belohnung von einhunderttausend Euro.

»Nicht euer Ernst«, sagte Beermann überrascht.

War es nicht offensichtlich, dass Graul der Täter sein musste?

Der Fernsehsender blendete immer wieder die eingerichtete Hotline ein. Beermann griff zu seinem Handy und tippte die ersten Ziffern ein. Doch nach der Vorwahl hielt er inne. Er legte das Telefon beiseite.

Ob er mit seinem Wissen auf andere Weise Geld verdienen konnte? Die Behörden würden ihn ohnehin betrügen. Graul hatte nicht nur Eleni unangemessene Blicke zugeworfen. Auch andere Schülerinnen hatten sein Interesse geweckt. Ob eine von ihnen Sex gegen bessere Noten eingetauscht hatte, wusste er allerdings nicht.

Dafür erinnerte sich Beermann an Grauls Leidenschaft fürs Fotografieren. Er hatte sogar eine AG eingerichtet, an der Beermann teilgenommen hatte, denn auch ihn hatte das Thema interessiert. Die Polaroids, von denen die Polizisten sprachen, würden zu Graul passen. Er wartete das Ende der Pressekonferenz ab, dann setzte er sich an seinen Rechner. Der Lehrer hatte für die AG eine Homepage eingerichtet, auf der die Schüler Fotos hochladen konnten. Da sich Beermann nicht mehr an die genaue Adresse der Seite erinnerte, googelte er. Als Suchbegriffe gab er den Schulnamen, Grauls Nachnamen und den Begriff ›Foto-AG‹ ein. Sogleich fand er die Homepage, die noch immer existierte. Beermann scrollte auf der Seite nach unten und klickte das Impressum an. Triumphierend ballte er die Faust. Der

Lehrer hatte dort seine Privatanschrift und eine E-Mail-Adresse eingetragen.

* * *

Michael Graul schaltete den Fernseher aus. Die alten Vorwürfe kämen nun unweigerlich wieder hoch. Er hatte gehofft, die Ermittlungen würden nicht an die Öffentlichkeit dringen – eine Hoffnung, die sich zerschlagen hatte.

»Du miese, verlogene Schlampe«, flüsterte er. »Das ist alles deine Schuld.«

Ob ihm die derzeitigen Osterferien in die Karten spielten? Bis er wieder aufs Kollegium träfe, vergingen noch gut anderthalb Wochen. Und die meisten seiner Schüler interessierten sich nicht für die echten Nachrichten. Die folgten lieber Instagram-Stars und anderem Abschaum. Bis zum ersten Schultag nach den Ferien konnte viel passieren.

Seine Smartwatch zeigte ihm den Eingang einer E-Mail an. Da Graul nur ungern Texte auf dem kleinen Display der Uhr las, setzte er sich vor seinen Computer und weckte ihn aus dem Ruhemodus.

Die E-Mail-Adresse des Versenders bestand lediglich aus einigen Ziffern und Buchstaben. Im Betreff stand Elenis Name.

»Was soll das?«, murmelte Graul.

Er zögerte. Sollte er die Nachricht wirklich öffnen? Oder wäre es nicht besser, sie ungelesen in den Papierkorb zu verschieben?

Leider war seine Neugier zu groß.

Hallo Herr Graul,

. . .

mit Interesse habe ich die Pressekonferenz der Kölner Polizei verfolgt. Ich wusste schon lange, dass Sie pervers sind, aber wissen das auch die Bullen? Die interessieren sich bestimmt für meine Insiderkenntnisse, die ich aus dem damaligen Unterricht liefern kann. Wenn Sie verhindern wollen, dass ich mich an die Hotline wende, kostet Sie das eine Kleinigkeit. Da gerade Ferien sind, haben Sie ja Zeit. Wir treffen uns um sechzehn Uhr.

Fassungslos starrte Graul auf die Nachricht. Der anonyme Schreiber hatte einen kleinen Park unweit der Schule vorgeschlagen, wo tatsächlich während der Ferien wenig los sein würde. Wer hatte ihm die Mail geschickt? Der Text war fehlerfrei geschrieben, wodurch einige von Elenis Mitschülern automatisch als Verfasser ausschieden. Da der Schreiber ein persönliches Treffen vorschlug, hatte er keine Angst, dem Lehrer körperlich unterlegen zu sein.

Je länger Graul darüber nachdachte, desto klarer kristallisierte sich ein Name heraus: Paul Beermann.

Graul suchte im Internet nach Informationen über seinen ehemaligen Schüler. Er fand ein Social-Media-Profil, aus dem Graul verschiedene Erkenntnisse gewann. Beermann hatte erst vor wenigen Wochen seinen Job gekündigt und sich dafür selbst gefeiert. So, als hätte er etwas Großartiges geleistet. Er schien ein Autonarr zu sein. Außerdem hatte er seit Monaten keine Bilder seiner Freundin gepostet, während er im letzten Jahr ständig Paarfotos online gestellt hatte.

Wie dumm war Beermann, wenn er es sich erlaubte, seinen ehemaligen Lehrer zu provozieren und um ein Treffen an einem eher abgelegenen Ort zu bitten?

* * *

Ernst Hornung schaute auf seine Armbanduhr. Seine Frau Elke hatte ihm vor ungefähr zwanzig Minuten gesagt, dass ihr Gulasch noch eine halbe Stunde dauern würde. Ihre Aufforderung, die Zeit zu nutzen, um mit ihrem Pudel Gassi zu gehen, war unmissverständlich gewesen.

Zorro schien der Spaziergang mit seinem Herrchen sehr zu gefallen. Ständig blieb er stehen und schnüffelte.

»Los, Zorro, beeil dich. Papa will nach Hause.«

Sie näherten sich einem Grundstück, auf dem acht Garagenboxen standen. Aus einer offenen Garage erklang das Geräusch eines startenden Motors. In diesem Moment blockierte die Leine, weil Zorro sich an einem Baum in Position setzte. Genervt drehte sich Hornung zu dem Pudel um, der ihn beinahe vorwurfsvoll ansah.

»Schon wieder?«, fragte Hornung. »Wie viele Haufen willst du denn noch machen?«

Er kramte in seiner Jackentasche nach einem Hundekotbeutel. Die Motorengeräusche wurden lauter. Während er seinem Hund die volle Aufmerksamkeit schenkte, rollte ein Auto auf die Straße und passierte sie.

Hornung drehte seinen Kopf. Ein schwarzer SUV fuhr an ihm vorbei. Hornung sah die dunkel getönte Heckscheibe. Auch die anderen Scheiben schienen verdunkelt zu sein. Sein Herzschlag setzte aus. Er hatte vor dem Spaziergang eine Pressekonferenz der Kölner Polizei im Fernsehen verfolgt, in der sie von einem solchen Fahrzeug gesprochen hatten.

Statt wie sonst Zorros Haufen aufzulesen, zog er den Hund mit sich.

»Wir müssen nach Hause«, trieb er den Pudel an. »Los!«

Wie hoch war die Belohnung? Einhunderttausend Euro? Das wäre ja fast so gut wie ein Sechser im Lotto. Und das nur dank eines Spaziergangs mit seinem Hund.

Aber Hornung wäre gewiss nicht der Einzige, dem der Wagen auf der Straße auffiel. Er musste unbedingt der Erste sein, der sich bei der Hotline meldete. Warum hatte er sein Klapphandy nicht mitgenommen?

»Beeil dich, Zorro. Von der Belohnung kaufen wir dir ein paar Leckerlis.«

17

Eine Viertelstunde vor der festgelegten Uhrzeit durchkämmte Beermann den Park. Der Treffpunkt war ideal. Um diese Zeit hatte sich der Spielplatz aufgrund des kühlen Wetters bereits geleert, und viele Hundebesitzer würden erst zu späterer Stunde ihre Tiere ausführen. Außerdem hatte er kein Problem damit, falls jemand sie zusammen sehen würde. Graul wäre der Einzige, der das garantiert verhindern wollte. Zudem war Beermann dem Lehrer körperlich überlegen und musste sich nicht im Schutz der Öffentlichkeit mit ihm treffen.

Was konnte er von ihm für sein Schweigen verlangen? Die Bullen boten einhunderttausend Euro, so viel hätte der Lehrer vermutlich nicht zur Verfügung. Beermann dachte langfristig. Lieber alle paar Monate heimlich ein paar Tausender für sein Schweigen kassieren, als eine einzige große Summe, die er beim Amt angeben müsste. Zumal er den Behörden ohnehin dreckige Tricks zutraute.

Fünf Minuten vor vier setzte er sich auf die Lehne einer roten Parkbank. Immer wieder sah er aufs Handy, prüfte die Uhrzeit und den Posteingang seines E-Mail-Programms.

Um sechzehn Uhr hörte er aus einiger Entfernung das Läuten einer Kirchglocke. Nichts tat sich.

Das durfte nicht wahr sein! Nahm ihn der Lehrer nicht ernst?

Mit jeder verstrichenen Minute steigerte sich seine Wut. Er griff in seine Jackentasche und zog eine Zigarettenpackung heraus. Ohne großen Genuss rauchte er eine Zigarette. Statt seine Nerven zu beruhigen, bewirkte sie jedoch das Gegenteil.

»Dieses arrogante Arschloch«, flüsterte er. »Dafür wird er bezahlen. Das kostet extra!«

Er schnippte die Kippe in den drei Meter entfernten Sandkasten.

Hinter ihm raschelte es. Beermann zuckte zusammen und fuhr herum.

* * *

Katharina Rosenberg hatte insgesamt acht Polizisten auf der Straße postiert, drei in Fahrzeugen, den Rest als Zivilisten getarnt. Da sich der Zeuge nicht das Kennzeichen gemerkt hatte, fehlten ihnen die Informationen über den Fahrzeughalter. Außerdem konnten sie nicht ausschließen, dass an dem SUV nach wie vor das gestohlene Kennzeichen montiert war. Den Besitzer des Grundstücks, auf dem die Garagen standen, hatten sie in der Kürze der Zeit nicht erreicht. Also schien ihre größte Chance darin zu bestehen, den Fahrer bei seiner Rückkehr zu verhaften.

Rosenbergs Funkgerät knackte.

»Ein schwarzer SUV ist gerade in die Straße eingebogen. Die hinteren Fenster sind alle ab der B-Säule verdunkelt«, meldete ein Beamter.

»Die vorderen Fenster nicht?«, vergewisserte sie sich.

Die Beschreibung entsprach nicht dem, was Trapp beobachtet hatte.

»Nein. Ich sehe einen Mann mit kahl geschorenem Kopf am Steuer. Vermutlich Mitte vierzig.«

»Okay. Der SUV taucht in meinem Sichtfeld auf. Danke!«

»Ob er unser Kandidat ist?«, fragte Schult. »Die Folien, die ihn verbergen, könnte er nur anbringen, bevor er sich auf die Jagd macht. Schließlich läuft er sonst Gefahr, in eine Verkehrskontrolle zu geraten.«

»Ziemlich viel Aufwand.«

Das Fahrzeug war noch dreißig Meter entfernt. Rosenberg warf einen kurzen Blick zu dem Fahrer. Sie erkannte zu wenig, um ein Urteil zu fällen. Der Mann hinter dem Steuer hatte keine große Ähnlichkeit mit Uwe Bartlett. Doch allein die abrasierten Haare könnten zu diesem Eindruck führen.

Der SUV bog auf das Garagengrundstück. Vorsichtig manövrierte der Fahrer den Wagen in die Box.

»Alle Mann in Bereitschaft!«, gab Rosenberg über Funk durch. »Ihr nehmt ihn fest, sobald er die Garage verlässt.«

* * *

»Was machen Sie da?«, fragte die herrische Stimme des Rentners. Der grauhaarige Mann hatte sich zusammen mit seinem Schäferhund hinterrücks angeschlichen und starrte Beermann wütend an. »Sie haben eine Kippe in den Sand geschnippt. Darin spielen Kinder!«

Beermanns Herzschlag beruhigte sich nur langsam. »Ich sehe hier keine Kinder«, antwortete er bockig.

»Eine Unverschämtheit!«

Angestachelt von der Stimme seines Herrchens knurrte

der Schäferhund. Den Rentner hätte Beermann mühelos verscheucht. Vor dem Hund hatte er allerdings Respekt.

»Heben Sie die Kippe auf! Sie schmeißen die in den Mülleimer.«

Beermann warf einen Blick zum Hund. »Schon gut. Auch wenn ich nicht wüsste, was Sie das angeht.«

»Weil ich hier gerne mit meinen Enkeln herkomme!«

Beermann betrat den Sandkasten und nahm seine Kippe zwischen die Finger. »Zufrieden?«

»Ich sagte: in den Mülleimer!«

Beermann verdrehte die Augen. Widerwillig folgte er der Anweisung. »Zufrieden?«, wiederholte er mürrisch.

»Erst, wenn Sie gegangen sind.«

»Das haben Sie mir nicht vorzuschreiben.«

Der Rentner zeigte zu einem Schild, das die Nutzung des Spielplatzes nur für Kinder bis zwölf Jahren erlaubte. »Sie sind eindeutig älter und haben kein Kind dabei. Gehen Sie, sonst rufe ich das Ordnungsamt.«

»Scheiß Nazi!«, flüsterte Beermann. Er suchte nicht die offene Konfrontation. Die Aufmerksamkeit des Rentners war das Letzte, was er sich wünschte. Im Weggehen streckte er dem Mann den Mittelfinger entgegen.

»Eine Unverschämtheit! Haben Sie keine Manieren?«

Um den Konflikt nicht anzustacheln, verzichtete Beermann auf eine Antwort. Er entfernte sich von dem Treffpunkt. Graul würde nicht mehr auftauchen. Oder hatte er den Streit heimlich beobachtet?

»Wie heißt es doch gleich?«, murmelte er leise. »Wenn der Prophet nicht zum Berg kommt, geht der Berg zum Propheten? Dafür lasse ich dich bluten.«

Er erreichte seinen Wagen und stieg ein. Am Smartphone suchte er nach der Foto-AG-Homepage. Dem Impressum entnahm er die Adresse des Lehrers.

»Dann eben auf die harte Tour.«

* * *

»Polizei! Nehmen Sie die Hände hoch!«, schrien zwei Beamte gleichzeitig, die mit ihren Waffen auf den SUV-Fahrer zielten.

Der stand an der Schwelle der Garage. Links trug er einen Einkaufsbeutel, in der rechten Hand hielt er den Fahrzeugschlüssel. Der Mann zuckte bei dem Befehl zusammen.

»Wird's bald?«

Der Fahrer ließ die Tasche zu Boden fallen. »Was soll das?«, fragte er mit bebender Stimme.

Katharina Rosenberg trat näher. »Wie lautet Ihr Name?«

»Sven Fischer.«

»Haben Sie die Garage angemietet?«, hakte Rosenberg nach. Sie gab den Einsatzkräften mit einer Geste den Befehl, die Waffen zu senken. Dann bemerkte sie die Gesichtsbräunung ihres Gegenübers. Auch die Hände waren recht dunkel. Der kahl rasierte Schädel wirkte leicht gerötet. Hatte er immer diesen Teint, oder war er erst kürzlich in Sonnengenuss gekommen?

»Warum sollte ich sonst hier parken?«

»Wo wohnen Sie?«

»Da vorne.« Der Fahrer deutete mit dem Kopf zu einem der Mietshäuser in der unmittelbaren Umgebung.

»Können Sie sich ausweisen?«, fragte Rosenberg.

»Der Ausweis ist in meiner Jacke. Was soll das Ganze?«

»Ich trete jetzt vor und hole ihn mir. Machen Sie keine hektischen Bewegungen.«

»Die Einzigen, die Hektik verbreiten, sind Sie! Sie haben mich zu Tode erschreckt.«

* * *

Einige Häuser von der Adresse des Lehrers entfernt fand Beermann am Straßenrand einen Parkplatz. Seine Wut war unterwegs nicht verraucht. Ganz im Gegenteil. Wieso ignorierte Graul die deutliche Warnung? War ihm seine Zukunft egal?

Beermann öffnete das E-Mail-Programm. Er tippte die Adresse des Lehrers ein. Dann formulierte er den Text.

Sie haben meine Worte wohl nicht ernst genommen. Schwerer Fehler! Es sei denn, Sie wollen Ihren Job und Ihre Zukunft verlieren. Weil ich ein guter Mensch bin, gebe ich Ihnen eine zweite und letzte Chance. Wenn Sie nicht in dreißig Minuten am vorgegebenen Treffpunkt sind, komme ich zu Ihnen. Sie sollten keine Spielchen mit mir spielen. Das schadet nur Ihnen, nicht mir!

Beermann schickte die Nachricht ab. Er wollte die Reaktion des Lehrers vor Ort miterleben. Würde der nun hektisch aus dem Haus stürmen? Vermutlich schon. Wenn er recht behielte, würde er aus seinem Wagen steigen und Grauls Namen rufen. Ihn anschließend zwingen, sich zu ihm ins Auto zu setzen, in dem man sich in Ruhe unterhalten könnte. Falls das Nachbarn mitbekommen würden, wäre das nicht zu Beermanns Schaden.

* * *

Die Smartwatch signalisierte Graul einen erneuten E-Mail-Eingang. Wieder von der nur aus Zahlen und Buchstaben bestehenden Absenderadresse. Leicht amüsiert deaktivierte Graul den Ruhemodus des Computers. Hatte der anonyme Schreiber wirklich geglaubt, Graul würde sich mit ihm treffen? Wie naiv konnte man als junger Erwachsener noch sein?

Graul öffnete das E-Mail-Programm. Der Computer empfing die Nachricht. Fassungslos las er zweimal den Text. Der Schreiber besaß eine nicht zu begreifende Naivität gepaart mit einem unrealistischen Anspruchsdenken. Typisch für die heutige Generation seiner Schüler. Hatte Beermann überhaupt nicht berücksichtigt, dass seine Nachricht eventuell gar nicht gelesen wurde? Aber so war er schon während der Schulzeit gewesen. Beermann war es immer schwergefallen, verschiedene Möglichkeiten zu berücksichtigen. Für ihn gab es nur schwarz oder weiß.

Graul löschte die E-Mail. Er schaute auf seine Uhr. Würde Beermann es tatsächlich wagen hierherzukommen? Graul konnte sich das nicht vorstellen, denn es wäre an Leichtsinnigkeit nicht zu überbieten.

Doch falls er sich irrte, würde Beermann mit harten Konsequenzen rechnen müssen.

Mit den Daumen massierte er sich seinen verspannten Nacken. Dann öffnete er das auf dem Computer installierte Schreibprogramm. Die Zeit, die ihm bis zu dem Ablauf des Ultimatums blieb, könnte er sinnvoll nutzen.

* * *

Rosenberg gab Sven Fischer seinen Ausweis zurück. »Vielen Dank.«

»Was wollen Sie von mir?«

»Wir suchen im Rahmen einer Ermittlung einen schwarzen SUV von Volkswagen mit getönten Scheiben.«

Der Fahrzeughalter schaute über seine Schulter in die Garage. »Deswegen erschrecken Sie mich zu Tode? Weil ich ein solches Auto besitze?«

»Wo waren Sie letzten Sonntag zwischen ...«

»Nicht hier in Deutschland«, unterbrach sie der Mann. »Ich bin Dienstag aus den Vereinigten Arabischen Emiraten zurückgekommen.«

»Können Sie das belegen?«

»Reicht Ihnen der Ausreisestempel in meinem Reisepass?«

18

Die als Frist gesetzte halbe Stunde verstrich ereignislos. Beermann verstand seinen ehemaligen Lehrer nicht. Wieso ging der so leichtfertig mit der Situation um? Hatte er keine Angst vor dem verheerenden Echo, sobald jemand die alten Geschichten herauskramte?

»Warum behandelst du mich nach all den Jahren noch immer so?«, zischte er wütend.

Schon zur Schulzeit hatte Graul ihn benachteiligt. Er hatte ihn fast nie aufgerufen, wenn sich Beermann gemeldet hatte, sondern bloß, sobald er kein Handzeichen gegeben hatte. Verdammter Mistkerl!

Doch diesmal ging es nicht darum, einen Schüler zu benachteiligen. Hier stand der gute Ruf des Lehrers auf dem Spiel.

Warum reagierte er nicht auf das Ultimatum?

Selbst wenn er mit den Morden nichts zu tun hatte, könnte Beermann ihm schaden. Bestimmte Zeitungen und Fernsehsender würden genüsslich die alten Vorwürfe ans Tageslicht zerren. Für manche Medien zählte nicht der Wahrheitsgehalt einer Geschichte. Es ging um die Aufmerksamkeit der Leser oder Zuschauer. Da Eleni offenbar nicht mehr lebte, musste Graul ein Interesse daran haben, nicht gegen seinen Willen ins Scheinwerferlicht der Öffentlichkeit gezerrt zu werden.

Beermann wartete noch einmal fünf Minuten. Dann entschied er sich. Er würde es Graul nicht weiter gestatten, ihn zu ignorieren. War der Lehrer durch Elenis Verschwinden vor Jahren mit einem blauen Auge davongekommen, würde er diesmal bezahlen.

Plötzlich öffnete sich die Haustür.

»Na endlich«, flüsterte Beermann. »Brichst du jetzt zum Treffen auf? Reichlich spät.«

Der Lehrer trug trotz der kühlen Temperaturen nur eine Strickjacke und eine Sporthose. Außerdem Badeschlappen. Er ließ die Haustür offen stehen. Beermann bemerkte einen Plastikbeutel in Grauls Hand.

»Was soll das?«

Der Lehrer trat an die Box mit den Mülltonnen. Er öffnete die graue Tonne und warf den Plastikbeutel hinein. Flüchtig schaute Graul zu beiden Seiten und ging zurück ins Haus.

Er plante offenbar nicht, die E-Mail ernst zu nehmen.

»Du mieser Feigling!«, zischte Beermann. »Mir reicht's! Jetzt erlebst du dein blaues Wunder.«

Er öffnete die Fahrzeugtür und stieg aus. Wenn Graul glaubte, dass er ihn einfach ignorieren könnte, würde er gleich seinen Irrtum bemerken.

* * *

»Für einen kurzen Moment hatte ich wirklich gehofft, den Richtigen erwischt zu haben«, ärgerte sich Rosenberg. »Aber Fischers Alibi ist stichhaltig. Die Beobachtung des Zeugen war schlecht.«

Die Soko hatte sich wieder einmal in einem Besprechungsraum versammelt, um die nächsten Schritte durchzugehen. Seit der Pressekonferenz gingen bei der Hotline stündlich Dutzende Hinweise ein, von denen der Tipp des Hundebesitzers noch am vielversprechendsten gewesen war.

»Wir müssen leider Geduld haben«, sagte Drosten. »Morgen früh berichten die Zeitungen über unseren Aufruf. Vielleicht ergeben sich daraus weiterführende Hinweise.«

»Unwahrscheinlich«, brummte Rosenberg. Sie pustete sich eine Haarsträhne aus der Stirn. »Sorry, ich will niemandem mit meiner schlechten Laune auf die Nerven gehen. Aber das hier ist ziemlich deprimierend. Wofür haben wir uns zum Affen gemacht, wenn die Ergebnisse so mager sind?«

»Ich kann Sie vollkommen verstehen«, erwiderte Sommer. »Mich lässt ein Gedanke nicht los. Ich glaube, Bartlett ist tot. Dann wäre er vermutlich das erste Opfer unseres Täters. Leider sehe ich keine Chance, das zu beweisen. Also sollten wir versuchen, genau das Gegenteil in Erfahrung zu bringen.«

»Du meinst, dass Bartlett noch lebt?«, vergewisserte sich Kraft.

Sommer nickte. »Niemand, mit dem wir bislang gesprochen haben, hat ihn in den letzten zweieinhalb Jahren zu Gesicht bekommen. Aber ist das realistisch? Selbst wenn er sich wegen seines neuen Hobbys nur in den eigenen vier Wänden aufgehalten hat, muss er gelegentlich Lebensmittel einkaufen.«

»Oder sich liefern lassen«, fügte Schult hinzu.

»Genau. Nehmen wir an, er legt es darauf an, keinem Nachbarn zu begegnen. Dann wird er für Lebensmittelgroßeinkäufe vermutlich einen Supermarkt wählen, der nicht in seinem Viertel liegt. Aber kann man das zweieinhalb Jahre konsequent durchziehen? Muss man nicht zumindest gelegentlich spontan etwas einkaufen? Wird nicht jeder Täter leichtsinniger, je länger er unter dem Radar der Polizei segelt?«

»Was schlagen Sie vor?«, wollte Rosenberg wissen.

»Lassen Sie uns die Supermärkte im Radius von drei Kilometern abklappern. Wir zeigen den Filialleitern und den Kassierern Bartletts Foto. Wenn ihn jemand gesehen hat, wäre das der Beweis, dass ich mich irre.«

»Wir sollten die Supermärkte nicht wahllos ansteuern, sondern uns auf die Läden konzentrieren, in denen im letzten Jahr seine EC-Karte benutzt wurde«, schlug Weimar vor.

»Stimmt«, sagte Drosten. »Das könnten wir herausfiltern. Allerdings können wir Lukas' Theorie, dass Bartlett tot ist, damit nicht beweisen.«

»Aber wenn sich überhaupt niemand an ihn erinnern kann, wird es wahrscheinlicher, dass ich recht habe.«

Drosten kam nicht zu einer Antwort, weil sein Telefon klingelte. »Das ist Eva Haller«, sagte er nach einem Blick aufs Display.

»Hallo, Herr Drosten«, begrüßte sie ihn. »Ich habe gerade eine Mail bekommen. Der Täter wird in rund zwanzig Minuten ein neues Video hochladen. Er wünscht mir viel Spaß dabei. Ich hab ein mieses Gefühl. Wahrscheinlich sehen den Film direkt hundert Leute oder mehr. Sie laden ihn runter und verbreiten ihn weiter. Was sollen wir machen, wenn er Ariane getötet und das Ganze gefilmt hat?«

»Dann nehmen Sie das Video sofort aus dem Netz«, antwortete Drosten. »Allerdings kann ich mir das nicht vorstellen. Ich schätze, er genießt die Aufmerksamkeit, die er seit heute Morgen erhält. Schon erstaunlich, wie schnell er ein neues Video ankündigt. Er will das Interesse der Öffentlichkeit anheizen.«

* * *

Beermann drückte die Klingel. Ein schriller Ton erklang, der ihn an die Schulklingel erinnerte. Dieser Graul war ein seltsamer Mensch. Wie konnte man in seinem Zuhause eine solche Schelle anbringen?

Beermann wartete. Doch nichts passierte. Hätte er den Lehrer nicht wenige Minuten zuvor mit eigenen Augen gesehen, hätte er vielleicht den Rückzug angetreten. Aber das kam jetzt nicht infrage.

Er klingelte erneut und nahm den Finger erst nach zehn Sekunden vom Knopf. Dann hämmerte er mit der Faust gegen die weiß gestrichene Holztür.

»Herr Graul, machen Sie auf!«, rief er. »Sie sind zu Hause, ich habe Sie vorhin gesehen.«

Plötzlich riss jemand von innen die Tür auf. Erschrocken zuckte Beermann zusammen. Der Lehrer funkelte ihn wütend an.

»Bist du wahnsinnig? Was soll der Krach?«

Beermann straffte seine Schultern. Er überragte den Lehrer bestimmt um fünf Zentimeter. »Selbst schuld.«

»Was willst du hier?«

»Ihnen ein Angebot vorschlagen.«

»Du? Mir?« Graul lachte spöttisch. »Ich habe deine E-Mails erhalten und wusste sofort, dass sie von dir stammen. Zumindest schreibst du noch immer fehlerfrei. Deutsch war ja eines deiner wenigen starken Fächer. Aber glaubst du ...«

»Sollen wir das wirklich hier vor der Haustür besprechen? Wo es jeder Nachbar mitbekommt?«

»Pass auf, was du da andeutest, mein Freund.«

»Ich bin nicht Ihr Freund.«

Graul stöhnte. »Ich gebe dir fünf Minuten. Aber bild dir nichts darauf ein.«

Er trat einen Schritt zurück. Beermann bemerkte, dass

Graul seine Hand in die rechte Strickjackentasche schob. Das war so typisch! Im Unterricht hatte er immer auf gutes Benehmen wert gelegt, und jetzt steckte er selbst die Hand in die Tasche.

»Gehen wir ins Wohnzimmer«, schlug der Lehrer vor.

»Nach Ihnen!«, sagte Beermann.

Graul zögerte. Dann seufzte er und zuckte die Achseln. Endlich nahm er seine Hand aus der Tasche. Er führte Beermann in den Wohnraum.

»Was genau willst du von mir?«

»Geld«, lautete die knappe Antwort.

Graul lachte. »Wenigstens redest du nicht um den heißen Brei herum. Wenn du mir jetzt noch erklärst, wieso ich dir Geld geben sollte ...«

»Ist das nicht offensichtlich?« Beermann zog einen Stuhl vom Esstisch und setzte sich.

»Für mich nicht.«

»Tun Sie nicht so! Sie wissen von den Ermittlungen der Bullen.«

»Der Polizei! Benutze in meinem Haus gefälligst respektvolles Deutsch.«

»Sie nerven!«, stöhnte Beermann.

»Wenn du überzeugt bist, dass ich etwas mit den verschwundenen Frauen zu tun habe, solltest du die Hotline anrufen. Vielleicht kassierst du die Belohnung.«

»Vielleicht verdiene ich mit Ihnen leichteres Geld«, erwiderte Beermann.

»Ist das dein Ernst?«

»Lassen Sie uns davon ausgehen, dass Sie nicht der Mörder sind. Dann bekomme ich für meinen Anruf bei der Hotline keinen Cent.«

»Glückwunsch. So viel Kombinationsgabe habe ich dir gar nicht zugetraut.«

»Aber was erhalte ich für einen Anruf bei der *BILD*?

Oder dem *EXPRESS*? Die sind bestimmt an Ihren früheren Erpressungsversuchen interessiert. Ein Lehrer, der minderjährige Mädchen auffordert, ihm für bessere Noten einen zu blasen. Sie sind ein Schwein!«

Graul starrte ihn feindselig an. »Du wagst es, in meinem Haus einen solchen Vorwurf auszusprechen? Ich könnte dich verklagen.«

»Das machen Sie eh nicht. Ich weiß von Eleni, was Sie ihr angeboten haben. Ich würde vor Gericht schwören, die Wahrheit zu sagen. Außerdem kann ich mich gut daran erinnern, wie Sie im Unterricht Nikita und Mel heimlich begafft haben. Wahrscheinlich hatten Sie unter dem Schreibtisch einen Ständer.«

»Paul, ich warne dich!«

»Ich habe keine Angst vor Ihnen. Entweder zahlen Sie mir zehntausend Euro, oder ich teile mein Wissen der Öffentlichkeit mit. Und wie schon gesagt, ich würde vor Gericht gegen Sie aussagen, ohne mit der Wimper zu zucken.«

»Dann darfst du dich auf eine Verleumdungsklage einstellen.«

»Sie machen mir keine Angst.«

»Du mir auch nicht.« Graul schaute auf seine Uhr. »Deine fünf Minuten sind um.«

»Im Leben nicht!«, beschwerte sich Beermann.

»Lass es mich anders ausdrücken: Deine Zeit ist abgelaufen. Verschwinde aus meinem Haus. Wir haben nichts miteinander zu besprechen.«

»Schön!«, schrie Beermann. Die herablassende Art des Lehrers war unerträglich. »Sie wissen, was das bedeutet. In den nächsten Tagen sehen Sie sich in der Zeitung. Welchen Spitznamen wird man Ihnen geben? Mir würden ein paar treffende Bezeichnungen einfallen, Sie Widerling!«

»Verschwinde!«

Beermann stand auf. »Das werden Sie bereuen.«

»Ich bring dich zur Tür.«

»Nicht nötig. So groß ist Ihre Bude nicht. Außerdem sollten Sie lüften. Hier stinkt's nach kaltem Schweiß.«

Beermann verließ das Wohnzimmer. An der Türschwelle spürte er jedoch, dass der Lehrer ihm folgte. Er blieb stehen und drehte sich wieder um.

»Was ...?«

Weiter kam er nicht. Ihn traf etwas Hartes an der Schläfe. Bewusstlos fiel er zu Boden.

* * *

»Damit hast du wohl nicht gerechnet!«, schrie Graul den Bewusstlosen an. Er ließ den Totschläger, den er in seiner Jacke versteckt hatte, fallen. Schwer atmend beruhigte er sich langsam. »Glaubst du wirklich, du kannst herkommen und mich erpressen? Bist du so dumm?«

Graul trat hinter Beermann. Er packte ihn an den Achselhöhlen und zog ihn zur Kellertreppe. Er musste sich beeilen, denn er wusste nicht, wie lange der ehemalige Schüler nach dem Schlag bewusstlos bleiben würde.

19

Wie im ersten Video saß der Täter maskiert in dem beinahe leeren Zimmer, bekleidet mit Regenjacke und Anglerhose. Diesmal las eine monotone weibliche Computerstimme den Text vor – was noch bizarrer wirkte als beim letzten Mal.

»Wie bin ich zu dem Mann geworden, den heute das ganze Land sucht? Ich werde es Ihnen erzählen. Vielleicht lernen Sie daraus. Menschen, die man als Verlierer wahrnimmt, können sich in ihrem Schmerz transformieren. Wie eine Raupe, die sich verpuppt und als Schmetterling in eine neue Daseinsform wechselt. Lassen Sie nicht zu, dass es bei Ihren Mitmenschen so weit kommt, denn sonst sind Sie diejenigen, die darunter zu leiden haben. Ich bin in einer vermeintlich heilen Welt groß geworden. Als Einzelkind. Aber an dieser Familie war nichts heil. Warum sonst hätte mein Erzeuger das Weite gesucht, als ich vier Jahre alt war? Ich kann mich gar nicht an ihn erinnern. Polaroidfotos von ihm sind meine einzigen Erinnerungshilfen. Manchmal blicke ich in den Spiegel und frage mich, wie viel von meinem Vater in mir steckt. Hat er mit den gleichen

Dämonen gerungen, gegen die ich jahrelang erbittert gekämpft habe? Oder fußt dieser Rachewunsch ausschließlich in meiner Vergangenheit? Zumindest hatten wir dieselbe Vorliebe für die Polaroidtechnik. Nachdem mein Vater verschwunden war, erging es uns finanziell nicht schlecht. Meine Großeltern hatten uns ihr Haus vermacht. Die Nachbarschaft mied uns zumeist. Mutter war die Verlassene und zugleich eine attraktive Erscheinung. Nachbarinnen sahen in ihr eine Konkurrentin. Und damit hatten sie sogar recht. Denn meine Mutter hätte eine gute Hure abgegeben. Ständig hatte sie Sex mit Männern, die sie mit nach Hause brachte. Ich will nicht ausschließen, dass sie sich dafür bezahlen ließ. Zumindest in Form einer kleinen Aufwandsentschädigung. Oder sie hat Schweigegeld eingesteckt. Offiziell arbeitete sie als Krankenschwester. Wie jeder weiß, weckt der Anblick einer Krankenschwester Sexfantasien in Männern. Ich bin überzeugt, viele von den Kerlen, die sie über Nacht mit nach Hause brachte, hatte sie bei der Arbeit kennengelernt. Keiner von ihnen blieb länger als bis zum nächsten Morgen. Ich wette, die eine oder andere Ehefrau unserer Besucher lag auf der Station meiner Mutter. Die Gefahr, bei dem Seitensprung erwischt zu werden, ging für diese untreuen Gesellen gegen null – solange die Frauen im Krankenhaus behandelt wurden. Wenn mich die Kerle am nächsten Morgen überhaupt bemerkten, ignorierten sie mich. Meistens sorgte meine Mutter jedoch dafür, dass ich in meinem Zimmer blieb, indem sie mir das Frühstück ans Bett brachte. Ich schwöre Ihnen, den Gebärmutterhalskrebs, an dem sie gestorben ist, als ich einundzwanzig war, hat sie sich redlich verdient. Sie hätte genauso gut an Aids sterben können.«

Die Sprachausgabe stoppte, und der Mann zuckte die Achseln. Sekunden lang passierte in dem Video nichts.

»Das ist alles Bullshit«, flüsterte Sommer.

Drosten schaute ihn fragend an, doch ehe sein Kollege sich erklären konnte, sprach die Stimme weiter.

»Von meiner Mutter habe ich zumindest eines geerbt: einen starken Trieb. In der Pubertät bin ich nicht etwa eines Nachts durch einen feuchten Traum zum Mann geworden. Nein. Ich habe den ersten Orgasmus und alle weiteren aktiv herbeigeführt. Seit ich dreizehn bin, dreht sich mein Denken um Sex. Bin ich süchtig? Wie könnte man nach diesem herrlichen Gefühl nicht süchtig sein? Wissen Sie, was das Schönste an der Pubertät ist? Man kann so unglaublich oft Spaß mit sich selbst haben. Es hat Tage gegeben, da habe ich mir bestimmt achtmal Erleichterung verschafft. Vielleicht sogar öfter. Mit vierzehn traute ich mich zu einem Kiosk und versuchte, erwachsen zu wirken. Damals gab es noch keine kostenlose Pornografie, die man sich einfach im Internet ansehen konnte. Man musste sich das Material kaufen. Ich ging also zu einem Kiosk, der nicht unmittelbar in unserer Nachbarschaft lag. Gegenüber der Verkäuferin behauptete ich, von meinem Vater den Auftrag bekommen zu haben, ihm ein Penthouse-Magazin zu holen. Außerdem bestellte ich für eine Mark Lakritz. Sie gab mir beides, ohne mit der Wimper zu zucken. Von diesem Tag an floss ein Teil meines Taschengeldes in Tittenmagazine. Später, als mir der Anblick nackter Brüste und behaarter Fotzen nicht mehr die nötige Erregung verschafften, besorgte ich mir richtige Pornozeitschriften. Was waren das für herrliche Magazine. Manche der abgelichteten Frauen sehe ich noch heute vor meinem geistigen Auge.«

Wieder stoppte die Sprachausgabe, und der Maskierte tippte sich gegen die Stirn.

»Mein Sextrieb hat übrigens nie sonderlich nachgelassen. Ich würde nicht behaupten, es mir noch immer achtmal am Tag besorgen zu können, aber ich bin auch über ein Jahrzehnt später weiterhin potent. Meine verschleppten Opfer könnten das bestätigen. Sie waren überrascht, wie oft sie zu meiner Befriedigung herhalten mussten. Dabei habe ich mit ihnen gerne Posen nachgestellt, an die ich mich noch aus meiner Jugend erinnern konnte. Pornos sind eine herrliche Inspirationsquelle. Zumal es heutzutage so leicht ist, Anregung zu finden. Suchen Sie nach Vergewaltigungspornos. Oder geben Sie als Suchbegriff *rauen Sex* ein. Sie werden auf unzählige Angebote stoßen. Auch die Vorliebe für Fesselspiele wird im Internet ausgiebig befriedigt. Das sind wirklich tolle Zeiten, in denen wir leben. Zumindest für Menschen wie mich. Na ja. Ich möchte Ihnen zum Abschluss noch ein bisschen aus meiner Pubertät berichten. Die Beschäftigung mit mir selbst war für mich der Höhepunkt der damaligen Zeit. Ich hatte das Pech, unter starker Akne zu leiden. Die liebenswerten Klassenkameraden nannten mich Pizzagesicht. Manchmal auch Freddy Krueger, diese Figur aus dem Horrorfilm. Die Älteren von Ihnen erinnern sich bestimmt. Klassenkameradinnen und andere Mädchen hielten Abstand zu mir. Mit mir hätte man sich niemals getroffen. Ich war einsam, was mich immer stärker in die Zuflucht der Magazine getrieben hat. Allerdings hatte ich in einem Punkt viel Glück. Ich hatte hervorragendes Heilfleisch. Es ist nicht eine Narbe zurückgeblieben. Und mit siebzehn verschrieb mir ein fähiger Dermatologe ein vernünftiges Medikament. Ich musste es zwar ein halbes Jahr schlucken, aber danach war das Problem bis auf kleinere Neuausbrüche erledigt. Ich konnte endlich in die Welt ziehen und mich nach einer Freundin umschauen. Einerseits noch Jungfrau, andererseits schon sehr erfahren dank des Anschauungsmaterials, das mir die Magazine boten. Kurz nach meinem achtzehnten Geburtstag hatte ich das erste Mal Sex. Mit einer Nutte in ihrem stinkenden Wohnwagen. Den Geruch habe ich noch heute gelegentlich in der Nase. Es war nicht so gut, wie ich es mir vorgestellt hatte, aber ich war froh, meine Jungfräulichkeit verloren zu haben. Zwei weitere Mal bezahlte ich Frauen, danach fand ich endlich eine Freundin.«

Die Sprachausgabe stoppte. Der Mann starrte sekundenlang in die Kamera.

»Mit dieser ersten Freundin begann mein Abstieg. Liebe ist ja angeblich so schön. Für mich gab es in meinem Leben nichts Verletzenderes. Wir vertrauen Menschen, und die hintergehen uns. Wir öffnen uns Partnerinnen, und die lachen hinter unserem Rücken über unsere Gefühle. Verweigern die Befriedigung unserer Bedürfnisse. Es gibt nichts Tödlicheres als die Liebe. Davon berichte ich Ihnen beim nächsten Mal. Vielen Dank für Ihre Aufmerksamkeit.«

Der Film stoppte.

»Bullshit«, wiederholte Sommer.

»Wie meinst du das?«, fragte Drosten.

»Dieses Video dient nur dazu, Bartlett als Mörder darzustellen. Ich wette, Bianca Dunst kann uns alles bestätigen, was er in dem Film gesagt hat. Bartlett ist tot. Ich bin mir sicherer denn je.«

»Woher hat der Maskierte dann die Informationen?«, fragte Rosenberg.

»Dafür gibt es nur eine logische Erklärung. Bartlett und der von uns gesuchte Mörder waren Freunde.«

»Würde man all diese Einzelheiten einem Freund anvertrauen?« Kraft schien nicht überzeugt. »Erzählt man als Mann einem Kumpel wirklich, wie oft man es sich als Jugendlicher besorgt hat?«

»Vielleicht nicht aus eigenem Antrieb. Aber wenn man bei einem Bier geschickt genug ausgefragt wird, halte ich das für absolut möglich. Warum sollte er diese Informationen bereitwillig mit uns teilen? Außerdem hat er bislang keinen einzigen konkreten Namen genannt. Seine Geschichte würde für mich glaubwürdiger klingen, wenn er den genauen Standpunkt des Kiosks verraten hätte. Oder die Straße, in der er die Dienste der Prostituierten in Anspruch genommen hat. Oder den Namen der ersten Freundin. Er beschreibt alles total oberflächlich. Das ist auffällig.«

»Ich teile deine Bedenken«, sagte Drosten.

»Wir sollten Dunst befragen«, schlug Rosenberg vor. »Vielleicht kann sie uns die Informationen bestätigen.«

Rosenberg übernahm den Anruf und erreichte Dunst beim ersten Versuch. Sie schaltete den Lautsprecher ein, damit alle im Raum mithören konnten.

»Der Mörder hat ein neues Video hochgeladen. Haben Sie es sich angesehen?«

»Nein«, erwiderte Dunst. »So schreckliche Sachen schaue ich mir in meinem Zustand nicht an. Das regt mich zu sehr auf.«

»Hat Ihnen Bartlett je von seiner Pubertät erzählt? Um genau zu sein, von seinem damaligen Sexualtrieb?«

»Oh ja«, antwortete sie. »Ich hatte ja schon sein gesteigertes Sexbedürfnis erwähnt. Er hat immer wieder gesagt, ich könne froh sein, ihm nicht in seiner Jugend begegnet zu sein. Für ihn wäre es kein Problem gewesen, einen ganzen Tag im Bett in Aktion zu verbringen. Ich hab's ihm geglaubt.«

»Was hat er Ihnen über sein erstes Mal erzählt?«

»Da war er sechzehn.«

Rosenberg schaute ihre Kollegen verwundert an. »Hat er Ihnen Einzelheiten berichtet?«

»Da ist er immer sehr vage geblieben. Sie hieß angeblich Rebekka. An mehr kann ich mich nicht erinnern. Wieso?«

»Nicht so wichtig. Wissen Sie, ob Herr Bartlett unter starker Akne gelitten hat?«

Dunst überlegte nicht lang. »Ja«, bestätigte sie. »Er wurde wohl von vielen Freunden *Pizza* gerufen. Deswegen hat er irgendwann Pizza zu seiner Leibspeise erklärt. So konnte er die Herkunft des Spitznamens auf harmlose Weise erklären.«

Rosenberg stellte noch ein paar Fragen, ehe sie sich bei der ehemaligen Partnerin Bartletts bedankte und das Gespräch beendete.

»Was bedeutet die Diskrepanz?«, fragte Drosten.

»Vielleicht hat er gegenüber seiner Freundin mit seinem größeren sexuellen Erfahrungsschatz nur geprahlt«, vermutete Sommer.

»Machen Männer so etwas?«, wunderte sich Kraft.

»Männer behaupten einiges, um gut dazustehen«, entgegnete Drosten. »Ich halte Lukas' Vermutung nicht für unrealistisch.«

»Und einem Freund gegenüber ist ihm die Wahrheit herausgerutscht«, spekulierte Sommer. »Deswegen hat der Mörder andere Informationen als Bianca Dunst.«

»Wir hätten über Hallers Blog die Möglichkeit, dem Mörder Fragen zu stellen«, erinnerte Rosenberg das Team. »Lohnt es sich, die Diskrepanz zur Sprache zu bringen?«

»Zum jetzigen Zeitpunkt fände ich das kontraproduktiv«, sagte Sommer. »Jede Nachfrage würde ihm signalisieren, dass wir ihm seine Geschichte nicht abkaufen. Keine Ahnung, wie er darauf reagieren würde.«

Die anderen Ermittler stimmten Sommer zu.

»Also fahren wir jetzt mit unserer vorherigen Planung fort«, schlug Rosenberg vor. »Wir fragen in den Supermärkten, in denen Geldbeträge von seinem Konto abgeflossen sind, ob in letzter Zeit jemand Bartlett zu Gesicht bekommen hat.«

»Und ich wette, die Antwort lautet ›Njet‹«, prognostizierte Sommer düster.

20

Ein starker Kopfschmerz riss ihn aus der Bewusstlosigkeit. Paul Beermann schlug die Augen auf und stöhnte. Um ihn herum war es dunkel. Die Erinnerungen kehrten stückchenweise zurück. Graul hatte ihn überrascht und zu Boden geschlagen. Aber was hatte er dann mit ihm angestellt? Panik stieg in Beermann hoch. Hektisch tastete er sich ab. Mit der Taschenlampenfunktion des Smartphones könnte er die Finsternis vertreiben. Doch er fand das Handy nicht. Graul hatte es ihm weggenommen.

Beermann zwang sich zu tiefen Atemzügen, um die archaische Furcht vor der Dunkelheit zu unterdrücken. Vorsichtig tastete er seine Umgebung ab. Er lag auf etwas Weichem. Rechts neben ihm stand ein Plastikeimer. Und zu seiner Linken berührte seine Hand schnell einen sperrigen Gegenstand aus Holz.

»Hilfe!«, schrie Beermann.

Niemand antwortete.

Wo hatte ihn der Widerling eingesperrt? Er wartete, ob sich seine Augen an die Lichtverhältnisse gewöhnten. Leider war es in diesem fensterlosen Raum so dunkel, dass er keine Anhaltspunkte zur Orientierung fand. Er musste Entscheidungen treffen. Falls er in einem Keller eingesperrt war, musste es hier irgendwo eine Tür geben. Vielleicht fände er einen Lichtschalter an der Wand.

Beermann zwang sich erneut zu tiefen Atemzügen. Dann erhob er sich langsam. Ganz vorsichtig führte er kleinste Schritte aus, um nicht über einen Gegenstand zu stolpern und zu stürzen. Die Hände streckte er nach vorne. Nach einer gefühlten Ewigkeit stieß er gegen Metall. Was war das? Er tastete das Hindernis ab, das er als Regal identifizierte. Er drehte sich um neunzig Grad und ging weiter vorwärts. Seine Füße berührten etwas, das ihm im Weg stand. Er schob es langsam beiseite und setzte die Erkundung fort, wobei er die Sekunden abzählte, um ein grobes Gefühl für die Entfernung zu bekommen, die er zurücklegte. Er kam bis siebzehn, dann stieß sein Schuh gegen etwas Festes. Aus Holz. Beermann tastete die hölzerne Fläche vor sich ab. War das die Tür? Als er die Klinke berührte, entfuhr ihm ein leiser Jubelschrei. Er drückte sie hinunter.

»Scheiße!«, fluchte er.

Abgeschlossen. Jetzt blieb ihm nur noch eine Hoffnung. Wenn der Lichtschalter außerhalb des Raums angebracht war, würde er hier im Dunkeln festsitzen und den Verstand verlieren. Da er den Lehrer hatte erpressen wollen, hatte er niemandem mitgeteilt, wohin er gegangen war. Zu allem Überfluss würde ihn auch in den nächsten Tagen niemand vermissen, da er keinerlei Verabredungen getroffen hatte.

Von der Türklinke ausgehend, tastete er nach links. Er berührte den Rahmen.

»Bitte«, flüsterte er leise. »Lass mich Glück haben.«

Seine Hand legte sich aufs Mauerwerk. Er spürte die Fugen. Wenn es irgendwo einen Schalter gab, dann vermutlich hier. Beermann erkundete Zentimeter für Zentimeter. Als er Plastik berührte, keimte neue Hoffnung in ihm auf. Sekunden später hatte er Gewissheit. Seine Finger lagen auf einem Kippschalter. Er drückte ihn. Das Licht ging an. Erleichtert atmete er durch und drehte sich um. Im Schein der Deckenlampe musterte er den Raum. Offenbar hatte er auf einem Schlafsack gelegen. In dem Regal, gegen das er gestoßen war, lagerte Graul Vorräte. Wasserflaschen, Softdrinks, ein paar Dosen Mais, Gewürzgurken, weitere haltbare Nahrungsmittel.

»Hallo, Paul«, erklang wie aus dem Nichts eine Stimme.

Beermann schrie erschrocken auf. Hektisch schaute er sich um.

»Ich kann dich sehen«, sagte Graul von irgendwoher. »Zumindest, seit du den Lichtschalter gefunden hast. Die Kamera, die ich im Raum angebracht habe, benötigt ein wenig Helligkeit.«

Hoch oben auf einem Regal entdeckte Beermann die runde Kamera. Daneben stand etwas, das ihn an ein Babyphone erinnerte.

»Ja, genau, wink mir einmal zu.«

»Lassen Sie mich frei, Sie mieses Schwein!«

»Entschuldige, aber ich beherrsche nicht die Kunst des Lippenlesens. Ich kann dich leider nicht hören. In deinem Kellerraum steht das Empfangsgerät eines alten Babyphones. Die Sendeeinheit habe ich hier bei mir. So kann ich mich mit dir unterhalten, ohne mir dein Geschwätz anhören zu müssen. Deine Situation ist ein bisschen kompliziert. Du bist hergekommen, um mich zu erpressen. Wie du dir vorstellen kannst, gefällt mir das gar nicht. Ich habe allerdings noch nicht entschieden, wie ich damit umgehe.«

»Das ist Freiheitsberaubung!«, schrie Beermann. »Ich zeig Sie an!«

»Vielleicht lasse ich dich sogar ein paar Tage in deinem

Saft schmoren«, fuhr der Lehrer fort. »Du hast da unten genügend Getränke und Lebensmittel, an denen du dich bedienen darfst. Hast du schon den blauen Plastikeimer bemerkt? Der sollte für deine Notdurft ausreichen. Ich denke in Ruhe darüber nach, wie wir diese Situation lösen. Gib mir ein bisschen Zeit. Bis bald! Ach übrigens. Ich könnte jederzeit die Sicherung für den Kellerraum herausnehmen. Dann wärst du wieder im Dunkeln. Sei also dankbar, weil ich dir das vorläufig nicht antue. Bestimmt machst du dir im Dunkeln in die Hose.« Graul lachte gehässig.

»Nein!«, brüllte Beermann. »Sie lassen mich sofort frei!«

Der Lehrer antwortete nicht mehr.

»Sie mieses Schwein!« Beermann zog und rüttelte an der Tür, die keinen Zentimeter nachgab. Nach einer Weile beruhigte er sich. Er musste nachdenken.

Er schaute sich um. Im Raum lagen unzählige Gegenstände. Vielleicht würde er etwas finden, mit dem er sich befreien konnte. Und dann würde Graul sein blaues Wunder erleben.

* * *

Frustriert kehrten Sommer und Drosten von ihren Befragungen zurück ins Polizeipräsidium. Sie waren in drei verschiedenen Supermärkten gewesen und hatten dort Bartletts Foto herumgezeigt. Keiner der Angestellten hatte den Mann wiedererkannt. Und die letzten EC-Kartenzahlungen lagen zu lange zurück, als dass noch eine Auswertung der Videoaufnahmen möglich gewesen wäre. In jedem Supermarkt wurden die Aufzeichnungen der Überwachungskameras nach einigen Tagen gelöscht. Zu allem Überfluss hatte sich das BKA gemeldet. Es war unmöglich, das Video so zu bearbeiten, dass es aussagekräftiger wurde.

»Morgen früh auf ein Neues«, munterte Drosten seinen

Freund auf.

Sommer rang sich ein gequältes Lächeln ab. »Wir wissen beide, dass es keinen Sinn hat. Niemand wird sich an ihn erinnern können, Robert. Bartlett ist seit über zwei Jahren tot.«

»Ich fürchte, du hast recht.«

»Leider bringt uns dieses Wissen keinen Schritt weiter.«

Sie erreichten die Etage des Präsidiums, in der Rosenberg und ihr Team im Laufe der Ermittlungen dauerhaft einen Besprechungsraum belegten. Verena Kraft und Frank Weimar, die zusammen ebenfalls drei Supermärkte aufgesucht hatten, waren bereits anwesend. Als Drosten die Tür öffnete, schaute Kraft ihn erwartungsvoll an.

»Nichts«, sagte Drosten. »Und bei euch offensichtlich auch nicht, wenn ich mir eure Gesichter ansehe.«

»Leider nicht«, bestätigte Weimar. »Wir haben gerade spekuliert, ob wir einen richterlichen Beschluss erhalten könnten, der Lieferdienste uns gegenüber zur Auskunft verpflichtet. So könnten wir herausfinden, ob die Adresse regelmäßig beliefert wird.«

»Auf welcher Grundlage soll ein Richter uns diese Erlaubnis erteilen?«, fragte Sommer zweifelnd.

»Du nimmst mir die Worte aus dem Mund. Ich halte einen solchen Versuch für aussichtslos«, sagte Kraft.

Weimars Handy signalisierte vibrierend einen Nachrichteneingang. Der Hauptkommissar öffnete die Nachricht. »Von Katharina. Sie und Daniel fahren direkt nach Hause. Ihre Befragungen waren genauso fruchtlos wie unsere.«

»Machen wir morgen früh weiter, und wenn sich das Blatt nicht zu unseren Gunsten wendet, müssen wir uns eine neue Strategie überlegen«, sagte Sommer.

Die anderen nickten zustimmend.

* * *

Beermann hatte bei einer Durchsicht der Vorräte eine Packung mit Schokokeksen entdeckt, von denen er vier aß. Er spülte sie mit Wasser herunter und setzte sich auf den Schlafsack.

Er musste hier raus, denn er traute dem Lehrer alles zu. Wenn er Elenis Mörder war, dann hatte er mittlerweile zehn Menschen auf dem Gewissen. Wie hatte er ihn bloß so unterschätzen können?

Was hatte Graul mit ihm vor?

Beermann gestand es sich nur ungern ein, aber er musste davon ausgehen, das nächste Opfer des gewissenlosen Mistkerls zu werden. Er verstand nicht, warum Graul ihn nicht sofort getötet hatte, doch er würde diesen Fehler bestimmt nicht wiederholen. Irgendwann käme Graul zu ihm in den Keller, um sein Werk zu vollenden.

Genau dafür müsste er gewappnet sein. Obwohl er keinen Hunger mehr verspürte, aß er einen weiteren Keks. Er benötigte Energie. Falls es Graul auf eine Konfrontation ankommen ließe, würde er den Lehrer im Zweikampf besiegen.

Besser wäre es allerdings, wenn er es irgendwann aus dem Raum schaffte, ohne dass Graul dies mitbekäme.

Beermann ging zur Tür und musterte sie. Weder die Türklinke noch das Schlüsselloch boten ihm eine Angriffsfläche. Falls er die Tür aufbrechen wollte, müsste er das mit roher Körperkraft schaffen. Damit würde er allerdings Lärm erzeugen, der den Lehrer vorwarnen würde. Also blieb ihm höchstens noch eine andere Chance. Er berührte mit seinen Fingern den kleinen Spalt, an dem die Tür auf einen länglichen Streifen Hartschaum traf. Einen sehr flachen Gegenstand könnte er in den Spalt pressen und den Zugang so aufhebeln.

Beermann ging zurück zum Schlafsack. Falls Graul ihn beobachtete, war es wichtig, harmlos zu wirken. Er schaffte es, seine Ungeduld zu zähmen und bis sechshundert zu zählen. Dann erhob er sich und stellte sich vor ein Regal, in dem der Lehrer die unterschiedlichsten Dinge lagerte. Er stand mit dem Rücken zur Kamera. Er hob verschiedene Kleinteile an. Als er eine Plastiktüte, in der ein Lederpolsterreiniger und eine dazugehörige Anleitung steckten, beiseite räumte, lächelte Beermann.

Er hatte gefunden, was er suchte. Vor ihm lag ein Meißel.

Ob Graul ihn die ganze Zeit beobachtete? Oder war er durch andere Aktivitäten abgelenkt?

Beermann schob sich das Fundstück vorn in den Hosenbund und achtete darauf, dass sein Hemd es überdeckte. Er setzte sich zurück auf den Schlafsack.

Wenn ihn Graul im Auge behielt, würde er seinen Fluchtversuch unterbinden. Also wäre es besser, sich die nächsten Stunden ruhig zu verhalten. Wenigstens war das Werkzeug in seinem Hosenbund eine Chance, dem Gefängnis zu entfliehen.

* * *

Graul schaute auf seine Uhr. Es war halb sieben. Was sollte er mit Beermann anstellen? Wenn er ihn aus dem Keller freiließe, würde er sofort zur Polizei rennen. Und selbst wenn Graul alles abstritt, müsste er befürchten, dass die Polizisten aufgrund von Beermanns Aussage das Recht hatten, Spuren zu sichern. Zumal der ehemalige Schüler an der Schläfe ein Hämatom vorweisen konnte, das seine Glaubwürdigkeit untermauerte. Wie lange würde dieses Hämatom sichtbar bleiben?

»Scheiße«, murmelte Graul.

Er hatte vorschnell und ohne Plan gehandelt. Das sah

ihm gar nicht ähnlich. Nun musste er die Konsequenzen ausbaden.

Um sich von seinem Dilemma abzulenken, griff er zu einem Packen Schulhefte. Er hatte vor den Ferien in insgesamt drei Klassen Arbeiten schreiben lassen. Die Osterferien waren eine günstige Gelegenheit, um sie in aller Ruhe zu korrigieren. Außerdem würde ihn die Arbeit von dem Problem im Keller ablenken.

Er warf einen Blick auf das Display, über das er die Kamerabilder per WLAN übermittelt bekam. Beermann saß auf dem Schlafsack und starrte zu Boden.

Ob sie sich einigen konnten?

Graul schlug das erste Heft auf. Er würde die nächsten ein bis zwei Stunden die Arbeiten korrigieren und danach eine Entscheidung treffen.

Doch schon nach wenigen Minuten stöhnte er genervt auf, denn er konnte sich nicht auf den fehlerträchtigen Aufsatz konzentrieren. Noch einmal überprüfte er das Display. Im Keller hatte sich nichts geändert. Graul beschloss, sich mit etwas anderem abzulenken. Er öffnete am PC das Schreibprogramm.

* * *

Beermann konnte nicht länger tatenlos still sitzen. Er erhob sich und ging zur Tür. Aus dem Hosenbund zog er den Meißel heraus. Die Metallfläche passte genau in den Ritz. Beermann drückte immer wieder gegen das Werkzeug. Nach dem achten Mal erklang ein leises Knirschen. Der Spalt an der Tür vergrößerte sich.

Er lächelte triumphierend. Das hier lief besser als erwartet. Er setzte den Meißel ein kleines Stück weiter unten an und übte erneut Druck aus. Diesmal knirschte das Holz bereits nach dem dritten Versuch.

21

Er las den Text, den er in das Schreibprogramm eingab, leise mit.

»Ich habe Ihnen am Ende des letzten Videos versprochen, zu erklären, warum es nichts Tödlicheres als Liebe gibt. Dieses Versprechen löse ich heute ein. Zwei Frauen haben mich schwer traumatisiert. Alles, was danach passiert ist, war nicht meine Schuld. Und mit einer dieser Verräterinnen wäre ich fast im Hafen der Ehe gelandet. Aber beginnen wir chronologisch. Auch wenn das den Frauen, die sich bestimmt wiedererkennen, nicht gefällt, muss ich ihre Namen nennen. Zumindest die Vornamen. Ann-Kathrin, vielleicht siehst du das hier. Wir haben zwei Jahre miteinander verbracht. Als ich dich damals in der Diskothek mit deinen Freundinnen am Tisch sitzen sah, war es sofort um mich geschehen. Und zu meiner Überraschung hast du mich auch wahrgenommen. Ich war vierundzwanzig, du nur einige Monate jünger. Uns hätte die Zukunft gehört, aber leider hatten wir unterschiedliche Ansichten, wie ehrlich wir zueinander sein müssen. Ann-Kathrin, warum wolltest du so früh Kinder? Wieso hast du mich angelogen? Weißt du, was für ein Schock es war, als ich herausfand, dass du ohne mein Wissen die Pille abgesetzt hattest? Ich wollte keine Kinder – aus gutem Grund, wie man jetzt sieht. Die Vorstellung, Vater zu werden, hat mir eine Heidenangst eingejagt. Noch viel schlimmer wäre es allerdings gewesen, ungewollt Nachwuchs in die Welt zu setzen. Dir war das gleichgültig. Du warst unglücklich im Job und sahst in einer Schwangerschaft die Möglichkeit zur Flucht aus dem tristen Alltag. Was dieser Verrat in mir ausgelöst hat, war dir völlig egal. Seither weiß ich, dass man selbst der Person, für die man in ein brennendes Haus stürzen würde, nicht trauen kann. Doch das Schicksal stand auf meiner Seite. Du wurdest nicht schwanger und erspartest mir, dich töten zu müssen.«

Hinter ihm knackte es laut. Er zuckte erschrocken zusammen.

* * *

Beermann grinste triumphierend. Er hatte es geschafft, die Tür aufzuhebeln. Nun würde Graul schmerzhaft büßen. Er lauschte. Von oben drangen Tippgeräusche in den Keller. Vermutlich saß der Lehrer bei offener Tür am PC. Beermann hockte sich hin und zog sich die Schuhe aus. In Socken ließ es sich besser schleichen. Er musste den Lehrer schnellstmöglich überraschen, denn irgendwann würde er die Kamerabilder prüfen. Allerdings könnte es sich lohnen, zuvor einen Blick in die anderen Kellerräume zu werfen. Vielleicht fand er hier unten etwas, was sich als Waffe nutzen ließe.

Neben dem Raum, aus dem er gerade eben ausgebrochen war, gab es drei weitere Türen. Beermann drückte bei der Ersten die Klinke hinunter. Abgeschlossen. Er legte sein Ohr an die Holztür. Hielt Graul dort auch jemanden gefangen?

Oben verstummten die Tippgeräusche. Ob der Lehrer seine Flucht bemerkt hatte? Statt sich noch länger mit dem verschlossenen Raum zu beschäftigen, überprüfte Beermann das nächste Zimmer.

»Volltreffer«, flüsterte er.

Graul bewahrte in dem Raum verschiedene Sportgeräte auf. Unter anderem ein Ergometer und eine Rudermaschine. Außerdem eine kleine Auswahl an Tennisschlägern, manche von ihnen mit gerissenen Saiten. Beermann interessierte sich allerdings ausschließlich für den an der Wand lehnenden Baseballschläger. Neben ihm lag ein Lederhandschuh auf dem Boden. Er ging zu dem Schläger und nahm ihn in die Hand.

»Perfekt.«

Nun stände der Abrechnung nichts mehr im Wege.

* * *

Graul hörte auf zu tippen. Er hatte einen schweren Fehler begangen. Doch er konnte seine Tat nicht mehr rückgängig machen.

Der Erpressungsversuch des ehemaligen Schülers hatte alle Sicherungen in ihm durchbrennen lassen. Nun müsste er mit den Konsequenzen leben. Wie bekäme er Beermann am ehesten aus dem Haus? Ob die beiden vernünftig miteinander reden könnten? Vielleicht sollte er ihm übers Babyphone ein Friedensangebot unterbreiten. Beermann könnte ihm ja mit erhobenem oder gesenktem Daumen mitteilen, was er von Grauls Vorschlag hielt.

Ob er froh wäre, aus dem Keller verschwinden zu können? Oder stände ihm der Sinn nach Rache?

»Scheißkerl«, flüsterte Graul. »Du machst mir bestimmt noch Ärger. So wie früher im Unterricht. Das ist alles so überflüssig.«

In dem spiegelnden Monitor seines Computers sah er plötzlich eine Bewegung.

Graul reagierte geistesgegenwärtig. Unterhalb des Bildschirms stand ein halb gefüllter Aschenbecher aus Keramik. Der einzige Gegenstand, der zur Verteidigung infrage kam. Er griff danach, fuhr mit dem Drehstuhl herum und sprang auf. Der ehemalige Schüler zuckte zusammen. Er hielt einen Baseballschläger schlagbereit in Schulterhöhe. Da die Spiegelung des Monitors den hinterhältigen Überraschungsangriff vereitelt hatte, änderte er die Taktik und stürmte brüllend vor.

»Mach das ...«

Graul konnte den Satz nicht vollenden. Beermann war von seinem Vorhaben nicht abzubringen, holte noch ein Stück weiter aus und schlug zu. Zugleich warf Graul den Aschenbecher nach seinem Gegner. Der traf ihn mitten im Gesicht. Der Schläger knallte auf Grauls Schulter. Die Wucht des Hiebs brachte ihn aus dem Gleichgewicht. Schmerz schoss ihm durchs Gelenk. Er schrie laut auf, genau wie Beermann. Der Aschenbecher hatte ihm oberhalb der Augenbraue eine blutende Platzwunde beschert.

»Du mieses Schwein«, stöhnte der Schüler. »Dich mach ich kalt.«

»Lass uns reden!«

»Niemals.«

Beermann holte erneut aus. Weil er zugleich umständlich versuchte, sich das Blut aus dem Auge zu wischen, traf er nur den Stuhl. Durch die Erschütterung ließ er das Sportgerät fallen, das polternd auf dem Parkett aufschlug.

Graul wollte an ihm vorbei aus dem Zimmer rennen. Doch Beermann rammte ihn mit der Schulter und traf genau das verletzte Schultergelenk des Lehrers. Der schrie laut auf und wankte zurück.

Das hier würde kein gutes Ende nehmen. Graul musste in die Offensive gehen. Hektisch tastete er nach dem Ledergürtel, öffnete die Schnalle und zog ihn aus den Schlaufen seiner Jeans. Er schlug nach Beermann. Der wich geschickt aus.

»Geh nach Hause! Wir vergessen die ganze Sache.«

»Davon träumst du!«

Hektisch wischte sich Beermann Blut aus dem Gesicht. Speichel tropfte aus seinem Mund. Der Anblick erschütterte Graul. Als würde er einem tollwütigen Hund gegenüberstehen.

»Paul! Ich wollte dich nicht einsperren. Das war ein Fehler!«

Warum hatte er den Totschläger wieder weggepackt? Mit dem schweren Gewicht in der Hand würde er sich wohler fühlen.

»Dein letzter Fehler«, knurrte Beermann. »Ich schlag dich tot.«

»Hör auf dein Gewissen! Du willst mich nicht verletzen.«

»Und ob ich das will!«

»Du hast versucht, mich zu erpressen. Ich musste etwas dagegen unternehmen.«

»Du hast Eleni getötet. Hast du sie wie mich im dunklen Keller eingesperrt?«

»Hab ich nicht. Ich habe nichts mit ihrem Verschwinden zu tun.«

Beermanns Blick huschte zwischen Graul und dem am Boden liegenden Baseballschläger hin und her. Falls er versuchen würde, danach zu greifen, wäre das Grauls Chance. Er könnte dem ehemaligen Schüler mit dem

Gürtel einen Treffer versetzen und an ihm vorbei nach draußen rennen. Auf der Straße wäre er in Sicherheit.

»Ich glaube dir kein Wort. Du hast mich wie ein Tier behandelt.«

»Es tut mir leid. Der Erpressungsversuch hat mich in Rage versetzt. Ich mach das wieder gut.«

»Zu spät!«

Beermann täuschte einen Bodycheck an, tauchte jedoch nach rechts unten ab. Graul holte mit dem Gürtel aus und schlug zu. Doch Beermann reagierte unerwartet. Er griff nach dem Gürtel und bekam ihn zu fassen. Mit roher Gewalt riss er daran und schaffte es, ihn Graul zu entwinden.

Im verzweifelten Versuch, der Situation zu entkommen, zwängte sich Graul an dem ehemaligen Schüler vorbei. Der stellte ihm ein Bein. Der Lehrer stolperte. Im letzten Moment streckte er die Hände vor und verhinderte einen Aufprall mit dem Gesicht auf dem Parkett. Dafür verstauchte er sich die Handgelenke. Graul stöhnte vor Schmerz. Er versuchte, sich aufzurappeln. Unterdessen bekam Beermann den Schläger zu fassen.

»Schlafenszeit!«, schrie er.

Graul drehte sich am Boden liegend halb herum. »Nicht schlagen! Du bringst mich um!«

Beermann baute sich bedrohlich über ihm auf. »Schlafenszeit!«, wiederholte er kaum verständlich.

Graul hielt sich schützend die Arme über den Kopf. Mit voller Wucht sauste der Holzschläger nieder und zertrümmerte Graul mehrere Knochen. Der Schmerz war unerträglich. »Bitte«, wimmerte er.

* * *

Der Lehrer war wie ein lästiges Insekt einfach nicht kleinzukriegen. Egal, wie oft man versuchte, es zu zerquetschen, immer wieder flutschte es einem durch die Finger.

»Bitte«, wimmerte Graul im Versuch, Mitleid zu erregen. Damit wollte er nur Zeit gewinnen, um in die nächste dunkle Ritze zu verschwinden.

»Das ist für Eleni!«, schrie Beermann.

Er holte aus und schlug erneut zu. Diesmal landete der Schläger perfekt im Ziel. Genau auf die Schläfe.

»Homerun!«, brüllte Beermann triumphierend.

Der Kopf des Lehrers ruckte durch den Treffer zur Seite. Reglos blieb er liegen. Endlich sagte er nichts mehr. Oder war das nur ein Trick, um ihn erneut in die Irre zu führen? Vorsichtshalber schlug Beermann noch einmal zu. Jetzt rührte sich der Widerling wirklich nicht mehr.

»Damit hast du nicht gerechnet.« Beermann schnappte nach Luft. Die Schläge hatten seine Arme so sehr erschüttert, dass ihm nun die Knochen wehtaten. Doch das hatte sich gelohnt. Er hatte Graul außer Gefecht gesetzt. Jetzt könnten ihn die Bullen einfach wie ein Paket zusammenschnüren und ins Gefängnis werfen.

Er schleuderte den Schläger in die Ecke. Mit dem Handrücken wischte er sich über die Augenbraue. Dann zog er ein zerknülltes Taschentuch aus der Hosentasche und presste es auf die noch immer blutende Platzwunde.

»Wo ist mein Handy? Ich muss die Bullen rufen.«

Er schaute sich um. Im Arbeitszimmer des Lehrers fand er es nicht. Also verließ er den Raum und wurde schließlich in der Diele fündig. Wie lange es wohl dauerte, bis er die Belohnung erhielte?

Um dem Lehrer keine Chance zur Flucht zu geben, kehrte er ins Arbeitszimmer zurück. Der Mistkerl lag noch immer reglos am Boden.

»Dir habe ich es gezeigt«, sagte Beermann.

Er googelte nach der für die Ermittlungen eingerichteten Hotline und wählte die kostenfreie Nummer. Eine weibliche Stimme meldete sich und fragte zuallererst, mit wem sie sprach.

»Ja, hallo, ähm, also mein Name ist Paul Beermann. Ich bin im Haus des Mörders, also bei Herrn Graul. So heißt der Mann, den Sie suchen. Michael Graul. Er war mal früher mein Lehrer. Und der von Eleni Panfil. Sie wissen schon, das war sein erstes Opfer.«

»Was meinen Sie damit, Sie sind in seinem Haus?«, erkundigte sich die Polizistin.

Beermann verdrehte über so viel Dummheit die Augen. »Was soll das wohl heißen? Ich bin bei Graul zu Hause. Er hat versucht, mich einzusperren. Im dunklen Keller. Weil ich die Wahrheit kenne. Aber ich habe mich befreit. Wir haben gekämpft. Ich habe ihm mit einem Baseballschläger über den Kopf gehauen. Da ist er zu Boden gestürzt.«

»Sagen Sie mir bitte die Adresse, an der Sie sich aufhalten.«

Beermann nannte sie ihr.

»Ich schicke Ihnen sofort Kollegen vorbei. Bitte verbleiben Sie so lange vor Ort.«

»Wo soll ich auch hin? Ich habe mir die Belohnung redlich verdient. Die macht mir niemand streitig.«

* * *

Das laute Knacken, das ihn erschreckt hatte, stammte von der Holzvertäfelung der Decke. Die Handwerker hatten ihm bei der Renovierung erklärt, dass das Holz atmen würde und auch nach Jahren noch knacken oder knirschen konnte.

Er konzentrierte sich wieder auf den Text, den das Computerprogramm im nächsten Video vorlesen würde. Der Mörder korrigierte eine Kleinigkeit im letzten Satz. »Du wurdest nicht schwanger«, murmelte er leise. »Und ich trennte mich mit gebrochenem Herzen und tief erschüttertem Vertrauen von dir.«

22

»Er liegt im Arbeitszimmer«, begrüßte der junge Mann die Polizisten. »Noch immer bewusstlos. Dem habe ich es ganz schön gegeben.«

Rosenberg blickte alarmiert zu Drosten. Seit die Hotline sich bei ihnen wegen des Anrufs gemeldet hatte, war ungefähr eine halbe Stunde vergangen. Wieso war der Lehrer noch immer ohnmächtig? Drosten schien denselben Gedanken zu hegen.

»Sie sind Herr Beermann?«, vergewisserte er sich.

Der Mann nickte aufgeregt. »Sie beide habe ich bei der Pressekonferenz gesehen. Ich wusste sofort, dass Graul der Täter ist.«

»Führen Sie uns zu ihm«, bat Rosenberg.

»Kommen Sie mit!« Beermann ging voran und brachte sie zum Arbeitszimmer.

Schon an der Türschwelle erkannte Rosenberg, wieso Graul auch lange nach dem Anruf noch ohne Bewusstsein war.

»Hauptkommissar Drosten, gehen Sie mit Herrn Beermann ins Wohnzimmer und befragen ihn, wie es hierzu gekommen ist?«

Drosten packte Beermann sanft am Arm und zog ihn von der Tür weg. »Kommen Sie mit.«

Der ehemalige Schüler warf einen Blick zu dem am Boden liegenden Lehrer. Nun wirkte er besorgt. »Wecken Sie ihn gleich auf?«

»Meine Kollegin kümmert sich um ihn.«

Rosenberg schloss die Tür. Sie beugte sich zu Graul und suchte vergeblich nach einem Puls. Wahrscheinlich hatte ein heftiger Schlag auf den Schädel nicht nur die deutlich sichtbare Verletzung verursacht, sondern auch zum Tod des Lehrers geführt. Sie griff zu ihrem Telefon und forderte die Rechtsmedizin und die Kollegen der Spurensicherung an. Dann zog sie Handschuhe aus ihrer Jackentasche, um keine Spuren zu zerstören. Der Computer war eingeschaltet, aber im Ruhezustand. Rosenberg berührte die Maus. Vor seinem Tod hatte Graul an einem Aufgabenblatt für die Schule gearbeitet.

Nachdem sie sich umgesehen hatte, verließ sie den Raum und folgte den Stimmen im Wohnzimmer. Sie blieb im Flur stehen und lauschte. Beermann erzählte, wie er hier aufgetaucht sei, um mit dem Lehrer zu sprechen. Angeblich wollte er ihn zu einer Anzeige überreden. Doch Graul habe ihn überrumpelt, niedergeschlagen und in einem dunklen Kellerraum eingesperrt.

Die Geschichte, die der ehemalige Schüler von sich gab, klang in ihren Ohren zum großen Teil geschönt.

Sie betrat den Raum und warf Drosten einen kurzen Blick zu.

»Ist er aufgewacht? Gibt er es zu?«

»Herr Graul ist tot«, sagte sie leise.

»Nein!«, schrie Beermann. »Das kann nicht sein.« Er

sprang auf. »Ich hab ihn nur einmal am Kopf getroffen. Nicht sonderlich fest. Sie lügen!«

»Herr Beermann, Sie müssen sich nicht selbst belasten«, klärte Rosenberg ihn auf, »trotzdem wäre es ...«

»Ich habe mich gewehrt! Bitte glauben Sie mir. Das war Notwehr. Er hat mich in ein dunkles Loch gesperrt und mich verhöhnt. Als ich mich befreien konnte, musste ich etwas tun und ...« Beermann hielt inne. »Der Raum unten!«

»Welcher Raum?«, fragte Drosten.

»Im Keller. Ich habe mich da unten umgesehen. Ein Zimmer ist abgeschlossen. Ich bin mir nicht sicher, aber ich glaube, ich habe durch die Tür Hilferufe gehört. Ganz leise. Bestimmt hält er da ...«

»Ich geh runter«, sagte Rosenberg.

»Sie brauchen einen Schlüssel. Sonst kommen Sie nicht hinein. Ich hab's versucht.«

»Mir ist im Flur ein Schlüsselbund aufgefallen«, erwiderte Rosenberg. Ohne weitere Erklärungen verließ sie den Raum. Sie würde sich unten kurz umsehen. Falls Beermann wirklich eingesperrt worden war, würde das zu seinen Gunsten in die strafrechtliche Bewertung einfließen. Im Arbeitszimmer hatte sie den am Boden liegenden Aschenbecher bemerkt. Außerdem war ihr die Platzwunde über Beermanns Augenbraue aufgefallen. Trotzdem erschien ihr einiges von dem, was er gesagt hatte, unwahrscheinlich. Warum hatte er sich nicht direkt an die Hotline gewandt? Dafür kam für sie nur eine logische Erklärung in Betracht. Beermann hatte versucht, den Lehrer zu erpressen.

Im Kellergeschoss stieß sie rasch auf die aufgebrochene Tür. Zumindest dieser Teil bewahrheitete sich. Von den anderen Türen war bloß eine versperrt. Sie rüttelte vergeblich an der Klinke. Dann probierte sie verschiedene Schlüssel aus. Beim vierten Exemplar hatte sie Glück. Sie öffnete den Raum.

»Scheiße«, flüsterte sie leise.

Ob Beermanns Verstand ihm wirklich einen Hilferuf vorgegaukelt hatte? Oder war das eine Schutzbehauptung? In dem gekühlten Raum lagerten Wein- und Champagnerflaschen. Rosenberg, die sich nicht mit Weinen auskannte, vermutete einen gewissen materiellen Wert in den Vorräten. Ansonsten fiel ihr kein Grund ein, warum Graul ihn verschlossen aufbewahrte.

Um keine Spuren zu verwischen, verließ sie den Keller.

»Hat er da unten seine Opfer gefangen gehalten?«, fragte Beermann, als sie ins Wohnzimmer zurückkehrte.

»Da unten sind nur Weinvorräte.«

»Das kann nicht sein«, erwiderte Beermann verzweifelt. Er legte die Hände vors Gesicht. »Scheiße«, murmelte er leise. Offenbar erkannte er allmählich die Tragweite seiner Tat. »So eine verdammte Scheiße.« Er nahm die Hände vom Gesicht und richtete seinen Blick auf Drosten. »Brauche ich einen Anwalt?«

»Schaden kann Ihnen das nicht«, antwortete Drosten ehrlich.

* * *

Der Text für das neue Video war verfasst. Nun musste er nur den dazugehörigen Film aufnehmen. Und danach hätte er sich eine Belohnung verdient.

Er dachte an Ariane. Durch die Ereignisse der vergangenen Tage hatte er ihr noch nicht die notwendige Aufmerksamkeit schenken können. Sollte sein Vorhaben gelingen, könnte er sie endlich brechen. Bislang war sie weit davon entfernt. Zwar zeigte sie typische Anzeichen der Angst, aber das reichte ihm nicht. Er bedauerte, diesmal nicht so viel Zeit wie sonst zur Verfügung zu haben. Das machte es schwieriger, ihre Seele zu zerstören.

Er stellte sich vor den Spiegel und zog die normale Kleidung aus. Stolz musterte er seinen nackten Körper. Die Gedanken an Ariane hatten ihn sichtbar erregt. Sobald er die vor ihm liegende Aufgabe erledigt hatte, würde sie in den Genuss seiner Männlichkeit kommen. Kurz spielte er mit der Idee, schon einmal von ihr zu naschen – doch er verwarf das wieder.

»Erst die Arbeit, dann das Vergnügen«, sagte er leise. So hatte es ihm seine Mutter beigebracht.

Zuallererst steckte er sich die Kontaktlinsen in die Augen. Danach schlüpfte er in die Anglerhose und den Regenmantel. Dazu unauffällige Schuhe, Handschuhe und die Stoffmaske. So vor der Identifizierung geschützt, betrat er den Raum, in dem er die Videos aufnahm, und startete die Sprachausgabe auf dem Laptop, der außerhalb des Aufnahmewinkels stand. In aller Ruhe drückte er an der Kamera den Aufnahmebutton und setzte sich. Er programmierte die Texte für die Ausgabe der Sprache so, dass in der ersten halben Minute nichts zu hören war. Diesen Part schnitt er bei der Endbearbeitung heraus. Nach ein paar Sekunden begann die Stimme mit dem Vortrag. Er hatte sich diesmal wieder für einen männlichen Sprecher entschieden. Die Software trug zunächst den Teil des Textes vor, der sich auf Ann-Kathrin bezog. Regungslos hörte er zu. Vor dem Abschnitt, der um Bianca kreiste, setzte die Sprachausgabe kurz aus. Er streckte zwei Finger hoch, um den Zuschauern zu signalisieren, dass er nun gleich die zweite Frau thematisieren würde. Als die Stimme wieder einsetzte, ließ er die Hand sinken. Die nächsten Minuten würde er reglos auf dem Stuhl sitzen. Am liebsten würde er dabei ein trauriges Gesicht ziehen – aber die Maske ließ keinen Raum für eine derartige Theatralik.

»Nach dem Fehlschlag mit Ann-Kathrin und einigen weiteren Enttäuschungen traf ich eine wichtige Entscheidung. Da ich auf keinen Fall jemals Vater werden wollte, ließ ich mich freiwillig sterilisieren. Rund zwei Jahre später begegnete ich Bianca. Und es war so magisch wie bei Ann-Kathrin. Diesmal ging es sogar noch tiefer. Wir schmiedeten Zukunftspläne und redeten davon, irgendwo an einem Strand in der Karibik zu heiraten. Ich schwöre Ihnen, sie hat nie einen Kinderwunsch ausgesprochen. Bis sie mich eines Tages damit überraschte. Sie hatte ihre Periode bekommen und gestand mir weinend, seit vier Monaten die Pille abgesetzt zu haben. An dieser Stelle muss ich mein einziges Vergehen bekennen. Ich hatte ihr gegenüber nie die Sterilisation erwähnt, weil sie nie einen Kinderwunsch geäußert hatte. Völlig überrumpelt von ihrem Vertrauensbruch, blieb ich auch bei der Gelegenheit stumm. Halbherzig tröstete ich sie. Es dauerte noch drei Monate, dann bat sie mich, mit ihr zum Arzt zu gehen. Sie wollte herausfinden, warum es nicht klappte. Ich erklärte es ihr. Sie war geschockt und warf mir vor, ihr Leben zerstört zu haben. Wir stritten uns. Beinahe wäre sie sogar handgreiflich geworden. In ihren Augen hatte bloß ich gelogen. Dass sie ohne Rücksprache die Pille abgesetzt hatte, spielte keine Rolle. Ein paar Wochen nach dem Streit trennten wir uns. Da wusste ich, Frauen würden mich immer nur anlügen. In mir einen guten Ernährer sehen, den sie ausnutzen konnten. Diese Stimmung hielt monatelang an und begleitete mich noch, als ich Eleni begegnete. Sie überredete mich dazu, sie mit nach Hause zu nehmen. Dort erwischte ich sie dabei, als sie sich heimlich eine Goldmünze einsteckte. Ich war außer mir vor Zorn. Und Eleni wurde der Anfang meines Rachefeldzugs.«

An dieser Stelle hatte er die letzte Pause eingebaut. Er blieb sitzen. Viele Zuschauer würden vermutlich glauben, dass der Film zu Ende sei. Doch sie irrten sich.

»Ich habe Ihnen versprochen, zu erklären, wie ich zu

dem Mann wurde, den die Polizei gerade mit allen verfügbaren Ressourcen jagt. Dieses Versprechen habe ich eingelöst. Im Laufe der letzten Tage bin ich jedoch zu einer noch wichtigeren Erkenntnis gelangt. Es wird mir niemals gelingen, mich dauerhaft der Verhaftung zu entziehen. Dazu habe ich zu viele Menschen getötet. Auch die Videos, die ich online gestellt habe, machen mich zum Gejagten. Was kann ich also tun? Ich werde meine letzte Gefangene leben lassen – zumindest solange dieser Film genau wie die vorherigen nicht der Öffentlichkeit vorenthalten wird. Gleichzeitig versuche ich, möglichst lange unterzutauchen. Wenn ich zufrieden bin mit dem Verhalten der Ermittler, teile ich ihnen über den Blog der Journalistin Eva Haller mit, wo sie Ariane finden. Aber zunächst einmal benötige ich etwas Vorsprung, denn ich will nicht sofort in ein dreckiges Gefängnisloch geschmissen und dort von Justizvollzugsbeamten misshandelt werden. Ein großer Teil meines restlichen Lebens wird sich im Schatten und in der Dunkelheit abspielen. Um dafür Kraft zu tanken, habe ich jetzt nur noch einen Wunsch: einen herrlichen Sonnenuntergang an meinem Lieblingsplatz erleben. Vielleicht sogar den letzten Sonnenuntergang meines Lebens. Wer weiß das schon? Ihnen, liebe Zuschauer, die bis hierhin zugesehen haben, danke ich für Ihre Aufmerksamkeit. Ich hoffe, Sie werden nie vergessen, was ich Sie gelehrt habe.«

Die Stimmausgabe endete. Im Sitzen deutete er eine leichte Verbeugung an. Dann stand er auf. Er stoppte die Aufnahme. Bis er das Video hochladen würde, verging noch mehr als eine Nacht. Genug Zeit, um es zurechtzuschneiden. Nun benötigte er eine Belohnung.

»Ariane«, flüsterte er. »Bist du bereit für mich?«

23

Am nächsten Nachmittag schickte der Mörder Eva Haller eine Nachricht, in der er sein letztes Video ankündigte. Die Journalistin informierte Drosten. Die Soko wartete ungeduldig auf das Bildmaterial. Dabei fragte sie sich, was es zu bedeuten hatte, dass er in der E-Mail an Haller von seinem letzten Upload sprach.

»Heute passiert noch etwas, das uns nicht gefällt«, ahnte Sommer. »Vielleicht zeigt er in dem Film Details, die wir unmöglich der Öffentlichkeit preisgeben können. Oder ...«

»Der Upload beginnt«, unterbrach ihn Drosten. »Gleich sind wir schlauer.«

Sie sahen sich das Video an. Zum Glück erfüllte sich Sommers düstere Prophezeiung nicht. Trotzdem spürte er die Gewissheit, einem Spieler gegenüberzusitzen, der sie mit gezinkten Karten in eine Falle locken wollte.

»Das ist nie und nimmer Uwe Bartlett. Wenn er bereitwillig so viele Details aus seinem Leben preisgäbe, hätte er keinen Grund, die Maske zu tragen.«

»Inzwischen bin ich mir sicher, dass du recht hast«, sagte Drosten. »Das ist nicht Bartlett.«

Die übrigen Anwesenden stimmten ihnen zu.

»Lasst uns Frau Dunst kontaktieren«, schlug Kraft vor. »Mich würde ihre Meinung zu den Enthüllungen interessieren. Sie wird am besten beurteilen können, ob es Abweichungen zu den Ereignissen in der Vergangenheit gibt.«

»Je größer die Diskrepanz, desto besser können wir einschätzen, wie eng das Verhältnis zwischen dem Mörder und Bartlett war«, merkte Sommer an.

Rosenberg übernahm den Anruf. Sie erreichte die Ex-Partnerin von Bartlett beim ersten Versuch. Die hatte sich das Video nicht angesehen, versprach aber, es nachzuholen. Auf Rosenbergs Warnung, dass der Maskierte sie in dem Film erwähnte und ihre gemeinsame Zeit in hässlichen Farben malte, reagierte sie gelassen.

Während die Polizisten auf einen Rückruf warteten, spekulierten sie, was er mit dem Wunsch nach einem Sonnenuntergang gemeint haben könnte.

»Vielleicht eine Metapher?«, fragte Weimar. »Denn solange er nicht gefasst wird, kann er sich bei gutem Wetter jeden Abend Sonnenuntergänge ansehen.«

»Damit kündigt er uns kryptisch etwas an«, vermutete Sommer. »Um uns in die Irre zu leiten. Ich glaube ihm mittlerweile kein einziges Wort mehr.«

Rosenbergs Handy klingelte.

»Das ist Dunst«, sagte sie, aktivierte den Lautsprecher und nahm das Gespräch entgegen. »Wie schätzen Sie das Video ein? Ist der Maskierte Ihr Ex Uwe Bartlett? Oder hat jemand die Informationen von ihm erhalten und gibt sie einfach wieder?«

»Oh Gott«, stöhnte Dunst. »Wann hat dieser Wahnsinn ein Ende?«

»Wir wissen, dass das für Sie schwierig …«, begann Rosenberg.

»Nein, Sie verstehen nicht«, unterbrach Dunst sie. »Die

Sachen, die er über unsere Beziehung erzählt, stören mich nicht. Aber er soll kein Teil meines Lebens mehr sein. Deswegen trennt man sich voneinander. Um nichts mehr mit dem anderen zu tun zu haben.«

»Also hat er nichts falsch dargestellt?«, fragte Rosenberg.

»Wir haben zwar nie konkret über einen Kinderwunsch gesprochen, aber es stimmt nicht, dass ich mit diesem Bedürfnis hinterm Berg gehalten hätte. Ich erinnere mich zum Beispiel, wie wir mal in Florida im Urlaub in einer riesigen Shoppingmall vor einem Kinderbekleidungsgeschäft standen. Die Auswahl darin war gigantisch, und meine Begeisterung für diese kleinen Sachen ist ihm nicht entgangen.«

»Also hat er dieses Thema in dem Video einfach zu seinen Gunsten ausgelegt«, sagte Rosenberg. »Ist Ihnen etwas aufgefallen, das wirklich falsch war? Wir sind uns mittlerweile ziemlich sicher, dass der Maskierte nicht Ihr Ex ist. Deshalb suchen wir nach Hinweisen, die ihn entlarven.«

Dunst schwieg einen kurzen Moment. »Ich will Sie nicht vom Weg abbringen«, sagte sie schließlich zögerlich.

»Woran denken Sie? Hat er etwas aus Ihrer Beziehung …«

»Nein. Um den Teil geht es mir nicht. Eher um den Anfang.«

»Also bei seinen Erinnerungen an Ann-Kathrin?«, vergewisserte sich Rosenberg. »Kennen Sie eigentlich ihren vollständigen Namen?«

»Ihr Geburtsname war Koch. Allerdings hat Uwe irgendwann erfahren, dass sie geheiratet hat. Keine Ahnung, welchen Familiennamen sie angenommen hat.«

»Und was stört Sie an seinen Angaben über Ann-Kathrin?«

»Der Name«, erwiderte Dunst. »Er hat sie nie Ann-

Kathrin genannt. Immer nur Kathi. Auch Jahre nach ihrer Beziehung. Bedeutet das etwas?«

Rosenberg sah fragend in die Runde.

»Das ist ein guter Hinweis«, erklärte Sommer. »Eine Diskrepanz. Fallen Ihnen weitere Unstimmigkeiten auf?«

»Nein. Tut mir leid.«

»Wir fragen uns auch, was der Maskierte am Ende gemeint haben könnte. Besaßen Sonnenuntergänge eine besondere Bedeutung für Herrn Bartlett?«

Dunst stöhnte. »Damit hat er so genervt. Er war überhaupt nicht der romantische Typ. Aber bei Sonnenuntergängen ist er regelrecht ins Schwärmen gekommen. Wenn wir im Urlaub am Meer waren, hat er auf die Minute genau gewusst, wann die Sonne unterging. Bei jedem zweiwöchigen Aufenthalt hat er mich zur entsprechenden Uhrzeit an den Strand schleppen wollen. Selbst in Köln konnte er nicht genug davon bekommen.«

»Das heißt?«, hakte Rosenberg nach. »Hat er zu Hause auf der Terrasse gesessen?«

»Nein. Von dort konnte er nichts sehen. Es gibt in Köln einen Biergarten, der einen idyllischen Blick auf den Sonnenuntergang am Rhein bietet. Zumindest in Frühlingsmonaten. Und wenn er mal keine Lust auf andere Menschen hatte, steuerte er manchmal einen öffentlichen Parkplatz an, bei dem die Aussicht ähnlich gut war. Wie schon gesagt, er hat damit wirklich genervt.«

»Erinnern Sie sich an den Namen des Biergartens? Und an den genauen Standort des Parkplatzes?«

»Er hat mich ja oft genug dahingeschleppt.«

Nach dem Telefonat mit Bianca Dunst, brach in der Soko Hektik aus. Sie überprüften den vorhergesagten Zeitpunkt für den heutigen Sonnenuntergang. Ihnen blieb eine knappe halbe Stunde.

»Das ist alles kein Zufall«, sagte Sommer. »Normalerweise hat er die Videos früher hochgeladen. Warum heute erst am Nachmittag? Und im Vergleich zu den letzten Tagen spielt das Wetter besser mit. Aber heute Morgen war es noch stark bewölkt. Wäre es dabeigeblieben, hätte er vielleicht bis morgen gewartet.«

»Teilen wir uns auf!«, schlug Rosenberg vor. »Zeitlich schaffen wir es nicht mehr, Einsatzkräfte zu organisieren. Höchstens Streifenwagen zur Unterstützung.«

»Ich will zu dem Parkplatz«, sagte Sommer.

»Ich auch«, schloss sich Kraft an. »Da spielt wahrscheinlich die Action.«

»Dann schließe ich mich an«, sagte Weimar.

* * *

Zehn Minuten vor dem Sonnenuntergang erreichten Drosten, Rosenberg und Schult den geöffneten Biergarten. Der Himmel war inzwischen wolkenlos, und die Temperaturen kratzten an der 20-Grad-Marke. Der erste Hauch von Sommer lag in der Luft. Dementsprechend waren die Sitzgelegenheiten in dem Lokal gut gefüllt. Drosten überflog die große Fläche. Er zählte vier Kellnerinnen, die mit Speisen und Getränken umherliefen. Außerdem etwa vierzig Gäste.

»Wie sollen wir ihn hier ausfindig machen?«, fragte Schult.

»Grob geschätzt sehe ich ungefähr zehn Männer in dem Alter, das für unseren Täter infrage kommt«, sagte Rosenberg.

»Keiner davon gehört zu unseren Verdächtigen«, murmelte Drosten. »Entweder lagen wir komplett daneben oder haben den falschen Ort aufgesucht.«

Er schaute zum Ufer. In wenigen Minuten würde es so aussehen, als versänke die Sonne in dem mächtigen Fluss.

»Notieren wir die Personalien aller Gäste und machen uns richtig beliebt«, schlug Schult vor.

»Einverstanden«, sagte Rosenberg. »Meine Damen und Herren«, rief sie, »darf ich kurz um Ihre Aufmerksamkeit bitten?« Sie hob ihren Dienstausweis auf Kopfhöhe.

»Wer sind Sie denn?«, entgegnete ein Scherzkeks. »Die drei lustigen Zwei?«

Die Lacher waren auf seiner Seite. Selbst Rosenberg konnte sich ein Schmunzeln nicht verkneifen.

* * *

Sommer schaute auf seine Uhr.

»Wir sind in zwei Minuten da«, beruhigte Weimar ihn.

»Und in fünf Minuten geht die Sonne unter«, brummte Sommer.

»Was glaubst du, erwartet uns auf dem Parkplatz?«, fragte Kraft.

»Wenn ich das mal wüsste. Ein Hinterhalt?«

Weimar blickte kurz zu Sommer, der auf dem Beifahrersitz saß. »Ist es dann klug, keine Verstärkung anzufordern?«

»Die wäre nie rechtzeitig eingetroffen«, entgegnete Sommer.

Der Wagen fuhr in eine Kurve.

»Der Parkplatz liegt am Ende der Straße«, erklärte Weimar.

»Geben Sie Gas!«, forderte Sommer.

Sie hatten die Hälfte der restlichen Strecke hinter sich gebracht, als Sommer einen schwarzen SUV wahrnahm. »Stopp!«, rief er. »Sehen Sie den Wagen?«

»Komplett getönte Scheiben.« Weimar legte eine Vollbremsung hin.

»Blockieren Sie die Straße und lassen das mobile Blaulicht angeschaltet«, schlug Kraft vor. »Nähern wir uns zu Fuß.«

Weimar stellte den zivilen Polizeiwagen quer auf die Fahrbahn. »Ich rufe Verstärkung. Wir brauchen zumindest Streifenwagen.«

»Verena und ich nähern uns schon mal dem SUV.«

Gemeinsam stiegen sie aus und rannten bis zur Zufahrt des Parkplatzes.

»Man sieht durch die Folie gar nichts«, stöhnte Kraft. »Oder kannst du etwas erkennen?«

»Nein.« Sommer zog seine Waffe. »Lassen Sie die Scheiben hinunter und strecken Sie die Hände raus«, rief er.

Weimar kam zu ihnen gerannt. »Zwei Streifenwagen sind auf dem Weg hierher. Die sind in fünf Minuten vor Ort.«

Und damit nach dem Sonnenuntergang, dachte Sommer. »Wir gehen nicht näher heran als jetzt«, sagte er.

»Ein Hinterhalt?«, fragte Kraft. Mit ebenfalls gezogener Waffe schaute sie sich um. Auf dem Parkplatz standen sechs weitere Fahrzeuge. Sie ging in die Hocke. »Hier versteckt sich niemand.«

»Lassen Sie das Fenster hinunter, damit wir Sie sehen können«, befahl Sommer lauthals.

Am SUV regte sich nichts.

»Ich geh zur Tür und reiß sie auf«, schlug Kraft vor.

»Nein!«, widersprach Sommer. »Ich habe Angst vor ...«

Weiter kam er nicht. Zuerst piepte seine Uhr. Er hatte auf der Fahrt hierher einen Alarm für den Zeitpunkt des Sonnenuntergangs eingestellt, der sich nun aktivierte. Nur Sekunden später ertönte eine laute Detonation. Der SUV explodierte.

Instinktiv warfen sich die Polizisten zu Boden. Die Detonationswelle fegte über sie hinweg. Die Scheiben der anderen Fahrzeuge zerbarsten. Alarmanlagen sprangen an.

Sommer hatte sich schützend die Hände über den Kopf gehalten. »Seid ihr okay?«

»Ja«, bestätigten Kraft und Weimar gleichzeitig.

Sie rappelten sich auf und wandten sich dem Autowrack zu. Die Scheiben waren zersplittert. Ob jemand im Inneren gesessen hatte oder das Ganze eine Falle gewesen war, konnten sie von ihrem Standort nicht sehen.

»Nicht näher herangehen«, sagte Sommer. »Wir brauchen ein Sprengstoffteam. Und eine großräumige Absperrung.« Er dachte an Bilder von Terroranschlägen. Manchmal diente die erste Explosion bloß dazu, um Polizisten und Rettungskräfte anzulocken. Und dann folgte eine viel verheerendere Attacke. »Zurück!«, befahl er. »Wir ziehen uns zu unserem Fahrzeug zurück.«

Sommer scheuchte Kraft und Weimar vor sich her. Die gehorchtem seinem Befehl ohne Widerspruch. Sie passierten einen Mülleimer, der an der Auffahrt des Parkplatzes stand.

Ein ideales Versteck!, dachte Sommer.

Seine Instinkte schlugen Alarm an.

»Weg von dem Mülleimer! Lauft zum Fahrzeug, und geht in Deckung!«

Sie rannten los.

Sekunden später explodierte hinter seinem Rücken eine Sprengladung. Die Wucht der Detonation schleuderte Sommer zu Boden.

24

Mit stoischer Miene ertrug Sommer die Behandlung des Sanitäters. Bei dem Sturz nach der zweiten Detonation hatte er sich eine größere Schürfwunde am Kinn zugezogen. Sein rechtes Handgelenk schmerzte – ein Resultat des Versuchs, sich abzufangen. Die Nackenschmerzen verschwieg er gegenüber dem Sanitäter. Der Mann tupfte ihm die Wunde mit einer jodhaltigen Tinktur ab. Als er ihm anschließend ein Pflaster auf die Stelle drücken wollte, winkte Sommer ungeduldig ab.

»Passt schon«, sagte er mit zusammengebissenen Zähnen.

»Ich würde sie am liebsten ins Krankenhaus bringen.«

Sommer blickte ihn unwirsch an. »Wieso das? Mir geht's gut. Ich bin bloß gestolpert.«

»Sie wurden von einer heftigen Detonationswelle erwischt und unkontrolliert nach vorne geschleudert. Haben Sie Nacken- oder Kopfschmerzen?«

»Nein.« Hilfesuchend schaute er sich um. »Robert, kannst du dem Mann bitte bestätigen, dass es mir gutgeht?«

Drosten trat ein paar Schritte näher und nickte dem

Sanitäter zu. Der verdrehte die Augen, wandte sich aber ab und schloss seinen Behandlungskoffer.

»War das ein konkreter Anschlag auf uns, oder war es dem Mann egal, wer auf diesem Parkplatz zu Schaden kommt?«, fragte Sommer.

»Hängt davon ab, ob die Explosionen per Fernzündung oder per Zeitschaltuhr ausgelöst wurden«, urteilte Drosten.

»Bei einer Fernzündung hätte er uns erwischt.« Sommer senkte die Stimme, damit der Sanitäter nichts mitbekam. »Wäre ich bei der Explosion nur fünf Meter näher an dem Mülleimer gewesen, hätte das richtig übel enden können.«

»Also eine Zeitschaltuhr?«

»Ziemlich sicher«, bestätigte Sommer. »Allerdings hat er nicht gut genug drüber nachgedacht. Die zweite Detonation erfolgte zu schnell nach der ersten. Für massiveren Schaden hätte er die Spanne ausdehnen müssen.«

»Es sei denn, der Täter war sich sicher, dass wir mit Frau Dunsts Hilfe rechtzeitig den Parkplatz finden.«

Sommer schaute zum Autowrack, an dem mehrere Spurensicherungsbeamte arbeiteten. »Ob jemand im Fahrzeug saß?«

»Das erfahren wir hoffentlich bald.«

* * *

Am nächsten Morgen besprach die Soko den ersten Zwischenbericht der Spurensicherung.

Rosenberg gab die Auswertung der Kollegen wieder. Schließlich kam sie auf den wichtigsten Punkt zu sprechen. »Es hat definitiv ein Mensch in dem SUV gesessen. Und zwar ein Mann. Anhand der DNA wäre es möglich, herauszufinden, ob das Uwe Bartlett war. Vorausgesetzt, es meldet sich ein noch lebender Verwandter. Ob der Tote durch die

Explosion gestorben ist oder schon vorher, hat sich bislang nicht aus den Untersuchungen ergeben.«

»Also müssen wir versuchen, seinen Vater zu finden, um anhand seiner DNA Bartletts Identität zu bestätigen«, folgerte Drosten. »Gehen wir damit wieder an die Presse?«

»Bei dem Medienecho, das die Explosion ausgelöst hat, erscheint mir das sinnvoll«, bestätigte Rosenberg.

»Wir beide?«, fragte Drosten.

»Lassen Sie mich das mit dem Polizeipräsidenten abklären. Ich schätze, er hat nichts dagegen.«

»Bevor wir vor die Presse treten, sollten wir uns eine Strategie überlegen«, schlug Sommer vor. »Ich bin sicher, die Explosion war ein Ablenkungsmanöver und nicht das Ende unseres Mörders.«

»Wer saß dann in dem Fahrzeug?«, fragte Schult. »Ein Unschuldiger? Ariane war es ja offenbar nicht.«

»Entweder ein Unbeteiligter, den der Mörder wie seine weiblichen Opfer gefunden hat«, vermutete Sommer. »Oder es war Bartlett.«

Schult runzelte die Stirn. »Aber damit widersprechen Sie Ihrer Vermutung, es könnte ein Ablenkungsmanöver gewesen sein.«

»Nicht unbedingt. Als ich gestern Nacht nicht einschlafen konnte, habe ich viel drüber nachgedacht. Vielleicht hat der Mörder Bartlett zweieinhalb Jahre gefangen gehalten und ihn erst gestern geopfert.«

»Was für eine Vorstellung«, sagte Weimar. »Wie kommen Sie darauf?«

»Wenn der Mann vorgeben will, dass Bartlett noch lebt und einfach bloß zu einem Phantom geworden ist, könnte es hilfreich sein, ihn am Leben zu lassen«, führte Sommer aus. »Zum Beispiel, um bei Behördenkram eine Unterschrift zu leisten.«

»Zweieinhalb Jahre in Gefangenschaft? Das wäre …«, begann Schult.

»Nicht das erste Mal, dass uns so etwas begegnet«, unterbrach Rosenberg ihren Partner. »Denk an Sarah. Sie war anderthalb Jahre in den Händen der Psychopathin.« Rosenberg wandte sich an die Wiesbadener Gäste. »Sie kennen ja alle die Geschichte meiner Tochter.«

Drosten nickte. »Ja. Mich würde es nicht wundern, wenn jemand einen Gefangenen über einen so langen Zeitraum einsperrt. Bartlett wäre dann wahrscheinlich abgemagert und seine Muskeln verkümmert. Aber denkbar wäre es.«

»Damit wären wir wieder bei einem entscheidenden Punkt«, sagte Sommer. »Der Täter benötigt Platz. Bartletts Haus hat er benutzt, um die Frauen zu foltern. Seit er Ariane verschleppt hat, muss er sie an einem anderen Ort festhalten. Vielleicht kümmert er sich dort seit langer Zeit um Bartlett, der irgendwo in einem Kellerraum vor sich hinvegetierte. Zumindest bis gestern. Konstantin Schaffner verfügt über reichlich Platz. Und auch das Haus von Markus Andrich wirkt groß genug. Als ehemalige Freunde von Bartlett könnten sie die Informationen aus dem letzten Video von ihm selbst erfahren haben. Leider macht das keinen von ihnen automatisch zum Verdächtigen, und wir kriegen mit unserem Kenntnisstand selbst vom wohlwollendsten Richter keine Durchsuchungsbeschlüsse. Trotzdem dürfen wir das nicht aus den Augen verlieren.«

»Du wolltest vorhin Strategien für die Pressekonferenz vorschlagen«, erinnerte Kraft ihn.

»Das stimmt. Variante eins wäre ein Täuschungsmanöver. Wir treten vor die Presse und verlautbaren die Vermutung, dass sich der Mörder gestern selbst hingerichtet hat. Das Video würde zur Untermauerung der These ausreichen. Falls einem aufmerksamen Pressevertreter unser fortdauernder Aufenthalt hier in Köln auffällt, könnten wir das mit der Suche nach Ariane begründen. In dieser Variante müssten wir übrigens die Videos auf Hallers Blog offline schalten. Die Alternative lautet, vor die Presse zu treten und kundzutun, dass wir die Explosion für ein Ablenkungsmanöver des Täters halten.«

»Mit der einen Variante versuchen wir, ihn in Sicherheit zu wiegen, während die andere ihn herausfordert«, folgerte Rosenberg.

»So ist es«, bestätigte Sommer. »Leider fehlt mir die Gewissheit, welcher Plan den Mörder eher zu einem Fehler verführt. Wie schätzt ihr es ein?«

Drosten hatte seinen Blick auf den Boden gerichtet. Mit den Fingerknöcheln massierte er seine Schläfen.

»Robert?«, fragte Sommer. »Alles gut bei dir?«

»Gib mir einen Moment«, antwortete Drosten leise. »Ich will den Gedanken nicht verlieren.« Nach ein paar Sekunden sah er wieder hoch. »Gehen wir in die Offensive. Bevor der Täter mit seiner nächsten Attacke gegen uns mehr Schaden verursacht, als es ihm gestern gelungen ist.«

»Also tendierst du zur zweiten Variante«, vermutete Sommer.

»Mit einer leichten Veränderung. Allerdings ergibt die nur bei einer lückenlosen Überwachung der Verdächtigen Sinn. Sehen Sie sich dazu in der Lage, Frau Rosenberg? Auch wenn wir Gefahr laufen, viele Personalstunden zu vergeuden, falls weder Andrich noch Schaffran etwas mit den Morden zu tun haben.«

»Lassen Sie hören!«

* * *

Am späten Nachmittag standen Rosenberg und Drosten der Presse Rede und Antwort. Der Polizeipräsident hatte diesmal auf die Teilnahme verzichtet. Offiziell hatte er als Grund einen unaufschiebbaren Termin genannt. Rosenberg war sich sicher, dass er jede Verantwortung von sich weisen wollte, falls der Plan seinen Zweck nicht erfüllte.

Ohne Zwischenfragen zu erlauben, berichteten Rosenberg und Drosten von den Ereignissen, die sich rund um die Explosion zugetragen hatten.

»Der Hinweis auf den Sonnenuntergang führte uns zu dem Parkplatz«, sagte Rosenberg. »Wir kamen dort aber erst an, als die Sonne schon unterging. Sie wissen ja, wann das Video hochgeladen wurde, und anschließend mussten wir ermitteln. Dann explodierten im Abstand von wenigen Minuten zwei Sprengstoffvorrichtungen. In dem schwarzen SUV, auf den wir bei der vorherigen Pressekonferenz hinwiesen, detonierte die erste Bombe. Die Auswertung der Spurensicherung ergab, dass ein Mensch am Steuer saß. Wir vermuten, es handelte sich um Uwe Bartlett. Um das hundertprozentig bestätigen zu können, bitten wir an dieser Stelle den Vater von Herrn Bartlett, sich mit uns in Verbindung zu setzen. Wir appellieren an den Mann, der mit Ursula Bartlett bis 1983 liiert war, sich bei uns zu melden.«

Die Pressevertreter gaben ihre Zurückhaltung auf. Wild durcheinander riefen sie Fragen in den Raum. Unter anderem forderten sie, den Namen des leiblichen Vaters zu erfahren. Für die meisten von ihnen schien Bartletts Tod jedoch zu bedeuten, dass der Mörder keine weitere Gefahr mehr darstellte.

Drosten bat um Ruhe, indem er mehrfach an sein Mikro klopfte. »Vermutlich nicht«, sagte er schließlich. »Wenn Sie uns nicht ständig unterbrechen würden, kämen Sie schneller an die gewünschten Informationen.« Er wartete, bis keiner der Medienvertreter mehr unaufgefordert Fragen abfeuerte. »Wir halten das Ganze für ein Ablenkungsmanöver des wahren Täters und können uns sogar vorstellen, dass der

Unbekannte Bartlett zweieinhalb Jahre als Geisel gefangen gehalten hat. In den Videos kommt profundes Wissen über Bartletts Vergangenheit zur Sprache, das der Täter während der Gefangenschaft aus ihm herausgepresst haben könnte. Allerdings halten wir eine andere Variante für wahrscheinlicher: Herr Bartlett hat die Informationen seinem späteren Mörder freiwillig preisgegeben. In diesem Fall waren Bartlett und der Täter befreundet. Daher wenden wir uns mit einer neuen Bitte an die Öffentlichkeit. Wenn Sie wissen, mit wem Herr Bartlett in den Jahren vor dem ersten Mord freundschaftlich verbunden war, melden Sie sich bei uns. Die ausgelobte Belohnung ist nach wie vor gültig. Selbstverständlich behandeln wir Ihre Angaben absolut vertraulich.«

»Wie lautet der Name von Uwe Bartletts Vater?«, wiederholte eine Journalistin ihre Frage.

»Nach der Antwort darauf suchen wir bereits. Leider waren Frau Bartlett und der Vater nicht miteinander verheiratet. Da die Trennung vermutlich schon achtunddreißig Jahre her ist, gestaltet sich die Recherche schwierig.«

»Wie haben Sie den Hinweis auf den Parkplatz entschlüsselt? Durch eine der Frauen, die der Maskierte im Video nennt?«

»Genau so war es. Mit der Person, die in dem Video Bianca genannt wird, stehen wir im Austausch. Zur ebenfalls erwähnten Ann-Kathrin haben wir noch keinen Kontakt. Falls Sie das hier hören, melden Sie sich bitte bei uns. Wir kennen Ihren Geburtsnamen, den wir zum Schutz Ihrer Identität jedoch nicht preisgeben«, sagte Rosenberg. »Seien Sie so gut und kommen auf uns zu.«

Drosten nickte Rosenberg zu. Sie hatten alle wichtigen Punkte angesprochen. Synchron standen die beiden auf und verließen den Raum. Die überrumpelten Journalisten riefen ihnen Fragen hinterher, die jedoch die Tür verschluckte, die sich hinter den beiden schloss.

25

Er fuhr den Laptop herunter, mit dem er sich im Internet noch einmal die Pressekonferenz angesehen hatte. Schon gestern hatte er befürchtet, dass sie ihn durchschaut hatten. Um nicht panisch zu reagieren, hatte er eine Nacht darüber gegrübelt und sich heute auf die Körpersprache der Polizisten konzentriert. Für ihn gab es keinen Zweifel, die Bullen nahmen ihm das Ablenkungsmanöver nicht ab. Schlimmer noch: Obwohl sie zum erwarteten Zeitpunkt auf dem Parkplatz eingetroffen waren, hatten die Bomben keinen von ihnen getötet. Der vorgestrige Tag war leider ein voller Fehlschlag gewesen.

Er starrte aus dem Fenster.

Und jetzt? Welche Alternativen standen ihm zur Verfügung? Er hatte die letzten Jahre mehr genossen als alles zuvor in seinem Leben. Kein Risiko wäre ihm zu hoch, um das alles zu bewahren. Doch am wichtigsten war ihm seine Freiheit. Er könnte die dunklen Triebe in sich vermutlich unterdrücken oder auf andere Weise ausleben. Im Gefängnis zu verschimmeln wäre das Allerschlimmste. Lieber würde er sterben.

Das erste Ablenkungsmanöver hatten ihm die Bullen nicht abgekauft. Vielleicht würden sie auf einen raffinierteren Trick hereinfallen. In seinem Keller versteckte er die Slips, die er seinen Opfern ausgezogen hatte. Erinnerungsstücke, die er notfalls aufgeben könnte. Wenn die Bullen sie im Haus eines ermordeten Mannes fanden, der scheinbar Opfer eines Raubüberfalls wurde und eine Verbindung zu Bartlett hatte, könnten sie den Fall zu den Akten legen.

Allerdings sah er auch die Schwachstellen seines schnell entworfenen Plans. Sie würden keine Spur zu Ariane finden. Aber vielleicht würden ein paar Haare im Keller des Hauses ausreichen. Ebenso wenig würden die Ermittler die Sprachausgabedateien finden, die er für die Videos erstellt hatte. Dieses Problem ließ sich wohl nicht lösen.

»Verdammt viele Lücken!«, flüsterte er frustriert.

In seiner Fantasie sah er ein brennendes Haus vor sich. Feuer zerstörte auf effektive Weise Spuren, und wenn der Rest der Geschichte stimmig war, würden die Bullen hoffentlich Ruhe geben. Leider waren Flammen unkontrollierbar. Was, wenn sie auch die Unterwäsche der Toten auffraßen?

Er traf noch keine Entscheidung, ob er wirklich ein Feuer legen sollte. Nachdenklich ging er in die Küche und nahm eines der Damastmesser aus dem Holzblock. Das Gewicht des Holzgriffs fühlte sich gut an. Der Anblick würde Ariane ängstigen. Er liebte es, seinen Opfern Panik einzujagen. Ihr Blick, der wild zwischen ihm und der Waffe hin und her huschte, amüsierte ihn und steigerte stets seine Vorfreude.

Im Keller entriegelte er das Schloss. Wieder einmal saß sie mit angezogenen Beinen auf dem provisorischen Bett.

»Na, meine Prinzessin«, sagte er mit honigsüßer Stimme.

Sie bemerkte das Messer in der Hand und reagierte wie

ein Reh im Scheinwerferlicht. Er setzte sich zu ihr und fuhr ihr mit seinen Fingern durch die Haare.

»Machen Sie das nicht«, flüsterte sie.

Sie versuchte, den Kopf zurückzuziehen. Ob sie befürchtete, dass er ihr das Messer in den Hals rammte?

»Du willst gar nicht sterben, oder?«

»Nein«, wisperte sie so leise, dass er sie kaum verstand.

»Trotz all der Leiden, die ich dir zufüge. Verwunderlich.«

Tränen liefen ihr die Wangen hinab. Mit einem Ruck riss er ihr ein Büschel Haare aus, die er sich in die Hosentasche steckte.

»Eine kleine Erinnerung an unsere gemeinsame Zeit.«

Vorsichtig fuhr er ihr mit der Messerklinge über die Haut. Zwischen den Brüsten stoppte er.

»Das Messer ist so scharf, ich könnte dir deine Titten amputieren.«

»Nein!«

»Verdient hättest du es. Seit deine Freunde und du in mein Haus eingedrungen seid, ist meine Glückssträhne vorbei. Ihr habt mir das Vergnügen der Jagd und der Erziehung genommen. Dafür muss ich jemanden bestrafen. Mehr, als ich es bisher getan habe.«

Er erhöhte den Druck und ließ die Messerspitze ein kleines Stück hinabgleiten. Ariane zuckte leicht zusammen, dann drang Blut aus der feinen Schnittwunde.

»Ich finde es schade, wie selten wir uns vereint haben. Immer ist etwas dazwischengekommen. Und jetzt? Ich muss mir deinetwegen den Kopf zerbrechen. Langsam nervt es!«

Er drückte die flache Seite des Messers auf ihre Klitoris.

»Bestimmt reicht das für die Spurensicherung. Haare, Blut und Fotzensekret.«

Während das Messer auf ihrem empfindlichen Körperteil verharrte, beugte er sich vor und küsste sie.

»Es gibt vielleicht noch einen Weg, wie wir uns mehr gemeinsame Zeit verschaffen können. Du solltest mir die Daumen drücken. Denn falls das nicht klappt, trittst du bald deinem Schöpfer gegenüber.«

* * *

Er war noch nicht lange losgefahren, als er ein dunkles Auto bemerkte, das ihm im Abstand von rund einhundert Metern folgte. In dem Wagen saßen zwei Personen. Mehr erkannte er aufgrund der Entfernung nicht. Zunächst hielt er es für einen Zufall, doch als er abbog, nahm auch das andere Fahrzeug die Abzweigung.

Verfolgten ihn die Bullen? Das würde seine Pläne zunichtemachen – es sei denn, er könnte sich der Überwachung entziehen.

Seine Gedanken rasten. Hatten die Bullen ihn bei der Pressekonferenz bewusst herausgefordert – und war er dumm genug gewesen, auf ihre Scharade hereinzufallen?

Am liebsten hätte er eine Vollbremsung hingelegt und wäre zurückgefahren. Er wollte die kleine Schlampe töten und danach untertauchen. Doch eine Flucht mit Verfolgern im Nacken war unmöglich.

Er warf einen weiteren Blick in den Spiegel. Der Wagen war verschwunden.

»Das gibt's nicht. Du siehst Schatten an der Wand.«

Er lachte erleichtert. Seine Freude verging allerdings schnell, als er ein silbernes Auto entdeckte, das ihm nun ganz offensichtlich folgte. Auch dieser Wagen verschwand nach einer Weile – und schien von einem weißen Auto abgelöst zu werden.

»Glaubt ihr, mich verarschen zu können?«, schrie er wütend. »Für wie dumm haltet ihr mich?«

Eins stand fest. Er konnte nicht auf direktem Weg zu

seinem Ziel fahren. Wenn die Bullen ihn dabei beschatteten, hätte sich jedes Ablenkungsmanöver erledigt. Er musste sie abschütteln. Um einen unauffälligen Grund für seine bisherige Strecke vorzutäuschen, steuerte er eine No-Name-Tankstelle an. Er tankte den Wagen voll und fuhr dann zurück. Nach einer Weile hing das silberne Fahrzeug hinter ihm.

»Ich bin schlauer als ihr«, zischte er. »Das werdet ihr gleich schon sehen.«

Vor der ersten Explosion hatte er vier Pkw zur Verfügung gehabt. Den SUV hatte er geopfert. Neben dem Wagen, in dem er gerade saß, waren noch zwei im Stadtgebiet verteilt. Er war optimistisch, dass es ihm gelingen könnte, das Fahrzeug unbemerkt zu wechseln. Denn eines der Autos stand in dem riesigen Parkhaus am Medienhafen, mit dem er einen Mietvertrag abgeschlossen hatte.

Er wählte die kürzeste Strecke in die Innenstadt. So sollte es für seine Verfolger aussehen, als habe er den günstigen Benzinpreis ausgenutzt, um anschließend in die Stadt zu fahren. Unterwegs bemerkte er mehrfach, wie sich die drei Autos an ihn hefteten, ihm eine Weile folgten und sich dann zurückfallen ließen.

An der Parkhausschranke nutzte er nicht seinen Dauerparkausweis, sondern zog ein Ticket. Seine Verfolger hielten Abstand. Vermutlich beratschlagten sie sich, wie sie nun vorgehen sollten. Er fuhr in dem langgezogenen Parkhaus bis fast ans Ende und parkte dort auf einer freien Stellfläche. Ohne zu zögern, griff er nach dem Rucksack, in dem die Slips und das Messer steckten, und verließ sein Fahrzeug. Noch war von den Bullen nichts zu sehen. In geduckter Haltung lief er zwischen den anderen Pkw zurück, bis er den Kleinwagen erreichte, den er hier untergestellt hatte. Er stieg ein und setzte sich zur Tarnung die Mütze auf, die er in dem Fahrzeug aufbewahrte.

Außerdem würde er nach der Ausfahrt eine Sonnenbrille aufsetzen.

Nervös näherte er sich der Schranke, die unmittelbar vor einer langen Auffahrt angebracht war. Sollte sich einer der Bullen oben postiert haben und einen Blick in sein Fahrzeug werfen, wäre das Ablenkungsmanöver fehlgeschlagen.

Er senkte das Fenster und führte seinen Dauerparkausweis vor den Sensor. Die Schranke öffnete sich.

»Jetzt zählt's«, flüsterte er.

Er fuhr an. Oben wartete niemand. In normaler Geschwindigkeit ordnete er sich in den fließenden Verkehr ein. Ein triumphierendes Lächeln schlich sich auf seine Lippen.

»Da müsst ihr euch schon mehr anstrengen, um mich zu überrumpeln.«

Er warf einen Blick auf die Uhr. Durch das Ablenkungsmanöver hatte er fast eine Stunde Zeit verloren. Hoffentlich war das die letzte unangenehme Überraschung, die auf ihn wartete.

* * *

Katharina Rosenberg erhielt den Anruf, der sie über den Stand der Verfolgung informierte.

»Seinen Wagen haben wir entdeckt. Er steht am Medienhafen. In dem Bereich, in dem die Besucher des Schokoladenmuseums parken.«

»Aber Sie haben ihn draußen nirgendwo gesehen?«, vergewisserte sich Rosenberg.

»Nein«, antwortete der Polizist.

»Sie sind ja zu sechst. Vier von ihnen suchen die nähere Umgebung ab. Gehen Sie, falls notwendig, ins Sport- und Olympiamuseum, außerdem ins Schokoladenmuseum. Achten Sie dort besonders auf die Gäste im Café. Schauen

Sie sich auch am Rheinufer um. Einen Wagen mit Zweierbesetzung postieren Sie an seinem Pkw. Damit Sie ihm folgen können, falls er wieder losfährt.«

»Alles klar.«

Rosenberg beendete das Telefonat. Sie hatte ein ungutes Gefühl. Hatte der Mann seine Verfolger bemerkt? Oder nutzte er das schöne Wetter bloß für einen Bummel am Rheinufer, vielleicht sogar mit einem Abstecher ins Museumscafé? Sie kontaktierte das Team, das den zweiten Verdächtigen beschattete. »Wie sieht's bei Ihnen aus? Hat die Zielperson das Gelände verlassen?«

»Bisher nicht«, antwortete ihre Kontaktperson. »Hier ist ziemlich viel los. Man merkt, die Ernte startet bald. Sein Wagen steht noch vor dem Haus.«

»Und wenn andere Fahrzeuge das Gelände verlassen ...«

»... überprüfen wir, ob Schaffran darin sitzt.«

»Geben Sie mir Bescheid, wenn Sie etwas Ungewöhnliches wahrnehmen.«

»Mache ich«, sagte der Polizist.

Rosenberg beendete das Telefonat. Wenigstens hatten Sie Schaffran noch nicht aus den Augen verloren. Aber wieso fanden die Kollegen keine Spur von Andrich?

26

Uwe Bartlett hatte ihm viele Dinge über Konstantin Schaffran anvertraut. Die meisten Gespräche über den Gutsbesitzer hatten sie in der Zeit geführt, als Bartlett Andrich noch als Freund bezeichnete. Ein paar Einzelheiten hatte Andrich später herausgefunden. In langen Sitzungen mit seinem Gefangenen, der weder die Welt verstand noch kapierte, was Andrich mit den Informationen anstellen wollte.

Schaffran war ein eingefleischter Single, der sich damit rühmte, lieber Geld in eine Nutte zu investieren als in eine Ehefrau. Er war wohlhabend, ein überzeugter Jäger, engagierte sich in der Kommunalpolitik und delegierte den hauptsächlichen Teil der Arbeit, die auf dem Hof anfiel. Die Finger machte er sich seit vielen Jahren nicht mehr schmutzig. Dafür beschäftigte er osteuropäische Erntehelfer, Studenten, Hausfrauen und andere Aushilfen. In seiner Freizeit spielte Schaffran angeblich online Shooting-Games. Außerdem hatte Bartlett behauptet, dass Schaffran leidenschaftlich gern auf Fußballspiele wettete und ein Händchen dafür besaß, damit sein Vermögen zu vergrößern.

Er fuhr mehrere teure Autos und hatte ein Faible für Luxusuhren entwickelt. Schaffrans Haus wäre für Einbrecher ein lohnenswertes Ziel.

Auf dem Hof herrschte tagsüber ein stetes Kommen und Gehen. Ein Verkaufsstand für Erdbeeren und Spargel sorgte zur Erntezeit für steigende Besucherströme. Aber auch jetzt Anfang April fuhren Leute auf das Grundstück und verließen es erst nach einer Weile.

Wahrscheinlich war es sogar gut gewesen, dass die Überwachungsaktion der Bullen ihn zum Wechsel auf den Kleinwagen gezwungen hatte. Der würde auf dem Hof weniger auffallen. Vom Kennzeichen abgesehen, könnte er einem der Hilfsarbeiter gehören.

Ob die Bullen auch Schaffran überwachten? Für Andrich wäre das nachteilig, doch er konnte es nicht ausschließen. Viele Freundschaften hatte Bartlett nicht gepflegt, und die Bullen schienen in seinen wenigen Freunden den Schlüssel zur Auflösung zu sehen. Oder konzentrierten sich die Ermittlungen bereits auf Andrich?

Er näherte sich dem riesigen Hof. Während der Erntezeit im vergangenen Jahr hatte er hier regelmäßig eingekauft, um sich mit den Gegebenheiten vertraut zu machen. Schaffran in die Rolle des Sündenbocks zu drängen, war seit Langem sein Notfallplan gewesen. Allerdings immer nur als letzte Alternative, bevor er versuchen müsste, in der Flucht sein Heil zu finden.

Am Straßenrand vor dem eingemauerten Grundstück parkten mehrere Autos. Andrich fuhr langsam an ihnen vorbei und blinkte. Aus dem Augenwinkel sah er in mehreren Wagen Leute sitzen. Waren das Bullen, oder hatte das nichts zu bedeuten?

Er rollte durch das offen stehende, breite Tor auf den Hof. Links von ihm waren am Rand des Grundstücks Wohnwagen postiert. Von Bartlett wusste er, dass darin die

Hilfsarbeiter lebten. In der Nähe der Wohnwagenkolonie parkten mehrere Fahrzeuge, die meisten von ihnen mit osteuropäischen Kennzeichen.

Andrich steuerte seinen Wagen dorthin und stellte ihn am Rand des kleinen, unbefestigten Parkplatzes ab. Niemand beachtete ihn. Mit dem Rucksack in der Hand stieg er aus. In seiner Jacke steckte eine Pistole, die er im Darknet erworben und bislang nicht benutzt hatte. Er besaß einen passenden Schalldämpfer für sie. Denn niemand durfte die Schüsse auf dem Hof hören. Er deckte die Mütze, die er seit dem Täuschungsmanöver im Parkhaus trug, zusätzlich mit der Kapuze seiner Jacke ab. Zusammen mit der Sonnenbrille würde die Maskerade hoffentlich ausreichen, damit ihn kein potenzieller Zeuge beschreiben könnte. Falls ihn jemand sah, sollte er sich an eine Gestalt erinnern, die als Einbrecher infrage kam. Aber er durfte den Bullen keine Rückschlüsse auf seine wahre Identität liefern.

Er erreichte das Haus, in dem Schaffran alleine lebte. Bartlett hatte ihn darüber informiert, dass der Großgrundbesitzer trotz seines Vermögens keine Haushaltshilfen beschäftigte. Sie hatten über die Gründe spekuliert. Bartlett glaubte, das hinge mit den Prostituierten zusammen, die er buchte. Eine andere Erklärung war ihm nicht eingefallen. Er hielt es für unwahrscheinlich, dass Schaffran in illegale Geschäfte verstrickt war.

Ein Mann, der über solche Räumlichkeiten verfügte, allein lebte und Sex mit Nutten hatte, erschien Andrich wie ein idealer Verdächtiger. Hoffentlich kamen die Bullen zu demselben Ergebnis.

Er drückte die Klingel. Seine Hand steckte in der Jackentasche und berührte den Pistolengriff. Sobald ihm Schaffran öffnete, würde er ihn mit der Waffe bedrohen, eintreten und die Tür hinter sich schließen. Danach begännen die letzten Minuten in Schaffrans Leben.

Niemand öffnete ihm. Andrich schloss die Augen. War der Mann nicht da? Das hatte er nicht eingeplant. Er drückte erneut die Klingel. Dann ging er einen Schritt rückwärts. Gab es irgendwo die Möglichkeit, durch ein Fenster in das Gebäude einzusteigen, um auf den Hausherrn zu warten?

Plötzlich hörte er Geräusche an der Tür. Jemand drehte den Schlüssel herum. Wieso schloss sich Schaffran um diese Uhrzeit ein?

Der Gutsherr öffnete ihm. Er trug einen Bademantel und darunter nichts als Boxershorts. Andrich bemerkte sofort die leicht vergrößerten Pupillen. Stand Schaffran unter Drogeneinfluss?

»Was wollen Sie?«

Andrich zog die Waffe, die er dicht am Körper hielt. »Hinein ins Warme und mit Ihnen reden.« Um zu verhindern, dass der Landwirt die Tür zuwarf, stellte er den Fuß auf die Schwelle. Mit der amüsierten Reaktion seines Gegenübers hätte er allerdings nicht gerechnet.

»Mit mir reden?«, fragte Schaffran. Er wirkte in keiner Weise verängstigt. »Dann kommen Sie herein.«

War seine Gelassenheit ebenso wie die vergrößerten Pupillen auf Drogenkonsum zurückzuführen?

»Rein!«, zischte Andrich. »Und keine Spielchen.«

»Sie spielen das Spielchen.« Er trat ein paar Meter zurück.

Andrich folgte ihm und warf die Haustür zu.

»Wer sind Sie? Und was wollen Sie?«, fragte Schaffran.

»Gehen Sie ins Wohnzimmer.«

»Sie wollen es sich bequem machen? Meinetwegen.« Schaffran ging voran und führte Andrich in den großen Raum.

»Hinsetzen!«

Der Landwirt folgte dem Befehl. Fiel endlich ein Teil seiner Gelassenheit von ihm ab?

»Was wollen Sie?«, wiederholte er.

»Sie über das Ableben eines gemeinsamen Freundes informieren.«

»Wir haben gemeinsame Freunde? Das würde mich wundern.«

»Ich gebe zu, Sie haben ihn seit über zweieinhalb Jahren nicht mehr zu Gesicht bekommen. Davor waren Sie jedoch gut befreundet.«

Schaffran runzelte die Stirn. »Uwe! Was ist mit ihm?«

»Ich habe ihn bis vor Kurzem in meinem Kellerraum gehegt und gepflegt. Wir haben uns oft über Sie unterhalten. Er mochte Sie. Leider hat sich kürzlich ein Zwischenfall ergeben, der ihn in Einzelteile zerfetzt hat. Sehr bedauerlich.«

»Die Explosion. Sie sind der Mann, den die Polizei sucht. Der Mörder dieser Mädchen.«

»Nein! Das sind Sie!«

»Was reden Sie für ein dummes Zeug?«

»In meinem Rucksack habe ich Unterwäsche der verschwundenen Frauen. Außerdem ein Messer, an dem sich DNA-Spuren von Ariane sicherstellen lassen. Wenn die Bullen bei Ihnen wegen des schiefgelaufenen Raubüberfalls ermitteln, stoßen sie darauf und schließen den Fall endlich ab.«

»Sie sind so unfassbar dumm! Ihnen ist nicht mal die kleine Videokamera oberhalb der Haustür aufgefallen? Das Bildmaterial landet automatisch in der Cloud. Die Polizei wird Sie innerhalb weniger Stunden verhaften.«

Andrich versuchte, sich seinen Schock nicht anmerken zu lassen. Konnte das wahr sein? Oder bluffte Schaffran?

»An Ihrer Stelle würde ich das Weite suchen«, fuhr der Landwirt fort.

»Vielleicht stimmt es, vielleicht auch nicht. Aber Ihre Haut retten Sie dadurch nicht.«

Für einen Sekundenbruchteil schaute Schaffran an ihm vorbei zur Tür. Sein Blick verriet ihn, obwohl er versuchte, sich sofort wieder auf sein Gegenüber zu konzentrieren.

Alarmiert blickte Andrich über die Schulter. Von hinten stürmte ein breitschultriger Mann, der nur ein T-Shirt und eine Unterhose trug, auf ihn zu. Andrich drehte sich um und nahm ihn ins Visier.

»Nein!«, schrie Schaffran. »Eric!«

Andrich schoss. Der Neuankömmling schmiss sich zu Boden und krabbelte zu einem Esstisch. Hinter sich hörte Andrich ein Poltern. Schaffran war hinter der Couch in Deckung gegangen. Andrich feuerte auch auf ihn. Es hatte alles keinen Sinn mehr. Für einen Augenblick spielte er mit dem Gedanken, sich die Pistole unters Kinn zu halten und abzudrücken. Der Moment verflog. Noch hatte er nicht alles verloren. Er musste rechtzeitig nach Hause kommen, Ariane töten, ihre Leiche verschwinden lassen und dann untertauchen. Aber blieb ihm dafür genug Zeit? Oder würden ihm die beiden Männer einen Strich durch die Rechnung machen? Oder die Bullen, die ihn beschatteten? Je länger er darüber nachdachte, desto geringer wurden seine Chancen.

Andrich rannte los.

* * *

»Was machen wir jetzt?«, fragte Eric Purtscher schockiert.

»Auf den Typen sind einhunderttausend Euro Belohnung ausgesetzt«, sagte Schaffran. Die angenehme Wirkung des Cannabis war verflogen, und er war wieder imstande, einen klaren Gedanken zu fassen.

»Du willst nicht ernsthaft die Bullen rufen? Hast du den Jungen auf unserer Spielwiese vergessen?«

»Wie konnte ich den vergessen? Scheiße!«

»Du hättest nicht aufmachen dürfen.«

»Der Typ sah aus wie ein Junkie, der ins Haus einsteigen will. Und dann hätte die Scheiße richtig gedampft. Wer konnte denn mit so etwas rechnen? Fuck!«

»Und jetzt?«

»Du musst Rafael loswerden. Fahr ihn zu irgendeiner Brücke, wo dich niemand sieht, steck ihm ein paar Hunderter in die Tasche, und dann kommst du zurück.«

»Der steht noch voll unter Drogen«, wandte Purtscher ein. »Nicht, dass der zugedröhnt auf die Straße wankt.«

»Hoffen wir einfach das Beste. Zum Glück hatten wir nicht mal mit dem Vorspiel angefangen. Sie werden unser Sperma nicht an ihm finden. Kümmerst du dich drum, oder muss ich das selbst machen?«

»Nein«, brummte Purtscher. »Ich kümmere mich um das Problem. Aber du könntest wenigstens zugeben, dass es dumm war, dem Kerl aufzumachen.«

Purtscher verließ den Raum. Schaffran schaute ihm hinterher. Falls ihre geheime Leidenschaft aufflog, drohte ihm ein Skandal, der sein ganzes Geschäft ruinieren könnte. Seit Jahren verheimlichten sie ihre homosexuelle Beziehung, aber vor allem ihre gemeinsame Vorliebe für junge Männer, die sie mit K.-o.-Tropfen gefügig machten. Würde das nun auffliegen?

»Verdammte Scheiße!«, brüllte Schaffran. Seine Gedanken rasten. Allmählich verstand er die gesamte Tragweite dessen, was ihm der Mann offenbart hatte. Uwe Bartlett war tot. Der Mörder hatte zugegeben, dass er geplant hatte, Schaffran die Morde anzuhängen. Konnte er ihn damit einfach davonkommen lassen?

»Schließt du mir den Zugang zur Garage auf?«, rief Purtscher.

Langsam ging Schaffran in die Diele. Sein Geliebter

stützte den zugedröhnten Junkie, den er am frühen Morgen in der Nähe des Hauptbahnhofs aufgegabelt und hierhergebracht hatte. Das Versprechen, sich ein bisschen Geld für den nächsten Schuss zu verdienen, hatte ihm ausgereicht, um Purtscher zu vertrauen. Ihre Masche funktionierte, denn sie belohnten ihre Gespielen großzügig. Dass die Männer dafür stundenlang wie weggetreten waren und gar nicht mitbekamen, was Purtscher und Schaffran mit ihnen anstellten, war der Preis, den sie bezahlten. Niemand von ihnen sah hinterher einen Grund, zur Polizei zu gehen.

»Sobald du mit Rafael unterwegs bist, rufe ich die Bullen.«

Purtscher sah ihn verständnislos an. »Wieso denn das?«

»Ich war mit Uwe befreundet. Und dieser Wichser wollte mir die Mordserie in die Schuhe schieben. Außerdem kann uns nichts passieren. Ich räume das Zimmer auf. Die Bullen lasse ich nur ins Wohnzimmer, nirgendwo anders hin.«

»Gib mir mindestens zehn Minuten. Wer weiß, wie schnell die hier sind.«

Schaffran nickte zustimmend. Er ging zur Tür, die das Haus mit einem überdachten Durchgang verband, der von außen nicht einsehbar in die Garage führte. Kaum hatte Purtscher den Gang betreten, schloss Schaffran die Tür.

Wo hatte er die Visitenkarten der Polizisten hingelegt?

27

Markus Andrich raste vom Grundstück. Mit durchdrehenden Reifen bog er nach links auf die Hauptverkehrsstraße. Diesmal bemerkte er den Blick eines Mannes, der hinter dem Steuer eines parkenden Autos saß. War das ein Bulle, der ihm jetzt nachsetzen würde? Andrich schaute in den Rückspiegel. Niemand folgte ihm.

»Was war das eben?«, fragte er sich halblaut.

Schaffran hatte anfangs benebelt gewirkt – wie unter Drogeneinfluss. Er und der andere Kerl waren bloß leicht bekleidet gewesen. Hatte er sie beim Liebesspiel unterbrochen? Dass Schaffran homosexuell sein könnte, hatte Bartlett nie erwähnt. Hatte er es nicht gewusst oder ihm verschwiegen?

Er blickte auf die Uhr. In weniger als zehn Minuten wäre er zu Hause. Dort musste er Entscheidungen treffen. Sollte er Ariane töten, ihre Leiche idealerweise aus dem Keller schaffen und alle Spuren beseitigen?

Es gab mehrere Probleme, die es zu lösen galt. Hatten die Bullen ein Überwachungsteam an seinem Haus postiert? Oder waren ihm die verfügbaren Kräfte in die Innenstadt gefolgt, wo sie ihn nun verzweifelt suchten? Im ersten Fall dürfte er nicht nach Hause zurückkehren, im zweiten blieb ihm vielleicht sogar genügend Zeit aufzuräumen. Er dachte an die Gipsbüsten in seinem Atelier. Könnte es der Spurensicherung gelingen, sie mit den Opfern in Verbindung zu bringen? Außerdem waren das nicht die einzigen Erinnerungsstücke, die er zu Hause aufbewahrte. Von Ariane ganz zu schweigen.

Fast noch schwerwiegender wog der Ausgang der Konfrontation mit Schaffran. Würde der Mann die Bullen alarmieren und ihnen genug Anhaltspunkte zu seiner Identifizierung liefern? Vielleicht sogar mit dem Videomaterial seiner versteckt angebrachten Kamera?

Er könnte es innerhalb von acht Minuten nach Hause schaffen. Und dann? An einer roten Ampel klopfte er sich mit den Fingerknöcheln an die Schläfen. »Denk nach!«

* * *

»Hier spricht Konstantin Schaffran«, stellte sich der Anrufer vor. »Erinnern Sie sich an mich?«

»Natürlich«, bestätigte Sommer. »Wie kann ich Ihnen helfen?«

»Mir ist gerade etwas sehr Seltsames passiert.«

Für einen Moment glaubte Sommer, der Gutsbesitzer wollte sich über die Observierung seines Geländes beschweren.

»Ein Mann, den ich nicht kenne, stand vor meiner Tür«, fuhr Schaffran fort. »Mit einer Pistole in der Hand. Er zwang mich ins Wohnzimmer und bedrohte mich. Sprach davon, dass wir einen gemeinsamen Freund hätten, den es leider in Stücke zerlegt habe. Uwe Bartlett. Der Kerl machte klare Andeutungen, dass er mich töten und mir die Mordserie in die Schuhe schieben will. Um ihn zu verunsichern und Zeit zu gewinnen, erwähnte ich eine versteckte Kamera, die an meiner Haustür hängt und ihn gefilmt hätte.«

»Haben Sie eine solche Kamera?«

»Ja. In der Zwischenzeit stieß wie erhofft mein Vorarbeiter Eric Purtscher zu uns. Sie haben ihn bei Ihrem Besuch getroffen.«

»Ich erinnere mich. Was passierte dann?«

»Der Kerl schoss erst auf Purtscher, danach auf mich. Zum Glück konnten wir in Deckung gehen. Er hat uns beide verfehlt. Anschließend ist er geflüchtet und hat nicht weiter versucht, uns zu töten. Er ist in Panik geraten.«

»Wie lange ist das jetzt her?«

»Ungefähr fünf, maximal zehn Minuten.«

»Warum haben Sie so lange mit dem Anruf gewartet?«

Schaffran zögerte mit der Antwort. »Entschuldigung. Ich habe einfach Ihre Visitenkarte nicht mehr gefunden. Sie lag im Altpapier.«

»Ich schicke Ihnen jemand vorbei. Zeigen Sie ihm bitte das Videomaterial. Der Kollege wird in zwei Minuten vor Ort sein.«

»Was?«, entfuhr es Schaffran. »Wieso so schnell?« Er klang schockiert.

»Wir haben derzeit jemanden an Ihrem Grundstück postiert, der Sie beschattet, weil wir Sie als verdächtig einstufen«, bekannte Sommer.

»Scheiße«, murmelte Schaffran.

»Haben Sie mir etwas mitzuteilen?«

»Nein. Ich erwarte Ihre Kollegen.« Er beendete das Gespräch ohne Verabschiedung.

Was bedeutete Schaffrans Reaktion? In ihren Unterlagen suchte Sommer nach der Telefonnummer des Überwachungsteams, die vor dem Gutsgelände Stellung bezogen hatte. Der Polizist meldete sich nach wenigen Sekunden Freizeichen.

»Ist bei Ihnen in den letzten Minuten etwas Ungewöhnliches passiert?«, fragte Sommer. »Hat jemand fluchtartig das Grundstück verlassen?«

»Nicht unbedingt fluchtartig«, erwiderte der Polizist. »Aber ein Auto ist ziemlich rasant auf die Straße abgebogen. Das ist noch keine zehn Minuten her. Wieso?«

Sommer fasste Schaffrans Informationen kurz zusammen und gab dem Zweierteam den Befehl, sich schon einmal in dem Haus umzusehen. »Ich schicke Ihnen Kollegen der Spurensicherung zur Verstärkung. Lassen Sie sich vorab das Überwachungsvideo zeigen und senden uns ein Foto von dem Täter. Idealerweise eine Aufnahme des Gesichts. Aber seien Sie auf der Hut. Schaffran hat mir am Telefon wichtige Details verschwiegen. Dass so schnell nach seinem Anruf Polizisten bei ihm vor Ort sein werden, hat ihn unangenehm überrascht. Ich will wissen, warum.«

»Wir kümmern uns darum.«

Sommer legte das Handy zurück auf den Schreibtisch. Wenn Schaffran als Verdächtiger ausschied, blieb ihnen nur Markus Andrich, dessen Spur sie nach seiner Fahrt in die Innenstadt verloren hatten. Hatte der Mann seine Verfolger bewusst im Parkhaus ausgetrickst, um sich Spielraum zu verschaffen?

Rosenberg und Drosten betraten den Besprechungsraum. Sie hielten gefüllte Kaffeetassen in der Hand.

»Wie schnell können wir jemanden zu Andrich schicken?«, fragte Sommer.

Sein Tonfall weckte Rosenbergs Interesse. »Ich schätze, ein Team wäre in weniger als zehn Minuten vor Ort.«

»Veranlassen Sie das! Rasch! Ich sage Ihnen anschließend warum. Außerdem erwarte ich noch ein wichtiges

Foto. Wenn es zeigt, was ich erhoffe, hätten wir einen Grund, Andrichs Haus zu betreten.«

* * *

Ariane malte sich wie so oft in den letzten Tagen ihr Leben nach der Gefangenschaft aus. Ihr Vergewaltiger hatte ihr schlimme Schmerzen zugefügt. Und sie befürchtete, er war noch nicht am Ende seines Repertoires angelangt. Doch die Schmerzen waren nichts im Vergleich zu der Todesangst, in der sie permanent schwebte. Sie wollte weiterleben – egal, mit welchen traumatischen Erlebnissen sie klarkommen müsste. Hauptsache, sie lebte!

Nicht zum ersten Mal schwor sie sich, ihr Leben in den Griff zu bekommen. Sie würde ihre Tage nicht weiter damit verschwenden, indem sie morgens ohne Ziel aufstand.

»Lieber Gott«, flüsterte sie. »Wenn du mich das hier überleben lässt, zeige ich mich dankbar. Ich werde alles tun, um meine Talente vernünftig einzusetzen. Nicht bloß, um Geld zusammenzubetteln.«

Ob ihr schauspielerisches Können ausreichte, um an einer Schauspielschule angenommen zu werden? Sie würde es zumindest probieren.

* * *

In weniger als zwei Minuten wäre er zu Hause. Doch mit jedem Meter, den er sich seinem Zufluchtsort näherte, wuchs in Andrich die Gewissheit, dort den Bullen zu begegnen. Oder hatte er Glück und ihm bliebe genug Zeit, um Ariane zu töten, seine Sachen zu packen und einfach zu verschwinden?

In seinen Gedanken tauchten all die Dinge auf, die ihn mit den Morden in Verbindung brachten. Es war unmöglich, Ariane zu ermorden, ihren Leichnam wegzuschaffen und die Spuren rückstandslos zu beseitigen. Er musste der Realität ins Auge sehen.

Andrich bremste scharf ab und bog in eine kleine Seitenstraße. Er parkte den Wagen, um in Ruhe nachzudenken. Er brauchte einen Ort, an dem er zumindest die Nacht verbringen und sich für die Flucht ausstatten konnte. Ganz oben auf der Liste stand ein Fahrzeug. Außerdem Wechselkleidung, Geld, Nahrung, Kreditkarten mit den entsprechenden PIN-Nummern. Zudem reizte ihn die Aussicht, eine offene Rechnung zu begleichen.

Andrich traf eine Entscheidung.

»Leb wohl, meine süße Braut«, verabschiedete er sich gedanklich von seiner Gefangenen. »Vielleicht begegnen wir uns eines Tages wieder.«

Er wendete auf der Straße. Als er in die entgegengesetzte Richtung fuhr, bemerkte er ein Zivilfahrzeug, das mit mobilem Blaulicht, aber ohne Sirene die Hauptstraße entlangfuhr.

Andrich lächelte. Vorläufig hatte er die richtige Entscheidung getroffen.

* * *

»Wir haben ihn!«, stieß Sommer triumphierend aus.

Er hatte ein mit dem Handy abfotografiertes Standbild der Überwachungskamera erhalten. Trotz Mütze, Kapuze und Sonnenbrille erkannte Sommer Markus Andrich. Sommer zeigte Rosenberg und Drosten die Aufnahme. Sie stimmten ihm zu.

»Wir müssen die Kollegen, die auf dem Weg zu ihm sind, vorwarnen«, sagte Rosenberg. »Nicht, dass er bewaffneten Widerstand leistet.«

»Sollen sie vor dem Haus warten?«, schlug Drosten vor.

Sommer schüttelte entschieden mit dem Kopf. »Vielleicht kämpft Ariane gerade um ihr Leben.« Er zog seine Jacke vom Stuhl. »Fahren wir los! Hier verschwenden wir nur unsere Zeit. Geben wir unterwegs den Kollegen Rückmeldung. Wenn sie irgendwie ins Haus gelangen, sollen sie nicht auf uns warten.«

»Ich setze die Kollegen nicht der Gefahr aus, zu zweit dem Mörder gegenüberzutreten«, widersprach Rosenberg.

Sommer stöhnte. »Dann müssen wir uns umso mehr beeilen. Verena, Weimar und Schult sollen aber in der Nähe seines Autos im Parkhaus bleiben. Vielleicht versucht er erneut, den Wagen auszutauschen.«

* * *

Vor der Zufahrt zu Andrichs Garage stand ein Fahrzeug, das teilweise den Bürgersteig blockierte. Zwei Polizisten warteten dort auf sie.

»Wir haben uns umgesehen. Entweder müssen wir die Haustür von einem Schlüsseldienst aufbrechen lassen oder es über die Terrasse versuchen. Die Glastür hält wohl nicht lange stand.«

»Ich übernehme das«, sagte Sommer.

Er rannte um das Haus, zog dabei seine Lederjacke aus und schlang sie sich um den linken Arm. An der Terrassentür überprüfte er den Zugang nach möglichen Sprengfallen.

»Willst du das wirklich riskieren?«, rief Drosten, der ihm gefolgt war.

»Wir haben eh schon so viel Zeit verloren. Bleib in Deckung.«

Sommer stellte sich mit dem Rücken zur Tür und holte mit dem Ellenbogen aus. Beim ersten Schlag vibrierte das Glas, beim zweiten zerbarst es.

Er zog seine Waffe und schlug damit die Glasreste aus dem Rahmen. Zusammen mit Drosten stieg er ins Wohnzimmer.

»Wenn Ariane hier ist, dürfte sie im Keller sein«, sagte Drosten.

»Mach du den anderen die Tür auf«, schlug Sommer vor. »Ich gehe runter.«

Gemeinsam betraten sie die Diele. Sommer schaltete das Licht ein und ging voran. Drosten öffnete Rosenberg die Haustür. Die gab den beiden anderen Polizisten die Anweisung, die Straße zu sichern.

Sommer erreichte den Keller. Er stieß die Durchgangstür auf. Für einen kurzen Moment überkam ihn die Erinnerung, wie er vor vielen Jahren andere Gefangene gerettet hatte. Die Geschwister Carla und Simon. Er schüttelte die Gedanken ab und orientierte sich. Zwei der Kellertüren waren geschlossen, die anderen standen offen. In einem Schloss steckte von außen ein Schlüssel. Sommer ging zur Tür und rüttelte daran. Sie war verschlossen.

»Hallo?«, rief er. »Ariane?«

»Oh mein Gott!«, ertönte es gedämpft. »Ja! Ich bin hier drinnen.«

»Ich bin Hauptkommissar Lukas Sommer. Befindet sich auf Ihrer Seite eine Falle, oder können wir hinein?«

»Sie können rein. Schnell! Bitte!«

Sommer drehte den Schlüssel um und öffnete die Tür. Auf einer aus Europaletten zusammengebauten Liege lag die vermisste Frau. Sie hatte die Beine angewinkelt, um ihre Nacktheit zu verbergen. Ihre Hände waren mit langen Ketten an ein Regal gefesselt.

»Oh mein Gott!« Ariane schluchzte vor Erleichterung.

28

Markus Andrich wartete seit einer Weile in der Nähe von Hallers Haus. Sein Wagen stand am Straßenrand, eingeparkt zwischen zwei anderen Fahrzeugen. Ein zufällig vorbeifahrender Streifenwagen würden sein Kennzeichen nicht sofort überprüfen können. Die Besatzung müsste aussteigen, um es sich anzusehen. Ihre Neugier würden sie mit dem Tod bezahlen.

Auf der Homepage des Bogensportvereins hatte er schon vor Tagen von der anstehenden Mitgliederversammlung erfahren und mehrfach überprüft, ob sie nicht kurzfristig abgesagt wurde. Ein für den Verein so wichtiges Mitglied wie die Journalistin würde aus Pflichtgefühl daran teilnehmen. Es war halb fünf, Haller und ihr Lebensgefährte müssten also bald aufbrechen.

Ein paar Minuten später sah er einen Wagen von Hallers Grundstück fahren. Er senkte den Blick. Aus dem Augenwinkel bemerkte er den Personenschützer hinterm Steuer, Haller saß auf dem Beifahrersitz. Wie erwartet, kamen sie gemeinsam der lästigen Vereinspflicht nach. Nun stand der Realisierung seines Plans nichts mehr im Wege.

Nach einer Viertelstunde war Andrich sicher, dass die beiden vorläufig nicht zurückkehren würden, weil sie etwas vergessen hatten. Er stieg aus und ging auf das Haus zu. Die Pistole steckte in seiner Jackentasche. Er hatte zwei Patronen sinnlos verschwendet. Ihm blieben noch acht – was für sein Vorhaben genügen sollte.

In der Nähe von Hallers Haustür sah er sich in aller Ruhe um. Offenbar hatte Haller eine Alarmanlage. Sowohl an der Vorderseite als auch an der Rückseite hingen Rotlichtleuchten. Außerdem sprang ein Bewegungsmelder an, als er sich dem Grundstück näherte. Bestimmt hatte der Personenschützer das Haus gut gesichert. Doch gegen das, was Andrich plante, existierte kein Schutz. Bei Leuten wie Haller würde die Mitmenschlichkeit ihr Misstrauen immer schlagen, davon war Andrich überzeugt.

Er wechselte die Straßenseite und ging auf das Haus der Nachbarn zu. Bei seinen Erkundigungen in den letzten Tagen hatte er das Rentnerehepaar öfter zusammen gesehen. Einmal waren sie sogar mit Haller und Trapp ins Gespräch vertieft gewesen. Dabei hatten sie gelacht und sich offensichtlich gut verstanden. Andrich klingelte an der Haustür. Sekunden später öffnete ihm der grauhaarige, noch recht fit wirkende Rentner.

»Guten Tag«, sagte Andrich. »Herr Schlitter?«

»Was wünschen Sie?«

Andrich zog die Pistole. Entsetzt starrte der Mann die Waffe an.

»Sie müssen sich nicht fürchten, solange Sie keine Dummheiten begehen. Erst einmal gehen wir ins Haus. Los jetzt!«

Andrich trat vor, Schlitter machte automatisch einen Schritt zurück.

»Wo ist Ihre Ehefrau?«

»In der Küche«, antwortete der Mann mit bebender Stimme.

»Dann gehen wir dorthin. Sie betrifft das schließlich auch.« Andrich lächelte. »Reden wir in Ruhe darüber, wie Sie das hier gemeinsam überleben können, um weiter Ihre Rente zu genießen.«

* * *

Obwohl die Mitgliederversammlung schon um siebzehn Uhr begonnen hatte, war sie um halb acht noch immer nicht vorbei. Eva Haller schaute verstohlen zum Handy. Seit sie vor ein paar Stunden die Nachricht erhalten hatte, dass Ariane wohlauf war, wartete sie auf weitere Neuigkeiten. Zum Beispiel auf die Verhaftung des Mörders. Doch die Nachrichtenportale meldeten nichts dergleichen, und Drosten hatte ihr auch kein neues Update geschickt.

»Kommen wir endlich zum Punkt *Verschiedenes* auf der Tagesordnung«, sagte der Vereinsvorsitzende. Nach der langen und kontrovers geführten Diskussion über die finanzielle Situation des Vereins klang er müde.

Haller warf Trapp einen Blick zu. Der lächelte ihr aufmunternd zu. Bald hätten sie es geschafft.

* * *

Die Soko besprach die vorliegenden Ergebnisse. An Andrichs Schuld gab es keine Zweifel. Ariane hatte ausführlich von ihrem Martyrium berichtet. Auf Sommer machte sie einen gefestigten Eindruck. Vorläufig lag sie zur Beobachtung im Krankenhaus, wo sie mindestens zwei Nächte bleiben und rund um die Uhr bewacht werden würde. Vielleicht sogar länger. Dort bekäme sie auch psychologische Hilfe, um die Geschehnisse bestmöglich zu verarbeiten.

Neben der Zeugenaussage gab es zahlreiche Fundstücke, die Andrich seinen Opfern abgenommen oder von ihnen angefertigt hatte. Unter anderem Gipsbüsten, Haarsträhnen und Kleidung. Offenbar hatte er die Gefangenen in Bartletts Haus festgehalten und missbraucht, die Erinnerungsstücke jedoch ins eigene Haus mitgenommen. Wollte er sich seinen Opfern jederzeit nah fühlen, auch wenn er sie Stunden oder vielleicht sogar Tage allein zurückließ? In der Garage hatten sie zwei Schaufeln mit Lehmrückständen sichergestellt. Sie vermuteten, dass Andrich die Leichen irgendwo vergraben hatte. Da in seinem kleinen Garten jedoch nichts darauf hinwies, dass er dort gegraben hatte, mussten sie auf seine Kooperation hoffen, um die Toten schnellstmöglich zu finden.

Die Fahndung nach ihm lief bundesweit, und besonders die Bundespolizei sollte an Bahnhöfen und Grenzübergängen nach ihm Ausschau halten. Doch in dem Ballungsgebiet von Köln könnte er vermutlich tagelang untertauchen.

Die Spurensicherung konzentrierte sich momentan auf die Auswertung der sichergestellten Computer und Tablets. Alle waren passwortgeschützt. Aber die Spezialisten waren optimistisch, bald auf die Geräte zugreifen zu können. Die Ortung seines Handys hatte nichts erbracht. Er hatte das Smartphone entweder weggeschmissen oder den Akku entfernt.

»Ich kann nicht einfach stillsitzen und abwarten«, brummte Sommer. »Er hatte zwei Ausweichpläne. Bartlett als Mörder präsentieren, der sich dann selbst richtet. Dafür hat er ihn mehrere Jahre am Leben gehalten. Da das nicht funktionierte, wollte er Schaffran zum Sündenbock abstempeln.«

»Was machen wir überhaupt mit Schaffran?«, fragte

Kraft. »Dass er uns nicht die ganze Wahrheit erzählt, ist offensichtlich.«

Sie hatten den Gutsbesitzer am Nachmittag ausgiebig befragt. Über seine Gründe für die panische Reaktion am Telefon hatte er Stillschweigen bewahrt und behauptet, Sommer würde sich das einbilden. Er sei lediglich überrascht gewesen.

»Den nehmen wir uns noch vor«, versprach Rosenberg. »Allerdings hat das Zeit, bis wir Andrich festgenommen haben.«

»Zurück zu Andrich«, schlug Sommer vor. »Irgendeine Idee, wie sein dritter Notfallplan aussehen könnte?«

* * *

»Wenn du nichts dagegen hast, rufe ich Drosten an«, sagte Eva Haller, als sie im Auto saßen.

»Selbst wenn ich etwas dagegen hätte, würdest du es trotzdem tun.« Stefan Trapp zwinkerte ihr zu.

Haller seufzte theatralisch. »Was du mir immer unterstellst.«

Sie öffnete ihre Handy-Kontaktliste und suchte Drostens Nummer heraus. Der Hauptkommissar meldete sich innerhalb weniger Sekunden.

»Leider noch keine Neuigkeiten, Frau Haller. Markus Andrich ist auf der Flucht.«

»Und Ariane? Geht es ihr besser? In welchem Krankenhaus liegt sie? Wann darf ich sie besuchen?«

Aus dem Augenwinkel sah sie Trapp wegen ihrer stakkatoartig vorgetragenen Fragen lächeln. Drosten nannte ihr unterdessen das Krankenhaus.

»Lassen Sie uns wegen eines Besuchs morgen früh noch einmal telefonieren«, schlug er vor. »Sie wird von uns beschützt, und derzeit haben neben dem Krankenhauspersonal nur Polizisten Besuchsrecht. Wir müssten Sie auf eine Liste setzen und die Verantwortlichen informieren. Das bekomme ich frühestens morgen organisiert. Vielleicht sogar erst übermorgen.«

»Mir wäre das sehr wichtig«, sagte Haller. »Ein vertrautes Gesicht würde der Armen guttun.«

»Reden wir morgen weiter. Gute Nacht, Frau Haller.«

»Gute Nacht.« Unzufrieden beendete sie das Gespräch.

»Hat er dich gebeten, vorsichtig zu sein?«, fragte Trapp.

Überrascht wandte sie ihm den Kopf zu. »Mit keiner Silbe. Wieso?«

An einer roten Ampel klopfte Trapp aufs Lenkrad. »Dieser Andrich hat es schon einmal auf uns abgesehen. Solange er auf der Flucht ist, fühle ich mich unwohl.«

»Wenn wir in Gefahr schweben würden, hätte uns die Soko Schutz angeboten.«

Trapp brummte lediglich. Die Ampel sprang um. Ohne ihr zu widersprechen, fuhr er los.

* * *

Andrich schaute zum wiederholten Male auf die Uhr. Wie lange dauerte bloß die verfluchte Mitgliederversammlung? Er hatte damit gerechnet, dass Haller und Trapp gegen sieben oder allerspätestens halb acht nach Hause zurückkehren würden. Nun war es fast Viertel nach acht. Ob sie danach noch mit Sportkameraden zusammenstanden und plauderten? Das würde ihre lange Abwesenheit erklären.

Er hatte Viktoria Schlitter an einen Stuhl gefesselt. Ihr Ehemann Kurt saß in seiner Nähe. Auf ihn käme es gleich an. Er musste die Journalistin und ihren Partner ins Haus der Nachbarn locken – unter dem Vorwand, dass Viktoria zusammengebrochen sei.

»Wenn Sie nachher nicht überzeugend sind, töte ich als Erstes Ihre Ehefrau mit einem Kopfschuss.«

»Wir haben drei Enkelkinder«, jammerte Schlitter. »Die wollen wir wiedersehen. Tun Sie uns das nicht an.«

»Das liegt in Ihrer Hand.« Erneut schaute Andrich auf seine Uhr.

* * *

Seit ihnen die Techniker vor wenigen Minuten Zugriff auf Andrichs Computer verschafft hatten, war die Betriebsamkeit in dem Besprechungsraum trotz der späten Stunde enorm gestiegen. Sommer saß vor seinem PC und überprüfte die gelöschten, aber wiederhergestellten Browserverläufe der letzten Tage.

An einer Stelle hielt er inne. Wieso hatte Andrich die Homepage des Bogensportvereins aufgerufen, in dem Haller und Trapp aktiv waren? Und zwar nicht nur einmal, sondern mehrfach?

Sommer klickte die Seite des Vereins an. Ihm fiel sofort die Ankündigung der heutigen Mitgliederversammlung ins Auge. Andrich hatte bei seinen Besuchen immer bloß die Startseite aufgerufen.

»Robert, weißt du, ob Haller und Trapp bei einer Mitgliederversammlung ihres Vereins sind?«

»Ja«, bestätigte Drosten. »Sie hat heute Nachmittag erwähnt, dass sie daran teilnehmen.«

»Und als du sie gerade gesprochen hast?«

Drosten schaute ihn fragend an. »Was meinst du?«

»Waren sie noch dort, schon wieder zu Hause oder unterwegs?«

»Es klang, als säßen sie im Auto.«

»Andrich hat sich mehrfach die Homepage des Bogensportvereins angesehen«, erklärte Sommer. »Ich frage mich, warum. Er will wohl kaum Mitglied werden. Außerdem ist er immer auf der Startseite hängengeblieben.« Er präsentierte Drosten die entsprechende Seite. »Andrich hat einen Alternativplan. Ich fürchte, der hat etwas mit Haller zu tun. Ruf sie an!«

Drosten griff sofort zum Telefon und wählte die Nummer der Journalistin. Er reichte Sommer das Handy.

»Gibt's noch Neuigkeiten?«, meldete sich Haller.

»Hier spricht Lukas Sommer. Wo sind Sie derzeit?«

»Auf dem Weg nach Hause. Wir sind in zwei Minuten da.«

»Halten Sie bitte sofort an!«

Sommer vernahm, wie Haller mit Trapp sprach.

»Ich gebe Ihnen Stefan«, sagte die Journalistin.

»Fürchten Sie, dass wir in Gefahr schweben?«, fragte Trapp. »Derselbe Gedanke ist mir nämlich gerade auch durch den Kopf gegangen.«

»Wir haben Zugriff auf Andrichs Computer. Er hat sich in den letzten Tagen mehrfach die Homepage Ihres Bogensportvereins angesehen. Dort war die Mitgliederversammlung angekündigt.«

»Also wusste er, dass wir mehrere Stunden außer Haus sein würden«, folgerte Trapp. »Allerdings ist es fast unmöglich, unbemerkt in unser Haus einzubrechen. Wir haben es gut geschützt.«

»*Fast* unmöglich oder *tatsächlich* unmöglich?«, hakte Sommer nach.

»Meine Erfahrung lehrt mich, dass ein zu allem entschlossener Mensch jedes Hindernis überwinden kann.«

»Falls wir recht haben und er bei Ihnen auf Sie lauert, wäre das die perfekte Gelegenheit, ihn festzunehmen«, sagte Sommer. »Vorausgesetzt, es gelingt uns, ihn zu überraschen.«

»Sie klingen, als hätten Sie einen Plan.«

»Habe ich«, bestätigte Sommer. »Sagen Sie mir Ihren genauen Standort und bleiben bitte dort. Ich bin mit ein paar Kollegen so schnell wie möglich bei Ihnen, dann reden wir in Ruhe.«

29

Sie beratschlagten sich im Präsidium nur kurz, um keine weitere Zeit zu verlieren. Sommer würde zusammen mit Kraft und Rosenberg zu der Journalistin und dem Leibwächter fahren. Er ließ sich Drostens Dienstwaffe aushändigen, die er Trapp geben wollte, falls der keine eigene dabeihatte. Das verstieß zwar gegen die Regeln, dennoch gab ihm Drosten sein Okay, auch wenn die Kölner Bedenken deswegen hatten.

So schnell es ohne Blaulicht möglich war, rasten sie zum vereinbarten Treffpunkt. Dort angekommen sahen sie Trapp am Auto stehen. Der Personenschützer wirkte trotz der Situation entspannt und begrüßte sie mit festem Händedruck. An den Fahrzeugen besprachen sie das weitere Vorgehen.

»Der Mann ist gefährlich und zu allem entschlossen«, sagte Sommer. »Außerdem wissen wir, dass er bewaffnet ist. Falls Ihnen das Risiko meines Vorschlags zu groß erscheint, scheuen Sie sich nicht, mir zu widersprechen.«

»Wie lautet Ihr Vorschlag?«, fragte Trapp.

»Haben Sie zwei Haustürschlüssel dabei?«, erkundigte sich Sommer.

»Ja«, bestätigte Haller.

»Dann fahren Sie jetzt nach Hause und tun so, als sei nichts geschehen. Wenn ich richtig liege, hat er sich Zutritt verschafft und wartet auf Sie. Ich bin unschlüssig, ob er Sie sofort angreift oder abwartet, bis Sie schlafen. Allerdings halte ich die erste Variante für wahrscheinlicher. Wir folgen Ihnen mit ein paar Minuten Abstand und betreten das Haus leise mit dem Ersatzschlüssel. Dann hat der Spuk hoffentlich ein Ende.« Aus seiner Tasche zog er Drostens Dienstwaffe. »Sie haben vermutlich keine eigene Pistole dabei?«, fragte er Trapp.

Der Personenschützer hob die Augenbrauen. »Zu einer Mitgliederversammlung?«

»Kennen Sie sich mit dieser Waffe aus?«

»Eine SIG Sauer P229«, antwortete Trapp. »Die nutze ich selbst.«

»Das beruhigt mich. Tun Sie uns bloß einen Gefallen. Schießen Sie damit nur im absoluten Notfall. Ich mag mir den Ärger in Wiesbaden nicht vorstellen, falls jemand anders als Robert die Waffe abfeuert.«

»Danke für Ihr Vertrauen.« Trapp nahm die Pistole an sich und steckte sie ein.

»Und wir sollen nicht jeden einzelnen Raum nach ihm absuchen?«, vergewisserte sich Haller.

»Nein«, antwortete Trapp. »Er darf ruhig das Überraschungsmoment auf seiner Seite wähnen.«

Sommer nickte. »Wir fahren jetzt zusammen in Ihrem Auto los. Sie lassen uns raus, bevor Sie in die Straße einbiegen. Wir legen den Rest der Strecke zu Fuß zurück.«

* * *

»Verdammte Scheiße! Wo bleiben die bloß?«

Andrich konnte seine Ungeduld kaum noch bändigen. Aus Frust zielte er mit der Pistole auf Schlitters Kopf.

»Nein«, wimmerte seine Frau.

»Irgendwer wird heute Nacht sterben«, schrie Andrich. »Mir reicht's langsam.«

»Ich kann nichts dafür«, flüsterte der Rentner.

»Aber Sie können etwas dafür, falls Sie Ihren Auftritt verbocken.«

Durch die Gardine sah Andrich plötzlich Scheinwerferlicht. Er lüpfte den Vorhang. »Na endlich! Das sind sie! Jetzt kommt der wichtigste Auftritt Ihres Lebens, Kurt. Sie gehen raus und rufen laut um Hilfe. Ihre Frau ist zusammengebrochen und reagiert nicht mehr. Den Notarzt haben Sie schon alarmiert.«

Schlitter schaute zu seiner Frau.

Die lächelte ihm zugleich aufmunternd und ängstlich zu. »Ich liebe dich«, sagte sie leise.

»Nicht so rührselig«, zischte Andrich. »Sonst kommen mir gleich die Tränen. Los jetzt! Ab zur Haustür. Aber nicht öffnen, bevor ich es Ihnen erlaube.«

* * *

Eva Haller griff zur Fernbedienung für das Tor, das ihr Grundstück von der Straße abtrennte.

»Nicht«, sagte Trapp. Er legte seine Hand auf ihre.

Überrascht sah sie ihn an. »Wieso nicht?«

»Ich kann mir nicht vorstellen, dass Andrich einen Weg ins Haus gefunden hat, ohne einen Alarm auszulösen. Wir sind gut geschützt. Aufs Grundstück könnte er es allerdings schaffen.«

»Also willst du das Tor von Hand öffnen und dich auf dem Grundstück umsehen?«, folgerte sie.

Trapp nickte. Er fuhr nah an das Tor heran und betätigte die elektronische Handbremse. »Du bleibst im Wagen.«

»Sei vorsichtig«, sagte sie.

* * *

Von ihrem Standpunkt aus sahen sie, wie der Wagen vor dem Grundstück hielt. Sekunden später stieg der Personenschützer aus.

»Wann willst du los?«, wollte Kraft wissen.

»Noch nicht«, erwiderte Sommer. »Auch wenn es mir nicht gefällt, aber wir müssen ihnen ein paar Minuten allein im Haus geben. Sonst fällt Andrich nicht auf den Trick rein.«

»Was geht da vor sich?«, fragte plötzlich Rosenberg.

Am Gebäude gegenüber öffnete sich die Haustür.

»Herr Trapp! Schnell!«, drang schwach eine Stimme zu ihnen herüber. »Ich brauche Ihre Hilfe. Meine Frau ist gestürzt. Sie ist ... Oh Gott, kommen Sie!«

»Nein!«, knurrte Sommer. »Das ist eine Falle!«

Er rannte los.

* * *

Trapp schaute sich um. Kurt Schlitter stand in seiner Haustür. Er wirkte aufgelöst.

»Was ist mit Ihrer Frau?«, rief Trapp.

Haller öffnete die Fahrertür.

»Gestürzt«, antwortete der Mann. »Vielleicht ein Schlaganfall. Ich habe schon den Notruf gewählt.«

Haller wollte direkt über die Straße rennen.

»Eva!«, sagte Trapp scharf. »Ich mache das!«

Sie sah ihn an. Dann bemerkte sie den näherkommenden Sommer.

»Du bleibst am Wagen«, flüsterte er ihr zu.

Trapp ging zur anderen Straßenseite. »Wo liegt Ihre Frau?«

»Im Wohnzimmer. Aber Ihre Frau muss auch mitkommen«, flehte er. »Sie müssen mir beide helfen. Das ist wichtig.«

Wieso sprach Schlitter so laut?

* * *

Sommer beschleunigte seinen Schritt. Er hatte schon mehr als die Hälfte der Strecke hinter sich gebracht. Rosenberg und Kraft würden hoffentlich die Journalistin in Sicherheit bringen.

Vor seinem geistigen Auge zeichnete sich ein klares Bild ab. Der Mörder hatte tatsächlich wie eine Spinne auf seine Opfer gewartet. Aber nicht in Hallers Haus, sondern bei den Nachbarn, die nun ebenfalls in Lebensgefahr schwebten.

Während Eva Haller am Wagen stehen blieb, ging Trapp über die Straße. Er schien denselben Verdacht zu hegen.

»Sie müssen mir beide helfen. Das ist wichtig«, sagte der Mann vor der Haustür.

Es bestand kein Zweifel mehr. Jemand zwang ihn zu diesen Worten.

»Ich bin sehr gut in Erster Hilfe. Eva würde nur stören«, entgegnete Trapp.

Er verlangsamte seinen Schritt. Offenbar verstand er, dass es besser wäre, auf Sommer als Unterstützung zu warten.

»Meine Frau ... Sie schwebt in echter Gefahr.«

»Ich helfe Ihnen.«

Trapp betrat den gepflasterten Weg, der zur Haustür führte. Sommer war noch knapp vierzig Meter entfernt.

* * *

Der Personenschützer roch den Braten. Was sollte Andrich jetzt tun? Trapp war der gefährlichste Gegner. Sobald er ihn ausgeschaltet hätte, wäre der Rest ein Kinderspiel.

Wenn er die Tür aufriss, konnte er ihn einfach mit einer Kugel niederstrecken. Vielleicht stände ihm Schlitter im Weg, und es wären zwei Schüsse nötig. Blieben sechs Patronen übrig.

Andrich trat aus seiner Deckung hervor, die Pistole nach vorn gerichtet.

»Fallen lassen!«, schrie Trapp, der ebenfalls eine Waffe in der Hand hielt.

Von links kam einer der Polizisten angerannt, ebenfalls bewaffnet.

Es war ausgeschlossen, drei Menschen auszuschalten, ohne selbst getroffen zu werden. Andrich ließ den Rentner draußen stehen und warf die Tür zu. Der Personenschützer stürmte vor. Er versuchte, das Zufallen der Haustür zu verhindern, war aber zu langsam.

Andrich eilte ins Wohnzimmer. »So eine verfluchte Scheiße!«, zischte er leise. Viktoria Schlitter sah ihn ängstlich an.

Sie war sein letzter Trumpf. Wie sollte er sie einsetzen?

* * *

»Meine Frau«, stöhnte Schlitter.

Er drehte sich verzweifelt zur Haustür um.

»Zurück vom Haus, weg von der Tür«, befahl Sommer.

Rosenberg und Kraft erreichten das Grundstück.

»Ich kann Viktoria nicht mit ihm allein lassen.«

Mit sanftem Druck führte Rosenberg den Mann zur Straße.

»Eva, öffne das Tor, aber bleib im Wagen sitzen«, rief Trapp.

Sekunden später schwang das Garagentor auf.

Trapp stieg ins Auto. Das Fahrzeug rollte aufs Grundstück. Sommer gab Rosenberg und Schlitter Deckung, indem er sich auf dem Weg zur anderen Straßenseite vor ihnen aufbaute. Ohne Zwischenfall erreichten sie ihr Ziel.

»Meine Frau«, jammerte der Rentner.

Eva stellte sich an seine Seite und nahm ihn in den Arm. »Die Polizisten retten sie. Das versichere ich Ihnen, Herr Schlitter.«

»Was hat der Eindringling von Ihnen gefordert?«, fragte Sommer.

Schlitter benötigte ein paar Sekunden, um sich zu sammeln. »Er hat Viktoria gefesselt und von mir verlangt, Sie zu uns ins Haus zu locken«, sagte er leise. »Es tut mir leid, aber was hätte ich tun sollen? Ohne Viktoria ...«

»Das muss Ihnen nicht leidtun«, beruhigte Haller ihn. »Sie haben alles richtig gemacht.«

»Seit wann ist er bei Ihnen?«, wollte Sommer wissen.

Wieder dauerte es eine Weile, bis Schlitter den Sinn der Frage verstand. »Es muss ungefähr zehn vor fünf gewesen sein.«

Sommer schaute zu Kraft und Rosenberg. Ihre Vermutung hatte sich bewahrheitet, sie hatten sich bloß in einem wichtigen Punkt geirrt.

»Und jetzt?«, fragte Kraft. »Fordern wir ein Einsatzkommando an?«

»Ich kümmere mich drum«, sagte Rosenberg.

Aus ihrer Jackentasche zog sie das Handy. Von der anderen Straßenseite erklang eine laute Stimme.

»Ich will Eva Haller! Sonst ist die Frau hier tot! Jetzt! Sofort!«

Schlitter wimmerte.

»Für das Einsatzkommando bleibt keine Zeit«, sagte Sommer. »Wer gibt mir Deckung?«

»Ich«, erwiderte Kraft.

Mit schussbereiten Pistolen verließen sie den Schutz von Hallers Grundstück. Auf der anderen Seite stand Andrich vor der Haustür. Er hielt Viktoria Schlitter fest am Arm. Die Pistolenmündung drückte er ihr an die Schläfe.

»Keiner von Ihnen ist Eva Haller. Sie sollten mich besser ernst nehmen.«

Sommer bewegte sich ein paar Schritte nach links, Kraft nach rechts. Auch Rosenberg kam zu ihnen und nahm Andrich ebenfalls ins Visier.

»Geben Sie auf!«, rief Sommer.

»Wollen Sie wirklich eine unschuldige Rentnerin opfern?«, erwiderte Andrich. »Das gibt kein gutes Presseecho.«

»Wollen Sie sterben, Herr Andrich?«, fragte Kraft. »Genau das passiert, wenn Sie die Waffe gegen eine Unschuldige richten. Geben Sie auf! Das ist unsere letzte Warnung.«

Sommer konzentrierte sich auf den Mörder und seine Geisel. Bei dem kleinsten Anzeichen darauf, dass der Mann abdrücken wollte, würde er reagieren. Der Winkel, in dem er zu Andrich stand, war perfekt für einen Rettungsschuss.

»Und Sie haben noch fünf Sekunden, mir Haller zu liefern. Fünf. Vier.«

Sobald der Mann bis zur letzten Sekunde heruntergezählt hatte, würde Sommer schießen. Vielleicht konnte er so den Tod der unbeteiligten Nachbarin verhindern.

»Drei.«

Sommer kniff ein Auge zusammen.

»Zwei.«

»Nicht schießen!«, schrie Eva Haller. »Ich bin hier. Was wollen Sie?«

Sie trat aus dem Schutz ihres Grundstücks auf den Bürgersteig.

»Zu mir!«, befahl Andrich.

»Was wollen Sie von mir?«

»Ihnen meine wahre Geschichte diktieren. Danach ergebe ich mich.«

Sommer glaubte ihm kein Wort. Ob Andrich der Journalistin die Schuld an seiner Enttarnung gab? Wollte er sich dafür rächen und dann sterben?

»Ergeben Sie sich sofort, dann hört Ihnen Frau Haller zu«, schlug Rosenberg vor.

»So funktioniert das nicht«, entgegnete Andrich. »Ich bin jetzt bei der Eins angelangt.«

»Nicht schießen«, wiederholte Haller. Sie ging zwei Schritte auf die Straße.

Sommer sah an einer kleinen Regung in Andrichs Gesicht, was der Mörder plante. Er kniff ein Auge zusammen. Außerdem legte er die freie Hand auf die Schulter der Geisel. Sobald Haller nah genug wäre, würde er Schlitter als Ablenkungsmanöver wegstoßen und auf Haller zielen. Dieser Plan bot Sommer eine Chance. Wenn Andrich die Waffe von der Schläfe der Frau nähme, könnte er ihn ausschalten.

Sommer holte tief Luft und hielt den Atem an.

Haller ging den nächsten Schritt auf das Haus zu.

»Nein!«, erklang Trapps Stimme. Er stürzte von Hallers Grundstück auf den Bürgersteig und blendete Andrich mit einer leistungsstarken Taschenlampe. Der wandte sein

Gesicht ab, nahm den Pistolenlauf von Schlitters Schläfe, schwenkte die Hand nach vorn und schoss.

Sommer zielte auf Andrichs Beine und drückte ab. Getroffen stürzte der Mörder zu Boden. Noch war er jedoch nicht außer Gefecht gesetzt, denn er hatte nach wie vor die Waffe in der Hand. Sommer rannte zu ihm. Blinzelnd versuchte Andrich, ihn ins Visier zu nehmen. Doch er reagierte zu langsam.

Sommer drückte mit dem Fuß Andrichs Handgelenk zu Boden. »Lassen Sie los! Sie sind verhaftet!«

Andrich stöhnte. Seine Finger öffneten sich und ließen den Pistolengriff los. Sommer schob die Waffe außer Reichweite des Mörders. Kraft kam zu ihnen, bückte sich und musterte die Schussverletzung.

»Sieht nach einem glatten Durchschuss aus.« Aus ihrer Hose zog sie den Gürtel und band das Bein ab, um die Blutung zu stoppen.

Andrich stöhnte erneut.

»Sie werden es überleben«, sagte Kraft zu dem Festgenommenen. »Lukas, hast du ein Tuch, mit dem ich die Wunde abdrücken kann?«

»Ich hole Ihnen etwas aus dem Verbandskasten«, rief Trapp.

Sommers Blick glitt zur Seite. Mitten auf der Straße hielten sich die Schlitters fest umarmt. Von den Geschehnissen um sie herum nahmen sie nichts mehr wahr.

30

Markus Andrich schwieg eisern. Er ließ sich von einem Anwalt vertreten, der den ermittelnden Beamten mitteilte, Andrich sei zu keiner Kooperation oder Aussage bereit. Die vergrabenen Leichen zu finden würde nicht leicht werden.

Dafür spürte die Soko Andrichs Ex-Ehefrau auf, die inzwischen in Süddeutschland lebte. Sie war grundsätzlich einverstanden, mit ihnen zu sprechen, wollte jedoch nicht in ihre alte Heimat reisen. So beschlossen die Wiesbadener, zu ihr zu fahren.

Andrichs geschiedene Frau hatte erneut geheiratet, allerdings einen Doppelnamen angenommen. Sie hieß nun Laura Andrich-Welke.

Das Ehepaar wohnte mit einem Kind in einer Villengegend in Heilbronn. Als die Kriminalbeamten bei ihnen klingelten, öffnete eine Frau, die sich Mühe gab, jünger zu wirken, als sie tatsächlich war. Sie trug bunte Kleidung, hatte hellblond gefärbtes Haar, das sie zu zwei Zöpfen geflochten hatte, und trat ihnen barfuß gegenüber. Sommer hatte den Eindruck, sie wollte damit ihre Hippie-Attitüde zur Schau stellen.

Sie lächelte den Polizisten strahlend zu. »An Ihr Gesicht erinnere ich mich von der Pressekonferenz«, sagte sie zu Drosten. »Kommen Sie rein. Hat Markus diese schrecklichen Taten wirklich alle begangen? Das hätte ich ihm nicht ...« Andrich-Welke unterbrach sich. »Was mache ich mir da eigentlich vor?«

Sie ging voran und führte sie zur Terrasse auf der Rückseite des Einfamilienhauses. Zum Grundstück gehörte ein gepflegter Garten mit buntem Blumenbeet, einem kleinen Apfelbaum und einem etwa einen Meter breiten, in der Erde verankerten Fußballtor. Auf einem Stahltisch standen Mineralwasser, eine Kaffeekanne, mehrere Gläser und Kaffeetassen.

»Also würden Sie es ihm zutrauen«, sagte Sommer, als sie sich setzten.

Andrich-Welke antwortete nicht sofort. Stattdessen bot sie ihren Gästen einen Kaffee an. Sie schenkte ihnen ein, griff zu ihrer Kaffeetasse und pustete sacht. Dann schaute sie Sommer in die Augen.

»Der Markus, den ich kannte, hatte zwei Gesichter. Lesen Sie Comics? Ich bin ein großer Comic-Fan. Er hat mich an *Two-Face* erinnert.«

»Batmans Gegenspieler«, sagte Drosten.

Sommer nickte ihm anerkennend zu. Drostens früherer Kollege hatte eine ausgeprägte Leidenschaft für Comics. Offenbar waren profunde Kenntnisse hängen geblieben.

»Genau«, erwiderte Andrich-Welke. »Ich habe ihn als liebevollen, fürsorglichen Mann kennen- und lieben gelernt. Doch schon nach ein paar Wochen stellte ich fest, wie aufbrausend und aggressiv er sein kann. In unseren ersten gemeinsamen Jahren überwog das helle Gesicht. Je unzufriedener er jedoch mit unserer Ehe wurde, desto öfter zeigte er mir seine zähnefletschende, dunkle Seite.«

»Wie hat sich das geäußert?«, fragte Kraft.

Andrich-Welke schaute betroffen zu Boden. »Ich habe mich dreimal von ihm schlagen lassen. Dafür schäme ich mich noch heute. Schon nach dem ersten Schlag hätte ich gehen müssen. Spätestens nach seinem zweiten Aussetzer. Na ja. Wir hatten das Lizenzierungsgeschäft gemeinsam aufgezogen, was mich länger als nötig an ihn kettete. Wegen dieser Geschäfte habe ich auch nie seinen Namen abgelegt. Manche Rechte besitze nämlich ich, da war es einfacher, einen Zweitnamen anzuhängen. Außerdem ist der Name Welke für eine älter werdende Frau nicht sehr schmeichelhaft.« Sie kicherte. »Markus und ich haben uns vor Gericht wegen dieser Lizenzen gestritten. So überflüssig, denn ich habe in jedem Punkt recht bekommen.«

»Andrich hat seine Opfer sexuell missbraucht«, sagte Sommer. »Gab es dafür Anzeichen in Ihrer Ehe?«

Ihre Gastgeberin antwortete nicht sofort. »Eigentlich war er ein sehr gefühlvoller Liebhaber.«

»Aber?«, hakte Kraft nach.

»So ungefähr einmal im Monat bestand er auf Rollenspiele«, sagte Andrich-Welke leise. »Meistens harmloses Zeug. Ich sollte als Sekretärin verkleidet in sein Büro kommen, wo er mich auf dem Schreibtisch ... Na ja, Sie verstehen schon. Ich fand das als Abwechslung gelegentlich ganz nett – oder habe zumindest ihm zuliebe mitgespielt. Aber ich erinnere mich an zwei Situationen, die mir deutlich zu weit gingen. Einmal sollte ich für ihn eine Gefangene im Frauenknast spielen, die ihrem Wärter wehrlos ausgeliefert war. Ein anderes Mal eine junge Frau, die auf dem Heimweg von der Disco überfallen und verschleppt wird. Da hat er mich viel zu hart rangenommen und unser Codewort ignoriert.«

»Hatten Sie seit der Scheidung Kontakt?«, fragte Drosten.

»Nur in den ersten Monaten, als er versucht hat, mich bei den Abrechnungen zu betrügen. Mein Anwalt und ich hatten für das Problem schnell eine Lösung gefunden, gegen die er nicht ankam. Seitdem hatte ich Ruhe vor ihm.«

»Was wissen Sie über seine Kindheit und Jugend? Sein Elternhaus?«, fragte Sommer.

»Seine Mutter war Hausfrau, der Vater Beamter. Er ist an seinem neunundfünfzigsten Geburtstag völlig unerwartet an einer Lungenembolie gestorben. Da war Markus vierundzwanzig. Die Mutter hat noch sechs Jahre gelebt und ist bei einer Routine-OP verstorben. Ich habe nur seine Mutter kennengelernt. Wir wurden zwei Jahre vor ihrem Tod ein Paar und haben sie drei- oder viermal besucht. Er hatte kein enges Verhältnis zu ihr.«

»Kennen Sie den Grund dafür?«

»Ich vermute, sie war einfach ein gefühlskalter Mensch. Für mich hat sie sich nicht interessiert. Ich glaube nicht, dass er eine liebevolle Kindheit gehabt hat. Allerdings hat er sich nie darüber beklagt.« Andrich-Welke zuckte die Achseln. »Darf ich auch etwas fragen?«

»Natürlich«, sagte Sommer.

»Ich habe mir die Pressekonferenzen und Videos angesehen. Markus hatte schon früher eine Vorliebe für Polaroids. Aber wie sieht es mit Gipsmodellagen aus? Hat er von den jungen Frauen welche angefertigt?«

»Wie kommen Sie darauf?«, fragte Drosten.

»Er hat von mir welche gemacht. Obwohl mir das nicht gefiel. Zumindest nicht im Intimbereich. Nach unserer Scheidung war es ein Kampf, sie zurückzubekommen.«

»Ja«, bekannte Drosten. »Wir haben in seinem Haus verschiedene Gipsbüsten gefunden.«

Andrich-Welke schüttelte den Kopf.

* * *

Rosenberg und Weimar saßen Konstantin Schaffran in einem Vernehmungsraum gegenüber. Anfangs hatte der Gutsbesitzer seine Arme vor der Brust verschränkt und nur schmallippige Antworten gegeben. Die Beamten verwickelten ihn jedoch im Laufe des Gesprächs in Widersprüche, und seine Verweigerungshaltung verflog langsam.

»Ich verstehe das noch nicht ganz. Wenn ich mir die Bilder Ihrer Überwachungskamera ansehe, frage ich mich, warum Sie ihm überhaupt aufgemacht haben. Sie hielten ihn für einen der Erntehelfer? Das klingt für mich nach einer billigen Ausrede«, warf ihm Rosenberg vor.

»Ja, schon gut«, gestand er. »Ich hatte Angst, vor der Tür stände ein Junkie, der am helllichten Tag bei mir einbrechen will. Also beschloss ich, ihm lieber aufzumachen und ihn zu verscheuchen.«

»Obwohl er potenziell gefährlich aussah?«, wunderte sich Weimar.

»Ich sah in ihm keine Bedrohung. Bis er mich mit der Pistole eines Schlechteren belehrte. Er zwang mich ins Haus, warf die Tür zu und trieb mich ins Wohnzimmer.«

»Woher kannte er den Weg?«, fragte Rosenberg.

»Ich musste vorgehen. Er erzählte mir von Uwe und gestand die Taten.«

»Aber zuvor hatte er die Haustür zugeworfen?«, vergewisserte sich Weimar.

Schaffran nickte.

»Und wie kam Ihr Vorarbeiter Eric Purtscher ins Haus?«, hakte Rosenberg nach. »Den die Kollegen übrigens nicht antrafen, als sie bei Ihnen nach dem Rechten schauten. Purtscher tauchte zehn Minuten nach Oberkommissar Winkler auf und wirkte beim Anblick des Polizeiteams erschrocken. Eine seltsame Reaktion für jemanden, auf den geschossen wurde. Normal wäre es, wenn er konsterniert auf die Polizei gewartet oder sich über ihr Eintreffen gefreut hätte.«

Schaffran schloss kurz die Augen. Als er antwortete, blickte er um Verständnis heischend Rosenberg an. »Eric und ich sind seit Jahren ein Paar. Ich habe irgendwann meinen damaligen Vorarbeiter unter fadenscheinigen Gründen entlassen und Eric die Position gegeben, damit wir unsere Beziehung führen können.«

»Wieso dieses Schauspiel?«, wunderte sie sich. »Wir sind hier in Köln. Wenn es irgendwo möglich ist, sich offen zu seiner Homosexualität zu bekennen, dann ja wohl ...«

»Was wissen Sie von meinem Leben? Ich bin auf die osteuropäischen Erntehelfer angewiesen. Schwulsein ist für viele von denen noch gleichbedeutend mit einer Krankheit. Aber ohne ihre Arbeitskraft kann ich meinen Laden schließen. Außerdem gibt es auch in Köln genügend Menschen mit Vorurteilen. Die dann nicht bei mir eingekauft hätten. Und Sie dürfen nicht mein kommunalpolitisches Engagement vergessen. Das lässt sich leichter schultern, wenn man nicht den Homo-Stempel auf der Stirn stehen hat.«

Rosenberg dachte über seine Worte nach. Der erste Punkt erschien ihr zumindest teilweise einleuchtend. Auch wenn den Erntehelfern eine gute Bezahlung sicher wichtiger war als die sexuelle Orientierung ihres Arbeitgebers. Die anderen Argumente konnte sie nicht nachvollziehen.

»Sie verschweigen uns noch immer etwas«, sagte sie. »Wo war Purtscher, kurz nachdem Andrich auf ihn geschossen hat? Muss ich Ihren Partner in die Mangel nehmen, um das zu erfahren?«

Schaffran lächelte. »Sie sind kein überzeugender böser Cop.« Er schaute an ihr vorbei. »Dieser verdammte Andrich kam, als wir Joints geraucht hatten. *Deswegen* war ich unvorsichtig. Eric und ich waren mitten im Vorspiel, wir waren beide leicht bedröhnt, und dann klingelte es. Eric wollte mich daran hindern, dem Mann zu öffnen. Aber wenn ich kiffe, bin ich leichtsinnig. Eric blieb im Schlafzimmer, bei offener Tür. Er hat alles angehört und kam zu meiner Rettung ins Wohnzimmer gestürzt. Der Mistkerl schoss auf uns. Zum Glück konnten wir beide in Deckung gehen. Das hätte alles ganz anders ausgehen können.«

Sie näherten sich langsam der Wahrheit.

»Wieso hat Herr Purtscher zwischendurch das Haus verlassen?«, bohrte sie nach.

»Verstehen Sie es nicht? Ich wollte unsere Beziehung geheim halten.«

Schaffran wich ihrem Blick aus.

»Wieso hat Herr Purtscher zwischendurch das Haus verlassen?«, wiederholte Rosenberg.

Weimar richtete den Blick auf Rosenberg. »Wenn wir Herrn Purtscher mit unserem jetzigen Kenntnisstand erneut befragen, wird er vielleicht ehrlich zu uns sein.«

»Wir hatten einen Gast«, flüsterte Schaffran.

»Einen dritten Mann?«, folgerte Rosenberg. »Den Purtscher schnell weggebracht hat?«

Schaffran nickte. »War's das? Kann ich jetzt gehen?«

»Wieso hat er ihn außer Haus geschafft? Und noch viel wichtiger: Warum hat diese dritte Person Sie nicht im Kampf gegen Andrich unterstützt?«

Endlich sprudelte die Wahrheit aus Schaffran heraus. Er berichtete von ihrer Vorliebe für junge Stricher. Schaffran bekannte sich dazu, die meist obdachlosen Männer mit K.-o.-Tropfen für jegliche Sexvarianten gefügig zu machen und sie hinterher großzügig zu bezahlen. Nun ergab sich ein stimmiges Gesamtbild. Rosenberg musterte den Gutsbesitzer. Sollten diese Information an die Öffentlichkeit dringen, würden sie ihm tatsächlich schaden. Solange allerdings kein Betroffener bei der Polizei auftauchte, um Anzeige zu erstatten, würden Schaffran und Purtscher mit ihrem Treiben davonkommen. Rosenberg bat Weimar, den Mann aus dem Präsidium zu führen. Sie schaute ihnen nach und überlegte, wie sie mit der Information umgehen sollte. Würde der Polizeipräsident bei einem Bürger wie Schaffran Ermittlungen zulassen, die darauf abzielten, geschädigte Stricher ausfindig zu machen und zu einer Aussage zu bewegen?

Sie glaubte die Antwort zu kennen. Der kölsche Klüngel war ihr nur zu vertraut und behinderte manchmal auch ihre Arbeit. Bestimmt hatte Schaffran Kontakte bis in die Führungsspitze der Stadt. Frustriert schlug sie die vor ihr liegende Akte zu.

* * *

Ariane schaute sich in dem Zimmer um. »Das ist wunderschön«, sagte sie leise. »Aber ich will Ihnen nicht auf die Nerven fallen.«

»Unser Gästezimmer steht viel zu oft leer«, erwiderte Eva Haller. »Als ich Stefan kennengelernt habe, habe ich ihn übrigens hier untergebracht.« Sie lächelte bei der Erinnerung. »Und ich hab's dir schon im Krankenhaus gesagt. Du sollst uns duzen. Es ist ja nicht für ewig. Deine Pläne mit der Theaterschule gefallen uns und verdienen Unterstützung.«

»Du hast Talent«, bestätigte Trapp. »Das darfst du nicht verschwenden.«

»Ich habe mich für dich umgehört«, fuhr Haller fort. »Es wird schwierig, an einer Schule aufgenommen zu werden. Unmöglich ist es allerdings nicht. Aber wenn du eine Chance haben willst, brauchst du einen festen Wohnsitz. Du hast hier deine eigene kleine Wohnung. Und sobald du irgendwann die Nase voll von uns alten Spießern hast, helfen wir dir bei der Wohnungssuche.«

Ariane strich sich Tränen aus den Augen. »Danke«, flüsterte sie. Sie nahm Eva Haller in den Arm. Die erwiderte die Umarmung und gab Ariane Halt. Genau das Gefühl, nach dem sich die junge Frau momentan am meisten sehnte.

NACHWORT

Liebe Leserinnen und Leser,

als ich vom Verlag die Rechte zu meinen beiden Romanen mit Eva Haller und Stefan Trapp zurückbekam, war ich lange hin- und hergerissen. Sollte ich der Journalistin und dem Leibwächter nach *Im Auge des Mörders* und *Abschaum* einen eigenständigen dritten Roman widmen oder sie lieber in meine Erfolgsreihe um Lukas Sommer, Robert Drosten und Verena Kraft einbauen?

Wenn Sie nicht zu den Lesern gehören, die zuallererst das Nachwort lesen, wissen Sie, wie ich mich entschieden habe. Aber wer weiß? Ich kann mir gut vorstellen, Haller und Trapp bei einem passenden Thema auch ganz allein ermitteln zu lassen.

Wenige Wochen vor *Der Mädchenpflücker* habe ich übrigens einen Roman veröffentlicht, der zu keiner meiner Reihen gehört, mir aber trotzdem sehr am Herzen liegt. Vielleicht kennen Sie ihn schon. Falls nicht, dann greifen Sie bitte zu:

Wenn Ihnen der Roman *Der Mädchenpflücker* gefallen hat und Sie mich unterstützen wollen, nehmen Sie sich doch bitte ein paar Minuten Zeit und hinterlassen eine Bewertung auf der Produktseite meines Buches bei Amazon. Neben Rezensionen freue ich mich auch über persönliches Feedback von Ihnen, sei es per Mail oder per Facebook. Ich bemühe mich stets, darauf zu antworten. Das klappt meistens, aber leider nicht immer. Sehen Sie mir das bitte nach. Auch wenn Sie weitere Anregungen oder Bitten haben, lese ich mir das stets sehr gerne durch.

Per E-Mail kontaktieren Sie mich unter: kontakt@marcus-huennebeck.de

Per Facebook erreichen Sie mich wie folgt: www.facebook.com/MarcusHuennebeck

Wollen Sie immer zeitnah informiert werden, wenn es etwas Neues von mir gibt? Dann tragen Sie sich doch in meinen Newsletter ein:

www.marcus-huennebeck.de/newsletter

Alle neuen Empfänger erhalten die Kurzgeschichte *Die Namen des Todes – Die Jagd beginnt* als Dankeschön geschenkt.

Vielen Dank und herzliche Grüße

Marcus Hünnebeck

ZUR SCHAU GESTELLT

Künstler Ruben Reus hat einen begehrten Auftrag ergattert: Er darf auf einem Kreuzfahrtschiff aus dem neuen Bestseller eines bekannten Autors lesen. Doch nach der Show steht eine wutentbrannte Frau vor ihm. Annika behauptet, er habe Passagen vorgetragen, die exakt das grausame Schicksal ihrer vor achtzehn Jahren entführten Mutter beschreiben.

Hat Annika mit ihren Anschuldigungen recht? Hält Ruben Lesungen aus dem Werk eines Monsters? Hat ein gefeierter Schriftsteller als junger Mann eine unschuldige Mutter in seine Gewalt gebracht?

Gemeinsam begeben sich Annika und Ruben auf die Suche nach Antworten zu dem Bestsellerautor, aus dessen Feder das Buch stammt. Doch mit der Zeit weckt Rubens Verhalten in Annika Zweifel, die eine viel drängendere Frage aufwerfen: Kann sie Ruben wirklich trauen?

Zur Schau gestellt

LESETIPPS

Ich werde oft nach der richtigen Reihenfolge meiner Bücher gefragt. Diese finden Sie im Folgenden, auch wenn ich der Meinung bin, dass man jeden meiner Thriller unabhängig von den anderen lesen kann. Aber für alle Leser, die sich gern an der chronologischen Reihenfolge des Erscheinens orientieren, ist diese Auflistung gedacht.

Die KEG-Reihe:

Die Todestherapie
Der Wundennäher
Der Schädelbrecher
Blut und Zorn
Die TodesApp
Muttertränen
Todesschimmer
Vaters Rache
Rachekrieger
Der Geisterfahrer
Nesthäkchens Schrei

Bittere Brut
Tödlicher Fake
Schreikind
Eiskalte Reue
Der Schattenbringer
Der Mädchenpflücker

Die Buchinger-Reihe:

So tief der Schmerz
Kein letzter Blick
Wundenherz

Bei meinen übrigen Büchern finden Sie die Reihenfolge direkt auf den Produktseiten der Bücher.

DIE TODESTHERAPIE

Gero Ruppert kennt sich aus mit Trauer und Verzweiflung. Der Psychologe betreut Eltern, die ihre Kinder auf schmerzliche Weise verloren haben. Als ein 17-jähriges Mädchen brutal missbraucht und ermordet wird, kontaktiert Ruppert die verwaiste Mutter und bietet ihr an, sie psychologisch zu behandeln.

Drei weitere junge Frauen sterben, und Ruppert kümmert sich um die trauernden Hinterbliebenen. Für die Soko rund um die Kommissare Drosten und Sommer steht trotz wasserdichter Alibis der Hauptverdächtige fest: Der Mörder kann nur Gero Ruppert selbst sein. Hat er einen Helfer? Spielt er ein falsches Spiel mit traumatisierten Eltern? Doch die Polizisten ahnen nicht, dass der Psychologe bedroht wird. Er muss den Anweisungen eines Erpressers folgen, um nicht seine eigene Tochter zu verlieren. Je näher die Soko den wahren Hintergründen kommt, desto stärker gefährdet sie das Leben des Mädchens – wogegen Ruppert mit allen Mitteln kämpft.

Die Todestherapie

SO TIEF DER SCHMERZ

Eine traumatisierte Psychologin sinnt auf Rache. Jahre zuvor ist sie geschändet worden; nun bestraft sie nahestehende Personen ihrer Peiniger mit dem Tod. Als die Polizei durchschaut, nach welchem Muster die Opfer ausgewählt werden, verhindert sie im letzten Moment einen weiteren Mord. Doch der Täterin gelingt während des Zugriffs die Flucht, und sie taucht spurlos unter.

Hauptkommissar Krumm bittet den Personenfahnder Till Buchinger um Unterstützung. Buchinger kennt die Tricks, mit denen Menschen von der Bildfläche verschwinden. Obwohl er Krumm nicht vertraut, erklärt er sich mit der Zusammenarbeit einverstanden, denn die Mörderin hat auch einen seiner engsten Freunde brutal umgebracht. Aber seine Suche nach der skrupellosen Psychologin löst eine Kettenreaktion aus, die sein Leben und das vieler anderer Unschuldiger gefährdet.

So tief der Schmerz

Printed in Poland
by Amazon Fulfillment
Poland Sp. z o.o., Wrocław

73240563R00155